SAS

MISSION À MOSCOU

DU MÊME AUTEUR
AUX PRESSES DE LA CITÉ

N° 1 S.A.S. À ISTANBUL
N° 2 S.A.S. CONTRE C.I.A.
N° 3 S.A.S. OPÉRATION APOCALYPSE
N° 4 SAMBA POUR S.A.S.
N° 5 S.A.S. RENDEZ-VOUS À SAN FRANCISCO
N° 6 S.A.S. DOSSIER KENNEDY
N° 7 S.A.S. BROIE DU NOIR
N° 8 S.A.S. AUX CARAÏBES
N° 9 S.A.S. À L'OUEST DE JÉRUSALEM
N° 10 S.A.S. L'OR DE LA RIVIÈRE KWAÏ
N° 11 S.A.S. MAGIE NOIRE À NEW YORK
N° 12 S.A.S. LES TROIS VEUVES DE HONG-KONG
N° 13 S.A.S. L'ABOMINABLE SIRÈNE
N° 14 S.A.S. LES PENDUS DE BAGDAD
N° 15 S.A.S. LA PANTHÈRE D'HOLLYWOOD
N° 16 S.A.S. ESCALE À PAGO-PAGO
N° 17 S.A.S. AMOK À BALI
N° 18 S.A.S. QUE VIVA GUEVARA
N° 19 S.A.S. CYCLONE À L'ONU
N° 20 S.A.S. MISSION À SAÏGON
N° 21 S.A.S. LE BAL DE LA COMTESSE ADLER
N° 22 S.A.S. LES PARIAS DE CEYLAN
N° 23 S.A.S. MASSACRE À AMMAN
N° 24 S.A.S. REQUIEM POUR TONTONS MACOUTES
N° 25 S.A.S. L'HOMME DE KABUL
N° 26 S.A.S. MORT À BEYROUTH
N° 27 S.A.S. SAFARI À LA PAZ
N° 28 S.A.S. L'HÉROÏNE DE VIENTIANE
N° 29 S.A.S. BERLIN CHECK POINT CHARLIE
N° 30 S.A.S. MOURIR POUR ZANZIBAR
N° 31 S.A.S. L'ANGE DE MONTEVIDEO
N° 32 S.A.S. MURDER INC. LAS VEGAS
N° 33 S.A.S. RENDEZ-VOUS À BORIS GLEB
N° 34 S.A.S. KILL HENRY KISSINGER!
N° 35 S.A.S. ROULETTE CAMBODGIENNE
N° 36 S.A.S. FURIE À BELFAST
N° 37 S.A.S. GUÊPIER EN ANGOLA
N° 38 S.A.S. LES OTAGES DE TOKYO
N° 39 S.A.S. L'ORDRE RÈGNE À SANTIAGO
N° 40 S.A.S. LES SORCIERS DU TAGE
N° 41 S.A.S. EMBARGO
N° 42 S.A.S. LE DISPARU DE SINGAPOUR
N° 43 S.A.S. COMPTE À REBOURS EN RHODÉSIE
N° 44 S.A.S. MEURTRE À ATHÈNES
N° 45 S.A.S. LE TRÉSOR DU NÉGUS
N° 46 S.A.S. PROTECTION POUR TEDDY BEAR
N° 47 S.A.S. MISSION IMPOSSIBLE EN SOMALIE
N° 48 S.A.S. MARATHON À SPANISH HARLEM
N° 49 S.A.S. NAUFRAGE AUX SEYCHELLES
N° 50 S.A.S. LE PRINTEMPS DE VARSOVIE
N° 51 S.A.S. LE GARDIEN D'ISRAËL
N° 52 S.A.S. PANIQUE AU ZAÏRE
N° 53 S.A.S. CROISADE À MANAGUA
N° 54 S.A.S. VOIR MALTE ET MOURIR
N° 55 S.A.S. SHANGHAÏ EXPRESS
N° 56 S.A.S. OPÉRATION MATADOR
N° 57 S.A.S. DUEL À BARRANQUILLA

Nº 58 S.A.S. PIÈGE À BUDAPEST
Nº 59 S.A.S. CARNAGE À ABU DHABI
Nº 60 S.A.S. TERREUR À SAN SALVADOR
Nº 61 S.A.S. LE COMPLOT DU CAIRE
Nº 62 S.A.S. VENGEANCE ROMAINE
Nº 63 S.A.S. DES ARMES POUR KHARTOUM
Nº 64 S.A.S. TORNADE SUR MANILLE
Nº 65 S.A.S. LE FUGITIF DE HAMBOURG
Nº 66 S.A.S. OBJECTIF REAGAN
Nº 67 S.A.S. ROUGE GRENADE
Nº 68 S.A.S. COMMANDO SUR TUNIS
Nº 69 S.A.S. LE TUEUR DE MIAMI
Nº 70 S.A.S. LA FILIÈRE BULGARE
Nº 71 S.A.S. AVENTURE AU SURINAM
Nº 72 S.A.S. EMBUSCADE A LA KHYBER PASS
Nº 73 S.A.S. LE VOL 007 NE RÉPOND PLUS
Nº 74 S.A.S. LES FOUS DE BAALBEK
Nº 75 S.A.S. LES ENRAGÉS D'AMSTERDAM
Nº 76 S.A.S. PUTSCH A OUAGADOUGOU
Nº 77 S.A.S. LA BLONDE DE PRÉTORIA
Nº 78 S.A.S. LA VEUVE DE L'AYATOLLAH
Nº 79 S.A.S. CHASSE A L'HOMME AU PÉROU
Nº 80 S.A.S. L'AFFAIRE KIRSANOV
Nº 81 S.A.S. MORT A GANDHI
Nº 82 S.A.S. DANSE MACABRE A BELGRADE
Nº 83 S.A.S. COUP D'ÉTAT AU YEMEN
Nº 84 S.A.S. LE PLAN NASSER
Nº 85 S.A.S. EMBROUILLES A PANAMA
Nº 86 S.A.S. LA MADONE DE STOCKHOLM
Nº 87 S.A.S. L'OTAGE D'OMAN
Nº 88 S.A.S. ESCALE À GIBRALTAR

L'IRRÉSISTIBLE ASCENSION DE MOHAMMAD REZA, SHAH D'IRAN
LA CHINE S'ÉVEILLE
LA CUISINE APHRODISIAQUE DE S.A.S
PAPILLON ÉPINGLÉ
LES DOSSIERS SECRETS DE LA BRIGADE MONDAINE
LES DOSSIERS ROSES DE LA BRIGADE MONDAINE

AUX ÉDITIONS DU ROCHER

LA MORT AUX CHATS
LES SOUCIS DE SI-SIOU

AUX ÉDITIONS GÉRARD DE VILLIERS

Nº 89 S.A.S. AVENTURE EN SIERRA LEONE
Nº 90 S.A.S. LA TAUPE DE LANGLEY
Nº 91 S.A.S. LES AMAZONES DE PYONGYANG
Nº 92 S.A.S. LES TUEURS DE BRUXELLES
Nº 93 S.A.S. VISA POUR CUBA
Nº 94 S.A.S. ARNAQUE À BRUNEI
Nº 95 S.A.S. LOI MARTIALE À KABOUL
Nº 96 S.A.S. L'INCONNU DE LENINGRAD
Nº 97 S.A.S. CAUCHEMAR EN COLOMBIE
Nº 98 S.A.S. CROISADE EN BIRMANIE

LE GUIDE S.A.S. 1989

Photo de la couverture : Michel MOREAU

ISBN : 2 - 7386 - 0103 - 0

ISSN : 0295 - 7604

GÉRARD DE VILLIERS

SAS

MISSION À MOSCOU

DE VILLIERS

CHAPITRE PREMIER

– Encore un peu de vodka, Igor Nicolaïevitch?

– *Da, da, spasibo, Tovaritch General* (1).

Le général-capitaine Vladimir Ivanovitch Sokolov acheva de vider le carafon de vodka dans le verre de son subordonné, le colonel Igor Nicolaïevitch Chamirov, avec une grimace de désapprobation qui donnait un air presque comique à son visage ovoïde et mou, éclairé par deux yeux d'un bleu minéral.

– Nous nous connaissons depuis assez longtemps pour que tu sois moins formel avec moi, Igor Nicolaïevitch...

– C'est vrai, c'est vrai, Vladimir Ivanovitch, bredouilla le colonel, quand même un peu gêné.

Lui et le général Sokolov avaient servi dans la même unité du GRU (2) en Afghanistan. Au cours d'une opération secrète, le général qui n'était encore que colonel lui avait sauvé la vie, alors qu'un *moudjahid* tentait de l'égorger...

Igor Chamirov tâta machinalement son oreille droite mutilée par le poignard de l'Afghan, soudain plein de reconnaissance pour l'homme corpulent assis en face de lui. Vladimir Sokolov venait d'avoir sa troisième étoile mais, comme la plupart des officiers du GRU, arborait rarement sa casquette à bande rouge et ses épaulettes

(1) Oui, oui merci, Camarade Général.

(2) *Glavnoie Razviedivatelnoie Upravlénié.* Services de renseignements de l'Armée rouge.

aux étoiles brodées. Son visage gélatineux plein de taches de rousseur, coupé d'une bouche mince, dissimulait une volonté sans faille. A côté de lui, Igor Chamirov, avec sa silhouette étriquée et sa moustache grise en balai-brosse, ressemblait à un vieil apparatchik sans envergure. Le costume civil le rapetissait encore, mais Vladimir Sokolov lui avait interdit de porter l'uniforme pour ce discret dîner d'hommes au restaurant du premier étage de l'hôtel *Nacional* sur la place du Manège juste en face du Kremlin.

De l'autre côté de la grande place, on apercevait par les fenêtres du restaurant les deux larges rues en pente douce séparées par un vieil immeuble en brique rouge par lesquelles les défilés officiels arrivaient à la place Rouge en léger surplomb. Passant devant le mausolée de Lénine adossé à la muraille du Kremlin, à droite, et devant l'interminable immeuble du Goum à gauche, le grand magasin qui occupait tout un côté de la place Rouge.

– Détends-toi, Igor Nicolaïevitch! intima gentiment le général Sokolov. Et buvons à notre patrie, notre chère Union soviétique.

Il leva son verre de vodka.

– *Za Rodinu*! (1)

– *Za Rodinu*! répéta le colonel Chamirov.

Dans le brouhaha des conversations leur toast passa complètement inaperçu. Les tables de la grande salle vieillote, tout en longueur, au plafond orné de « pâtisseries » en stuc, étaient occupées par des groupes joyeux qui se reflétaient dans une immense glace occupant tout un panneau du fond. Les bouteilles de vodka et de champagne de Crimée s'accumulaient sur les tables au milieu des bouquets d'œillets ou de tulipes rouges. C'était la Fête des Femmes, célébrée avec faste en Union soviétique. Les serveurs, d'habitude bougons et mal embouchés, en étaient presque aimables, grâce à de généreux pourboires.

Igor Chamirov sentit son cœur se serrer. Sa femme, Galia, s'entassait avec leurs trois enfants dans une seule

(1) A la Patrie.

pièce d'un grand ensemble à côté du métro Molodeznaya, à la périphérie ouest de Moscou. Et encore, c'était un progrès par rapport aux vieux wagons de chemin de fer infestés de rats dans lesquels ils avaient campé pendant un mois, à leur retour de Prague.

L'Armée rouge avait commencé à évacuer la Tchécoslovaquie, ce qui créait d'énormes problèmes logistiques. Igor Chamirov avait trouvé une chambre à partager avec un autre colonel, dans un vieux bâtiment du complexe abritant le centre nerveux du GRU, surnommé L'Aquarium, dissimulé sous l'appellation pudique de « Département militaire 44388 », non loin de l'aéroport de Khodinka, dans une zone interdite aux étrangers. Sans réelle affectation.

Entassé dans un bureau avec trois autres officiers.

Pour les familles, rien n'était prévu. Le colonel Chamirov n'était pas le seul dans ce cas : un régiment d'élite revenu d'Afghanistan dix mois plus tôt avait passé l'hiver sous la tente, par – 30. De quoi être amer... Son regard traversa la fenêtre et se posa sur les clochetons en bulbe multicolores de la basilique Saint-Basile, éclairés par des projecteurs, de l'autre côté de la Place Rouge. Comme la basilique se trouvait en contrebas, ils semblaient posés directement sur l'esplanade. On était au cœur de la Russie. Des larmes montèrent aux yeux du colonel. Il n'avait pas imaginé ainsi son retour à Moscou.

Le général Sokolov se pencha vers lui et commença à parler à voix basse, d'un ton calme, mesuré et ferme. Igor Chamirov aurait pu se croire à une réunion d'état-major, du côté de Kaboul...

Mais il avait du mal à ne pas se laisser distraire par les rires et les conversations bruyantes autour d'eux. Le brouhaha augmenta encore : un garçon de haute taille à la barbe du Christ traversa la salle sous les applaudissements pour aller s'asseoir devant un piano installé sous la grande glace du fond.

Une femme au visage congestionné, Junon en robe verte, vint se pencher à son oreille et aussitôt il se lança dans un boogie-woogie endiablé...

Couverte par ce nouveau bruit de fond, la voix du

général Sokolov monta d'un ton. Un peu étourdi par les notes qui s'égrenaient à toute vitesse dans ses oreilles Igor Chamirov ponctuait son exposé de :

– *Da... Karacho. Da.* (1)

Quand son supérieur se tut, Igor Chamirov en fut presque peiné. Les yeux bleu cobalt du général Sokolov se posèrent sur lui comme deux lasers.

– Tu as bien compris, Igor Nicolaïevitch?

– *Da,* Vladimir Ivanovitch.

Les deux hommes se sourirent brièvement. Un sourire chaleureux, plein de gravité et d'espoir, comme lorsqu'ils se préparaient à une opération, là-bas, en Afghanistan.

Le général Sokolov eut une moue dégoûtée.

– Quelle musique!

Igor Chamirov approuva silencieusement. Avant la Perestroïka on n'aurait jamais vu cela. En plus, à tous les coins de rue, des camelots proposaient pour vingt roubles des cassettes piratées de *lambada.* Mais on ne trouvait toujours rien dans les magasins d'Etat. Galia était obligée d'aller patauger dans la boue des marchés kolkhosiens pour trouver une nourriture à peu près décente à dix fois le prix officiel. D'un geste discret, le général demanda l'addition. Du coin de l'œil, Igor Chamirov ne put s'empêcher d'en voir le montant : 33 roubles.

Une somme énorme pour lui qui en gagnait 500 par mois et devait en payer 60 pour la misérable chambre où s'entassait sa famille. Mais le général Sokolov venait de se voir attribuer un bureau au quatrième étage de la rue Frunzé (2), signe de ses importantes et nouvelles fonctions d'adjoint au général-colonel Gregori Krivosheiev, patron du GRU.

Auparavant, il avait commandé pendant quatre ans la Troisième Direction du Premier Directorate du GRU, chargée des mouvements de libération, de l'aide militaire à l'étranger et des contacts avec les organisations terroristes. C'est en remplissant ces fonctions qu'il

(1) Oui. Bien. Oui.
(2) Siège du ministère de la Guerre.

avait rencontré le colonel Chamirov, affecté lui aussi à cette même division.

Depuis qu'ils étaient tous les deux à Moscou, il lui avait même donné son adresse personnelle; 28 Kontouzowski Prospeck, un grand appartement dans un immeuble flambant neuf, réservé aux dignitaires de la Nomenklatura.

Au vestiaire, Igor Chamirov récupéra son vieux manteau de cuir noir et une chapka sans forme, tandis que le général Sokolov s'enveloppait dans une chaude pelisse importée d'Allemagne de l'Est.

On lui tendit également un attaché-case gris équipé de deux serrures à chiffre. Il se tourna vers Igor Chamirov.

– Viens une seconde, Igor Nicolaïevitch.

Il poussa le colonel du GRU vers la porte des toilettes, au début du couloir, et ils y entrèrent tous les deux. Le général Sokolov s'adossa à la porte, en interdisant l'ouverture et ouvrit les deux serrures à chiffre. A l'intérieur de son attaché-case, il y en avait un second, à peine plus petit. Il le prit et le tendit à Igor Chamirov.

– Voici ce qu'il te faut pour ta mission.

Quelqu'un tambourina dehors, mais il ne s'en émut pas. Le colonel du GRU ouvrit le second attaché-case. Il eut un choc en découvrant les liasses de billets verts – des dollars – et le referma vivement. Ebloui et troublé. Même pour un homme aussi important que le général Sokolov, c'était très difficile de se procurer une somme pareille. Il avait donc avec lui des membres encore plus puissants de l'Armée rouge ou du KGB.

– La combinaison est 191, annonça le général. Fais bon usage de cet argent. Maintenant, quittons-nous.

Il ouvrit la porte et aussitôt un homme rougeaud le bouscula presque pour entrer. Lui et Igor Chamirov gagnèrent la sortie du *Nacional.*

Le général Sokolov tendit la main à son subordonné et la serra longuement.

– *Dosvidania,* Igor Nicolaïevitch. Je compte sur toi.

– *Dosvidania,* Tovar... Vladimir Ivanovitch, bredouilla Igor Chamirov.

Il frissonna et ce n'était pas seulement de froid. Déjà, la lourde silhouette du général s'éloignait. Igor Chamirov le vit monter dans sa Tchaika noire conduite par un chauffeur; le sien, Volodia Kovalev, un Caucasien à la tête de brute, dévoué comme une nounou, était de repos ce soir-là. Il n'aimait que deux choses au monde en dehors de son chef : la saucisse à l'ail et le *Lac des Cygnes*. Chaque fois qu'il arrivait à se procurer une place pour le Bolchoï, il en pleurait d'émotion.

La Tchaika fila le long de Marksa Prospekt et tourna à droite dans Kalinina Prospekt. Igor Chamirov hésitait au bord du trottoir. Les chauffeurs de taxi plus ou moins clandestins se rapprochèrent comme des vautours, murmurant leurs offres. Lui regardait une des tours du Kremlin, surmontée d'une grosse étoile rouge lumineuse, qui brillait dans la nuit comme un rubis. « Krasnoia Swezda », l'Etoile Rouge, c'était le nom du journal de l'armée, où s'étalaient chaque semaine les protestations des officiers comme lui, laissés sur le bord de la route par la Perestroïka, ce concept flou qui se traduisait presque uniquement dans les faits par une plus grande liberté d'expression. La plupart des Soviétiques se disaient amèrement qu'il n'y avait qu'à l'étranger qu'on considérait Mikhaïl Sergueïevitch Gorbatchev comme un génie.

Ecartant les chauffeurs de taxi, Igor Chamirov s'ébroua et se mit en marche vers le métro, serrant très fort la poignée de l'attaché-case, réfléchissant à ce que le général Sokolov venait de lui demander, et qu'il avait accepté. C'était fou, totalement opposé à tout ce qu'on lui avait appris au cours de toute sa carrière d'officier dans l'Armée rouge. Il aurait dû se lever, quitter la table et, dès le lendemain, rédiger un rapport circonstancié pour le KGB.

Il n'avait rien fait de tout cela et leur conversation, maintenant, lui paraissait presque naturelle...

Une brusque rafale de neige lui fit rentrer la tête dans les épaules. Moscou était blanc et boueux, aux prises avec un hiver qui n'en finissait pas. Un trolley bleu sale glissa silencieusement le long du trottoir, presque vide. Igor Chamirov était arrivé au coin de la rue Gorki, déserte. Il emprunta pourtant le passage souterrain pour traverser, comme tous les Moscovites. Les miliciens de la circulation faisaient régner une discipline de fer. Les pas du colonel du GRU résonnaient sur le carrelage du long couloir menant à la station Marksa.

Igor Chamirov, le cerveau en ébullition, se dit que son chef avait raison et que lui aussi avait eu raison de considérer sa demande folle comme un ordre ordinaire. L'analyse du général Sokolov était correcte. Une fois de plus, il fallait défendre la *Rodina*.

A n'importe quel prix.

CHAPITRE II

Dimitrova Petrovitch était frigorifiée après avoir fait la queue pendant deux heures pour s'acheter un rouge à lèvres dans la nouvelle boutique Dior, en bas de la rue Gorki, grâce à quelques précieux dollars extorqués à un de ses clients. Tout en attendant de pouvoir traverser, au feu de la rue Ogareva, elle tapait de la semelle pour se réchauffer un peu. Ses cuissardes à hauts talons en cuir noir la protégeaient mal.

Les Lada, les Moskvitch, les Volga qui défilaient à toute allure dans la large rue Gorki étaient toutes plus boueuses et sales les unes que les autres. A Moscou, on trouvait déjà difficilement de l'essence, alors les lavages... De toute façon, avec la neige, à quoi bon nettoyer une voiture?

La grande artère bordée de vieux immeubles à la peinture délavée, noircis par la pollution, au style rococo, tous ornés de doubles fenêtres, était un peu les Champs-Elysées de Moscou. Pourtant les vitrines vides ou carrément murées par des planches ne pouvaient dissimuler la pénurie généralisée. Les seuls ornements des vitrines d'alimentation étaient des boissons et des gâteaux en stuc poussiéreux... Un peu plus haut, une queue de cent mètres s'allongeait devant un « Gastronom » (magasin d'alimentation) qui venait de recevoir des boîtes de crabe... Un vrai miracle.

Dimitrova Petrovitch regarda sa montre : elle allait être en retard, mais pas question de traverser avant d'avoir le droit de le faire. Elle risquait, au pire, de se faire écraser ou, au mieux, une contravention distribuée par le milicien en longue capote grise et chapka, planté au milieu du carrefour. A Moscou, on ne plaisantait pas avec les règles de la circulation et, comme les miliciens ne gagnaient guère plus de 200 roubles par mois, ils se faisaient de petits à-côtés avec les contraventions...

Le feu passa enfin au rouge et Dimitrova Petrovitch se précipita sur la chaussée, suivie de quelques regards admiratifs. Avec son maquillage agressif, ses longs cheveux blonds descendant jusqu'aux reins, sa veste de cuir noir bien coupée et ses cuissardes montant presque jusqu'à la mini-jupe, elle ne ressemblait guère aux Soviétiques moyennes qui s'habillaient pratiquement comme des religieuses...

Elle courut, laissant sur sa gauche la poste centrale, puis s'engouffra dans la rue Ogareva, longeant les six étages ocre du ministère de l'Intérieur. L'immeuble où elle habitait, le 13, se trouvait tout de suite à droite, en retrait, après une ancienne église transformée en centre téléphonique pour les communications internationales.

C'était un vieux bâtiment de douze étages mal entretenu, perpendiculaire à la rue Ogareva, donnant sur une sorte d'impasse avec des garages et un terrain vague. Mais dans ce quartier proche du Kremlin, le moindre logement était introuvable... Même pour les 600 roubles qu'elle partageait avec une copine.

Arrivant devant le 13, elle reprit un pas normal et regarda autour d'elle : personne. C'est en ouvrant la double porte de son immeuble qu'elle découvrit une silhouette immobile dans le sas. Un homme engoncé dans une canadienne, les cheveux très noirs, mal rasé, les yeux enfoncés, dans un visage en lame de couteau, les mains dans les poches. Lui aussi paraissait gelé. Il posa un regard furieux sur Dimitrova Petrovitch et lança d'une voix rogomme :

– Dimitrova?

– *Da! Da!* fit-elle, avec un grand sourire d'excuse. Je suis en retard, continua-t-elle en anglais. Venez.

L'intérieur de l'immeuble n'était guère plus brillant

que la façade lépreuse. Des grands carreaux de faïence verdâtres, une rangée de boîtes aux lettres éventrées et rouillées, avec le numéro des appartements. A Moscou, il n'y avait jamais de noms... Pas d'ascenseur, en panne depuis sept ans. Ils s'engagèrent dans l'escalier qui sentait le chou, la saleté et la pourriture. Dimitrova Petrovitch se retourna gaiement vers son compagnon.

– C'est seulement au huitième.

Il maugréa, les yeux fixés sur la bande de chair qui apparaissait entre le haut de ses cuissardes et la mini-jupe.

– Comment t'appelles-tu?

– Mahmoud.

Il avait dit le premier prénom qui lui passait par la tête. Dimitrova Petrovitch sourit, l'évaluant d'un coup d'œil aigu. Toutes les *interdevitchi* (1) savent que les Arabes ont toujours beaucoup de dollars, sauf quand ils sont étudiants à l'université Lumumba. Celui-ci n'était pas étudiant. Trop vieux.

– C'est joli comme prénom, dit-elle. Enlève ta veste.

Il régnait une chaleur de bête dans le petit deux-pièces encombré de posters, de bibelots, avec un grand canapé-lit recouvert de châles et de coussins en face d'une télé Akai, achetée dans une *beriozka* (2) avec des dollars. Mahmoud ôta sa veste, découvrant une chemise sans cravate ouverte sur un torse incroyablement velu. Les poils lui montaient jusque sur la gorge! Ses yeux vifs détaillaient l'appartement, les vitres jaunâtres des doubles fenêtres et les quelques meubles. Dimitrova Petrovitch l'imita, révélant un pull noir très fin qui moulait des seins petits et fermes, aux pointes très longues. Elle avait la taille très mince, des hanches épanouies et de longues jambes. L'Arabe la fixa longuement, avidement. Comme on évalue du bétail au marché, sans une once d'humanité.

(1) Putes pour étrangers.
(2) Magasin en devises.

Il sortit alors une bouteille de la poche de sa canadienne et la posa sur la table.

– Tu as des verres? demanda-t-il.

De la vodka! Dimitrova s'avança et pressa son bassin contre lui.

– Oh! *Spasibo.*

Il ne répondit pas, occupé à caresser sa chute de reins. Il s'écarta d'elle quelques instants plus tard, le souffle un peu plus rapide. Gentiment, Dimitrova le caressa au passage, sentant au bout de ses doigts une érection puissante en train de naître... Elle alla prendre dans la cuisine un bocal de gros cornichons, du pain noir et des verres, puis revint avec le tout sur un plateau. Le temps de remplir les verres et ils trinquèrent. Après le froid glaçant, l'alcool parut délicieux à Dimitrova. Elle sourit à Mahmoud.

– Tu as un peu de temps?

– Oui.

Il regardait fixement ses cuisses moulées de bas noirs, émergeant des cuissardes. En dépit de son habitude des hommes, Dimitrova Petrovitch fut troublée par la force brutale qui émanait de son corps épais. Elle lança pourtant, d'une voix volontairement douce, affectant la timidité :

– On t'a dit pour le prix?

Mahmoud inclina la tête.

– Tu me les donnes maintenant, que je les range?

Sans répondre, Mahmoud sortit de sa poche des billets pliés, roubles, dollars et d'autres devises que Dimitrova ne reconnut pas. Il en détacha un de cent dollars. Avant qu'il ne remette la liasse dans sa poche, un autre tomba à terre sans qu'il s'en aperçoive. Dimitrova Petrovitch prit aussitôt l'argent tendu, embrassa son client sur la bouche, tout en poussant discrètement du pied sous un fauteuil le billet qui était tombé. Toujours ça de pris.

Brutalement, une langue fouilla sa bouche, une peau rugueuse se frotta contre son menton, et des doigts durs pétrirent ses seins, en tordant les pointes. Elle poussa un petit cri et se dégagea.

– Déshabille-toi! intima l'Arabe.

La bosse de son pantalon avait pris des proportions impressionnantes. Dimitrova Petrovitch fila dans la cuisine mettre le billet avec d'autres dans un garde-manger suspendu à sa fenêtre, avant de lui obéir.

Quand elle revint, le niveau de la bouteille de vodka avait sérieusement baissé. Mahmoud en avait bu une solide rasade sans même utiliser le verre. Elle commença à se déshabiller, d'abord le pull, puis les cuissardes. Installé dans le fauteuil, il ne bougeait pas. Se servant mécaniquement à boire. Son regard s'anima en voyant apparaître la fourrure blonde de Dimitrova. Au moment où elle allait s'allonger sur le lit, uniquement vêtue de ses bas, il lança de la même voix indifférente :

– Remets tes bottes.

Elle obéit. C'était courant. Elle se retourna ensuite vers lui, les mains sur les hanches. Il venait de défaire sa ceinture et son zip, extrayant d'un slip de coton rougeâtre un gros sexe épais à l'extrémité imposante et cramoisie. Il l'entoura de ses doigts et commença lentement à se masturber.

– Viens ici, ordonna-t-il. A genoux.

Pour cent dollars, il ne fallait pas se faire prier. Au marché noir, cela faisait deux mille roubles. Dix mois d'un salaire moyen... Dimitrova Petrovitch, agenouillée sur le tapis du Caucase usé jusqu'à la trame, engouffra docilement le membre dans sa bouche. Elle n'eut pas le temps de démontrer l'agilité de sa langue. Une des mains de son client s'était refermée sur ses cheveux blonds, les nouant en torsade et il lui appuyait la tête de toutes ses forces contre son ventre. Elle sentit le gland congestionné heurter sa luette et réprima un haut-le-cœur. La nuque raide, elle le laissa faire monter et descendre sa tête comme un piston. Sournoisement, elle enfonçait ses dents dans la colonne de chair pour qu'il n'aille pas trop loin. Souhaitant qu'il prenne son plaisir de cette façon.

Ce n'était pas l'idée de Mahmoud. Il arracha de lui la tête de Dimitrova avec un grognement et se dressa, le pantalon sur les chevilles. Son sexe avait encore augmenté de volume. Mahmoud poussa la jeune Soviétique devant lui, puis la força à s'agenouiller au bord du lit, lui tournant le dos. Elle dut appuyer ses mains au mur pour ne pas perdre l'équilibre, le dos presque à l'horizontale. Dimitrova Petrovitch s'attendait à ce qu'il la prenne aussitôt. Mais il resta debout derrière elle, son sexe tendu effleurant le sien, sans bouger, sans parler. Seul, le souffle rapide sur sa nuque reflétait son désir.

– Je ne te plais pas? souffla-t-elle, commençant à s'ankyloser.

Mahmoud ne répondit pas. Ses mains se refermèrent comme un étau sur les hanches un peu grasses, les maintenant solidement. Puis, d'un violent coup de reins, il se propulsa en avant. Dimitrova poussa un hurlement. Le sexe massif de l'Arabe venait de s'enfoncer en elle de toute sa longueur, comme un épieu, la meurtrissant affreusement. Elle voulut repousser Mahmoud, mais celui-ci était soudé à elle. Il se retira presque entièrement, puis la tira vers lui, l'empalant à nouveau, soufflant comme un phoque, tout en marmonnant des mots indistincts dans sa langue.

– Doucement, supplia Dimitrova en russe. *Slow, please!* répéta-t-elle en anglais.

Mahmoud n'avait cure de ses protestations. Les doigts crispés dans ses hanches, la martelant sauvagement. Puis ses mains remontèrent pour se refermer sur ses seins, en tordant les longues pointes comme au début. Il poussa alors Dimitrova à plat ventre sur le lit, l'écrasant de tout son poids; elle eut l'impression que le membre grossissait encore en elle et Mahmoud explosa avec un spasme qui le secoua tout entier.

Encore groggy, Dimitrova le sentit se relever et en éprouva presque une sensation de vide désagréable. Son regard tomba sur le corps de son nouvel amant et elle faillit éclater de rire. Jamais elle n'avait vu un homme aussi velu! Une vraie toison d'animal, jusque sur les mains... Il s'écroula dans le fauteuil, prit la bouteille de vodka et en but une rasade au goulot.

Quand Dimitrova Petrovitch revint de la salle de bains, il n'avait pas bougé. Seul son sexe avait perdu de son importance. Il la détailla de son regard froid injecté de sang par l'alcool. La Soviétique lui sourit.

– C'était bon, tu sais. Tu es drôlement fort!

Il ne répondit pas, les yeux fixés sur le triangle blond de son ventre. D'habitude, ses clients s'éclipsaient, une fois satisfaits. Elle vint s'asseoir sur le bras du fauteuil.

– Tu es pour longtemps à Moscou? demanda-t-elle. On peut se revoir, tu sais. Tu es sympa.

– Je n'ai pas fini, laissa-t-il tomber.

Dimitrova eut un rire qui ne sonnait pas gai. Ce Mahmoud lui faisait un peu peur avec son allure d'ours.

– Alors, ce sera un peu plus, annonça-t-elle.

Il se baissa, prit dans la poche de son pantalon un autre billet de cent dollars et le posa sur la table.

– *Karacho?* (1)

– *Karacho.*

Au lieu de se jeter sur elle, il prit la bouteille de vodka et se remit à boire.

Il ne restait que quelques gouttes dans la bouteille. Dimitrova s'efforçait de redonner une vigueur nouvelle à son étrange client, affalé dans le fauteuil. Contre toute attente, le membre reprenait une certaine consistance.

« Ce type est une bête », pensa-t-elle. Son sexe la brûlait. Elle avait bien espéré qu'après une bouteille de vodka, elle n'aurait pas à s'exécuter de nouveau. Hélas, ça n'en prenait pas le chemin. Mahmoud l'écarta et se leva en titubant. Elle l'imita et sa main flatta sa croupe, s'attardant à la courbe des fesses, puis ses doigts allèrent plus loin et elle se raidit. Soudain paniquée. D'elle-même, elle se glissa jusqu'au lit et s'y allongea sur le dos.

– Viens! dit-elle.

Il approcha, les yeux déjà presque vitreux, se masturbant machinalement de la main gauche. De la droite, il retourna brutalement Dimitrova Petrovitch sur le ventre, puis se laissa tomber aussitôt entre ses cuisses. Les

(1) Ça va?

doigts la fouillèrent, trouvèrent ce qu'ils cherchaient. Dimitrova Petrovitch cria.

– Arrête, je t'interdis...

Sa phrase s'interrompit sur un hurlement. Avec la même brutalité, son client venait de s'enfoncer dans ses reins, de toute sa longueur et de tout son poids, la clouant au canapé-lit. Dimitrova eut l'impression que ses reins éclataient. La douleur fut encore plus insupportable quand Mahmoud se retira partiellement pour mieux la défoncer à nouveau... Elle avait l'impression que le sexe qui la violait était recouvert de papier de verre. Avec la redoutable insensibilité des ivrognes, il continua inlassablement à déchirer la jeune Soviétique, un viol régulier comme un métronome, puissant comme une bielle, ses doigts d'acier lui malaxant la poitrine. Dimitrova Petrovitch ne savait plus où elle avait le plus mal...

Enfin, aux coups furieux qui l'ébranlaient, elle sentit que Mahmoud arrivait au plaisir.

Il lui mordit l'épaule en se vidant dans ses reins, se retirant aussitôt d'un seul coup ce qui arracha à Dimitrova un ultime hurlement.

Elle se dégagea et tourna la tête. Etendu sur le dos, le membre encore bandé, la bouche ouverte, l'Arabe s'était endormi d'un coup, foudroyé par la vodka et son second orgasme. Elle se releva et courut à la salle de bains, ivre de fureur, l'injuriant intérieurement. En cinq ans de carrière, jamais elle n'avait été traitée ainsi.

Mahmoud dormait toujours. Dans la même position. Dimitrova Petrovitch avait remis un pantalon, un pull et des bottes, s'était remaquillée. Folle de rage : dès qu'elle s'asseyait, elle éprouvait une douleur lancinante. La première chose qu'elle avait fait, une fois rhabillée, avait été de subtiliser un troisième billet de cent dollars dans la liasse. Elle n'avait pas osé en prendre plus. Voyant qu'il était toujours inconscient elle s'approcha de la veste, tâta les poches, et sentit quelque chose de dur à l'intérieur.

Elle envoya la main et ramena d'abord un passeport.

Bleu avec des caractères arabes, puis un second, un troisième et enfin un quatrième – rouge – de la République libanaise. Dimitrova Petrovitch jeta un coup d'œil effrayé à l'homme endormi. Décidément, ce n'était pas un client ordinaire. Elle ouvrit les passeports les uns après les autres, et constata vite que si les quatre portaient la même photo, les noms étaient différents... Comme les nationalités et les dates de naissance.

Les documents étaient neufs. La jeune Soviétique hésita : le plus simple était de les remettre là où elle les avait trouvés. Seulement, dans son métier, on était souvent persécutée par la Milice, les macs caucasiens ou même le KGB. Il était bon de rendre de temps à autre de petits services. Le KGB serait sûrement intéressé par ce qu'elle venait de découvrir. Il suffisait qu'elle contacte un des agents basés dans la suite 301 de l'hôtel *Nacional* qui leur servait de PC pour les écoutes et les caméras dissimulées dans les chambres et les endroits stratégiques de l'hôtel.

Evidemment, il n'était pas question de voler les documents. Simplement, en relever les caractéristiques. Elle passa dans la cuisine et s'installa à la table avec une feuille de papier. Sagement, elle se mit à recopier les indications essentielles, en lettres capitales, pour être certaine de ne pas commettre d'erreur.

Dimitrova Petrovitch en était au troisième passeport lorsqu'elle eut le sentiment d'une présence. Elle leva la tête et croisa le regard noir de fureur de Mahmoud, planté devant elle, nu comme un ver.

L'Arabe était pieds nus et c'est la raison pour laquelle elle ne l'avait pas entendu arriver. Dimitrova Petrovitch sentit son cœur démarrer comme une Formule I. Elle resta le crayon en l'air, sans savoir comment réagir. Impossible de nier, de trouver une explication. Elle était comme paralysée. C'est Mahmoud qui bougea le premier. Le visage blanc de fureur, d'un violent coup de coude à la tempe, il fit tomber Dimitrova Petrovitch de son tabouret. Son geste suivant fut de rafler les quatre passeports et la page pleine de renseignements.

Dimitrova était en train de se relever, encore étourdie. Sans un mot, elle fonça vers la porte avec une seule idée : fuir. L'Arabe la bloqua de tout son corps. Ses yeux irradiaient la haine. D'un coup sec du genou en plein ventre, il la bloqua. Sous la douleur fulgurante Dimitrova Petrovitch poussa un cri et s'effondra. Elle se mit à hurler, tentant d'ameuter les voisins. En un seul bond, Mahmoud fut sur elle. La Soviétique sentit des doigts de robot s'enfoncer dans sa gorge, chercher sa trachée-artère pour l'écraser. Elle continuait de crier, mais plus faiblement, se débattant, essayant de décocher des coups de pied que son adversaire évitait habilement. Ils oscillaient dans la minuscule cuisine, renvoyés d'un mur à l'autre. Dimitrova réussit à desserrer l'étreinte quelques fractions de seconde et poussa un cri perçant. L'Arabe comprit qu'il ne pourrait en venir à bout d'une seule main.

Il posa les passeports et le papier sur la table puis revint à la jeune femme, tentant de l'étrangler. Affolée, Dimitrova aperçut tout à coup une paire de ciseaux sur une étagère et s'en empara. Elle frappa de haut en bas, mais la pointe glissa sur l'omoplate de Mahmoud, lui faisant seulement une estafilade. Il émit un rugissement de douleur et de rage, lâcha la gorge pour tordre le poignet avec une violence inouïe.

Les ciseaux tombèrent à terre. Il se baissa en un éclair, les ramassa et, les tenant à l'horizontale, frappa l'estomac de la jeune Soviétique. La pointe s'enfonça dans le jersey noir et Dimitrova Petrovitch eut un hurlement rauque. Mahmoud retirait déjà son arme improvisée tachée de sang. Il frappa de nouveau, plus haut, maintenant sa victime contre le mur de la main gauche serrée autour de sa gorge. Puis encore une fois, avec un « han » sourd. Il jura. La lame avait glissé contre une côte en biais. Dimitrova Petrovitch hurlait comme un porc qu'on égorge...

La fois suivante, Mahmoud prit le temps d'ajuster son coup et les ciseaux disparurent dans la poitrine.

Dimitrova Petrovitch eut un brusque spasme, le cœur

transpercé. L'Arabe frappa une cinquième fois, jusqu'à ce que le regard de la jeune femme devienne vitreux. Il lâcha le corps qui s'effondra à terre, rafla les passeports et le papier. Il trouva un torchon, essuya rapidement les ciseaux puis tous les endroits qu'il pensait avoir touchés et sortit de la cuisine. Dans l'autre pièce, il prit les mêmes précautions, jeta le torchon et jura, tout en s'habillant, guettant les bruits du vieil immeuble. Rien! Comme un fou il se rua sur le palier, vérifia d'un coup d'œil que les autres portes étaient fermées. Il descendit quatre à quatre, atteignit le rez-de-chaussée et tira à lui la double porte intérieure. Au même moment quelqu'un ouvrait son pendant à l'extérieur. Il distingua un homme et une femme. L'homme titubait. Il se força à tenir poliment la porte, le cœur battant la chamade. Le regard curieux de la femme se posa sur lui, puis il plongea à l'extérieur, sans se retourner.

Ses pieds glissaient sur le verglas. Il tourna à gauche dans la rue Ogareva, mais ne se sentit rassuré qu'en retrouvant la circulation intense de la rue Gorki. Il ralentit et descendit la grande artère, contournant devant l'hôtel *Intourist* une queue résignée attendant de pouvoir acheter un *boublik* (1) à un petit kiosque.

Les battements de son cœur tardaient à se calmer. Il était furieux contre cette pute et contre lui-même. Si quelqu'un avait entendu les cris et appelé la Milice, il aurait été bon pour le peloton d'exécution. En URSS la peine de mort existait et était fréquemment appliquée.

Il s'engouffra dans le passage souterrain menant à la station de métro Marksa. Là, il retrouvait l'anonymat. Un couple s'embrassait en face des taxiphones; une fille seule assez belle poireautait et lui jeta un regard d'invite tandis qu'il changeait une pièce de vingt kopecks pour avoir de la monnaie.

En poussant le portillon menant aux escaliers roulants, il se demanda si cet incident pouvait avoir des conséquences graves sur ce qu'il était venu faire en URSS.

(1) Bretzel.

CHAPITRE III

– Son Altesse Sérénissime le prince Malko Linge. La princesse Mathilda von Grünzig.

Malko s'inclina très bas sur la main tendue. Celle d'une ravissante jeune femme au visage de camée émergeant d'une robe de faille rose qui s'évasait en gracieuse corolle jusqu'aux pieds. Le baron Dieter Malsen von Ponickau qui venait de faire les présentations s'éclipsa vers le buffet. Mathilda von Grünzig adressa à Malko un sourire amusé et dit d'un ton léger :

– J'ai beaucoup entendu parler de vous... Deux fois, vous deviez assister à des dîners où je me trouvais et vous nous avez fait faux bond. Il semble que vous voyagez beaucoup...

– En effet, reconnut Malko, mais je bénis ce jour où nous nous rencontrons enfin.

La foule bruissait autour d'eux dans le foyer de l'Opéra de Vienne. Les bijoux prenaient encore plus d'éclat sous les vieux lustres de cristal et les femmes paraissaient toutes plus belles les unes que les autres. Les Viennois avaient toujours adoré la fête... Malko enveloppa la jeune princesse d'un regard brûlant et elle soutint l'éclat de ses yeux dorés, une flamme amusée dans ses prunelles. Elle se savait désirable, elle était encore célibataire et les hommages des hommes la comblaient. On ne lui connaissait que de rares amants, ce qui en faisait une proie encore plus recherchée. La plupart du temps, elle vivait dans un « schloss » de Haute Autriche, chassant et donnant des fêtes. Son père, banquier et promoteur immobilier, l'avait mise à l'abri du besoin... Devant l'insistance des yeux dorés, elle remarqua perfidement :

– Vous êtes seul? Je ne vois pas votre amie la comtesse Alexandra...

– Elle profite de la dernière neige à Lech, précisa Malko.

C'était la plus récente bouderie d'Alexandra qui lui reprochait de ne pas s'occuper assez d'elle... Ils avaient eu une scène violente et elle s'était éclipsée avec un groupe d'amis. A moins qu'elle n'ait cherché ce prétexte pour assouvir un petit fantasme dans la neige...

En tout cas, si elle l'avait vu faire la cour à cette jeune ravissante, elle lui aurait arraché les yeux et les aurait piétinés. Nul n'est plus jaloux qu'une femme infidèle. L'orchestre, installé sur une estrade, attaqua une valse afin de meubler l'entracte et Malko entraîna aussitôt sa cavalière. Tandis qu'ils tourbillonnaient, leurs tailles se rapprochèrent imperceptiblement. Il humait avec délices le parfum de la jeune femme, se disant que la vie avait du bon. Ce soir, il se sentait bien dans sa peau. Il n'était plus qu'un membre de l'aristocratie autrichienne en train de faire la cour à une personne de son rang.

– Pourquoi ne viendriez-vous pas passer le week-end à Liezen? proposa-t-il. Vos amis seront les bienvenus. Il semble que le temps sera beau.

Son château continuait à accaparer tous ses soins. Et plus que tous ses revenus... Mais c'était sa raison de vivre, le cordon ombilical qui le reliait à cet univers un peu superficiel, peut-être, enraciné dans le passé, dans lequel il se sentait comme un poisson dans l'eau... Mathilda von Grünzig lui jeta un regard en dessous, espiègle.

– Et mon fiancé est le bienvenu aussi?

Malko eut quand même une fraction de seconde d'hésitation avant de répondre :

– *Warum nicht?* (1)

Mathilda, tournoyant à son bras, renversa la tête en arrière dans un rire joyeux.

– Je plaisantais! Il est aux Etats-Unis. Mais je viendrai peut-être quand même.

La valse était terminée. Ils restèrent dans un coin du foyer, à l'écart de la foule. Malko, de plus en plus sous le charme. Mathilda lui jeta un long regard pensif.

– Si je viens, je veux que vous me racontiez des tas d'histoires. Mes amis ne me parlent que de chasse et de potins. Qui couche avec qui. C'est assommant et parfois grotesque. Avec vous, cela doit être différent...

– Pourquoi?

La lourde glace où ils se reflétaient lui renvoyait une silhouette jeune sanglée dans un smoking impeccable où les cheveux blonds ajoutaient un charme supplémentaire. Mathilda von Grünzig se pencha à son oreille.

– On dit que vous avez une vie très bizarre, que vous êtes un aventurier, que vous avez tué des gens. C'est vrai?

Malko sourit. Le gibier qu'il chassait n'était pas toujours le sanglier et les vieilles pierres du château de Liezen valaient leur pesant de cadavres. Mais, cela, c'était son petit secret. Il serra un peu le bras de Mathilda et glissa à son oreille :

– Qui vous a parlé de ces sornettes? Je ne tue personne. Je fais des affaires et je voyage beaucoup.

Mathilda von Grünzig eut une moue dépitée.

– Dommage! Parfois je rêve de vous comme de quelqu'un qui court des tas de dangers et qui est dangereux lui-même. Allez donc me chercher un peu de champagne au bar, pour me consoler de ma déception.

Malko se précipita, fendant la foule des smokings et des robes du soir. Lorsqu'il revint, Mathilda semblait bizarre. Elle prit sa coupe de Dom Pérignon et demanda :

– Vous connaissez ce monsieur, là-bas? Il n'arrête pas de vous regarder...

(1) Pourquoi pas?

Malko tourna la tête dans la direction indiquée, découvrant une sorte de géant barbu, avec de grosses lunettes d'écaille et les cheveux dans le cou, un verre à la main, qui paraissait minuscule dans ses doigts énormes. Il arborait un vague sourire, appuyé à une colonne de l'escalier d'honneur.

– Ce doit être un artiste, continua la jeune princesse. Il a les cheveux aussi longs qu'une femme.

Malko eut du mal à réprimer un fou rire, tout en se sentant envahi d'un malaise indéfinissable. « L'artiste » était en réalité Patrick Rice, chef de station de la Central Intelligence Agency à Vienne. Mélomane à ses heures, issu de *l'establishment* bostonien, Harvard et MIT. Un garçon extrêmement brillant qui avait choisi le Renseignement par goût, alors qu'on lui offrait des ponts d'or dans le business. Leurs regards se croisèrent et il adressa un petit signe à Malko.

– Je le connais en effet! dit ce dernier. C'est un diplomate américain.

Patrick Rice venait de s'ébranler d'une démarche pachydermique. Il les rejoignit, la main tendue, s'inclina devant Mathilda et Malko fit les présentations. La jeune aristocrate semblait goûter médiocrement son intrusion. Elle échangea quelques propos légers avec lui, regarda autour d'elle et lança à Malko :

– Je crois que l'entracte va bientôt se terminer. J'ai deux trois amis à voir. A plus tard.

– Vous êtes fier de vous! protesta Malko furieux, dès qu'elle se fut éloignée.

– Dommage, fit placidement le colosse. Elle est ravissante. Mais avec votre charme vous rattraperez ça facilement à la sortie... Je vous jure que ce n'était pas prémédité, j'allais vous appeler demain matin à Liezen.

– Vous ne m'auriez pas trouvé, fit Malko sèchement. Je reste à Vienne une quinzaine de jours, chez des amis.

Patrick Rice lui jeta un regard ironique.

– Vous allez peut-être devoir écourter votre séjour.

Malko sentit son agacement monter d'un cran. La CIA ne le laisserait jamais en paix!

Pour une fois qu'il profitait de la saison mondaine, qu'il menait la vie aristocratique à laquelle son rang le destinait, avec son cortège de plaisirs, de flirts et de fêtes brillantes. Si seulement le château de Liezen ne coûtait pas si cher... Sans la CIA, il n'aurait jamais pu subvenir à son entretien qui engouffrait des sommes folles. Il venait encore de commander au décorateur Claude Dalle, à Paris, des boiseries sculptées pour sa salle à manger, afin de remplacer celles brûlées au cours de l'attaque du château de Liezen (1), et un bureau en loupe d'amboine. Hélas, c'était le bois le plus cher du monde... Il regarda autour de lui : la princesse Mathilda von Grünzig avait disparu dans la foule, et il ne voyait plus que des couples éparpillés qui égrenaient des propos futiles et enjoués sur les nouveaux airs à la mode.

De mauvaise humeur, il demanda :

– Où diable voulez-vous m'envoyer?

Son aventure birmane était encore très proche (2) et il n'avait pas tellement envie de bouger.

L'Américain lui adressa un sourire angélique et se pencha vers lui, effleurant le lobe de son oreille de sa barbe soyeuse.

– A Moscou, fit-il.

La sonnerie stridente qui annonçait la fin proche de l'entracte empêcha Malko de répondre tout de suite. Quand un silence relatif revint, il lança, plutôt acerbe :

– Vous avez toujours le sens de l'humour. Ou envie de vous débarrasser de moi.

Patrick Rice le prit affectueusement par le bras.

– Ni l'un ni l'autre. Les Soviétiques vous *invitent* chez eux. Avec la garantie personnelle du général Sergueï Ivanovitch Kotov, responsable au Premier Directorate du KGB des étrangers séjournant en Union Soviétique.

(1) *Vengeance romaine*. SAS n° 62.
(2) *Croisade en Birmanie*. SAS n° 98.

– Pour une visite guidée du Goulag?

L'Américain éclata d'un rire énorme et bon enfant.

– *Acht!* On voit bien que vous avez le « winer schmee (1) ». Non, c'est tout à fait sérieux. Peut-être la première amorce de collaboration entre nos deux pays depuis la Perestroïka.

Encore la Perestroïka! Ce terme russe signifiant « changement », lancé par Mikhaïl Gorbatchev, était censé ouvrir une ère nouvelle et radieuse pour une Union soviétique débarrassée des derniers relents du stalinisme. On n'en était encore qu'à un timide dégel. Mikhaïl Gorbatchev allait finir par se présenter à la présidence des Etats-Unis!

Devant l'expression à la fois outragée et méfiante de Malko, Patrick Rice s'empressa d'ajouter.

– D'ailleurs, il ne s'agit pas d'une initiative de la station de Vienne. Cela vient de la Maison Blanche, après consultation de Langley.

– Pourquoi moi?

Le chef de station de la CIA eut un bon sourire.

– Parce que cela ne pouvait être personne d'autre. Vous vous souvenez de l'affaire Ali Jafar, il y a un mois environ?

– Affaire, c'est un grand mot, remarqua Malko. Je l'ai vu une seule fois avant qu'il ne disparaisse.

Ali Jafar était un Palestinien qui résidait à Prague comme représentant de l'OLP pour y acheter des explosifs et des armes aux Tchèques. En même temps, il monnayait, traité par un des agents de la station de Prague, quelques informations à la CIA. La situation s'était gâtée pour lui quand l'OLP avait découvert qu'il fournissait aussi quelques armes à des groupes dissidents brouillés à mort avec Yasser Arafat, comme celui d'Ahmed Jibril. Il avait disparu quelque temps pour réapparaître à Vienne à l'hôtel *Dullor*, établissement modeste dans Dorotheestrasse, derrière Grabenstrasse. Lançant alors un SOS à la CIA, prétendant qu'il avait une information hyper importante à vendre... Patrick Rice avait demandé à Malko, spécialiste du Moyen-

(1) Charme viennois.

Orient, de le « traiter ». Ce dernier et Ali Jafar s'étaient rencontrés au bar de l'hôtel *Bristol* et le Palestinien, contre versement cash de cinq mille dollars, avait révélé qu'un général soviétique de ses relations était en train de préparer un complot contre Mikhaïl Gorbatchev et qu'on lui avait offert d'y participer. Il avait exigé le versement d'un million de dollars contre la révélation des détails de l'affaire et le nom des personnes concernées.

Malko, après avoir laissé peu d'espoir au Palestinien d'obtenir une somme aussi importante, avait sagement rendu compte à Patrick Rice. Par écrit. Après un échange de télex avec Langley, il avait été décidé de faire une contre-proposition à cinquante mille dollars, la somme étant prise sur le budget de la Maison Blanche.

Un nouveau rendez-vous avait été fixé. Au même endroit. Malko avait attendu deux heures. Ali Jafar n'était pas venu. Il avait disparu de l'hôtel *Dullor*. Il avait fallu une semaine à la CIA pour découvrir la clef du mystère : une équipe de tueurs de l'OLP était arrivée à Vienne, spécialement pour le liquider, et il en avait eu vent. Malko croyait cette amorce d'affaire définitivement enterrée. Comme Ali Jafar.

– Qu'y a-t-il de nouveau? interrogea-t-il.

– Ce type vous avait produit quelle impression? demanda Patrick Rice, sans répondre directement à sa question.

Malko eut une moue dubitative.

– Il n'avait pas l'air de raconter des histoires, mais avec les Arabes...

– A l'époque, continua Patrick Rice, j'ai transmis votre rapport à Langley qui l'a remis à la Maison Blanche qui en a fait part aux autorités soviétiques, à Washington. En oubliant de mentionner la présence de militaires soviétiques dans l'éventuel complot. Ça, c'était une information à creuser nous-mêmes. Les Popovs nous ont poliment remerciés, mais on a bien senti qu'ils croyaient soit à une provoc, soit à un conte de fées... Et puis, il y a trois jours, notre chef de station à Moscou a été convoqué au ministère des Affaires étrangères soviétique. Il y a rencontré un haut fonctionnaire très charmant – vraisemblablement un homme du KGB – qui lui a sorti un dossier troublant.

– Celui d'Ali Jafar?

La sonnette retentissait pour la seconde fois. Nouvelle interruption.

– Non, celui d'un meurtre. Une prostituée assassinée chez elle à coups de ciseaux, par un client. Un homme de type moyen-oriental aperçu par une de ses copines. L'assassin n'a toujours pas été retrouvé en dépit des efforts de la Milice et du KGB.

– Quel est le lien avec Jafar?

– Un portrait-robot, d'abord, qui coïncide parfaitement avec les photos de notre dossier.

– Beaucoup d'Arabes se ressemblent, objecta Malko, surtout aux yeux d'une Soviétique.

– Exact, concéda Patrick Rice en entraînant Malko vers le grand escalier où se pressaient les invités. Mais la Milice a trouvé sous un fauteuil un billet de cent shillings autrichiens, vraisemblablement tombé de la poche du meurtrier...

Evidemment, c'était déjà plus sérieux... Malko ne comprenait pourtant pas la raison de ce voyage en Union soviétique.

– Jusqu'ici c'est un simple fait divers, remarqua-t-il. Même s'il s'agit du même Ali Jafar.

– Les Soviétiques ne le ressentent pas ainsi, corrigea Patrick Rice, commençant à grimper l'escalier. Ce meurtre n'a en apparence aucun motif. Rien n'a été volé et, d'après les examens, il a été commis après l'acte sexuel, alors que la prostituée s'était rhabillée. En plus, le meurtrier a pris soin d'effacer toutes ses empreintes.

« Ce n'est pas tout. Comme il s'agissait d'une affaire " spéciale ", le KGB s'est défoncé et a procédé à une véritable enquête scientifique dans l'appartement du crime. On a découvert dans la cuisine un bloc de papier. En apparence blanc. Mais des examens plus poussés ont révélé que quelqu'un avait pris des notes sur la feuille précédente qui avait disparu. Il restait des empreintes d'écriture sur celle qui restait. On a pu les déchiffrer. Il s'agissait des caractéristiques de différents passeports.

– Des passeports? s'étonna Malko.

– Oui, confirma l'Américain. Avec des numéros et des pays : Sud-Yemen, République libanaise, Syrie. Tous faux... Seulement, le KGB a fait tourner ses ordinateurs et découvert qu'au moins *un* de ces passeports a été remis à Ali Jafar par les Services sud-yéménites.

– C'est évidemment beaucoup plus intéressant, reconnut Malko.

– La prostituée a dû découvrir ces documents dans la poche de Jafar et vouloir les recopier. Il l'a surprise et liquidée, conclut Patrick Rice. Ce qui inquiète le KGB et le GRU, continua le chef de station de la CIA, c'est qu'aucune trace de l'entrée d'Ali Jafar en Union soviétique n'a été retrouvée. Ce qui implique qu'il a utilisé un autre faux passeport ou qu'il a pénétré clandestinement sur le territoire soviétique, ce qui est douteux, mais pas absolument impossible.

– Je vous suis, admit Malko. Ali Jafar se trouve à Moscou où il a assassiné une prostituée. Mais pourquoi irais-je, *moi,* à Moscou?

– Au nom sacré de la Perestroïka, dit en souriant Patrick Rice. Les Soviétiques réclament votre collaboration pour *identifier* Ali Jafar. Vous êtes le seul à l'avoir rencontré physiquement et à être fiable.

– Merci pour la fiabilité, fit Malko. Seulement, il faudrait d'abord le retrouver et, pour cela, le KGB et le GRU sont sûrement mieux armés que moi...

Patrick Rice sourit dans sa barbe.

– Certes. Aussi, je crois que leurs intentions ne sont pas aussi limpides qu'ils le prétendent. A mon humble avis, ils sont persuadés que nous en savons beaucoup plus sur ce complot que ce que nous leur en avons dit. Et que grâce à votre présence à Moscou, ils pourront faire avancer leur enquête.

– Autrement dit, vous vous servez de moi pour les manipuler, conclut Malko. Et s'ils s'en rendent compte...

– Mais il y a un aspect que vous négligez. Imaginez

que nous – CIA – aidions à désamorcer un complot contre Mikhaïl Gorbatchev... Vous voyez les formidables conséquences diplomatiques?...

– Elles sont évidentes, reconnut Malko, mais...

– Je ne vous ai pas tout raconté, confia le géant barbu à son oreille en le chatouillant de nouveau désagréablement. A Moscou, vous allez mener votre propre enquête. Comme ils s'en doutent on n'a pas dit aux Popovs tout ce que nous savions.

– C'est-à-dire?

La sonnerie stridente se fit entendre pour la dernière fois. L'Américain eut un sourire ironique.

– Je vous le révélerai à la sortie, si vous pouvez renoncer provisoirement à votre délicieuse princesse. Au bar du *Sacher*.

Les Mercedes et les Rolls faisaient la queue pour recueillir la foule qui sortait de l'Opéra de Vienne. Malko ne put même pas apercevoir Mathilda von Grünzig. Il avertit son fidèle chauffeur-garde du corps Elko Krisantem qui attendait au volant de sa Silver Spirit et fila à pied vers l'hôtel *Sacher*. Patrick Rice était déjà installé au bar, en train de réchauffer dans ses doigts énormes un verre ballon plein d'un liquide ambré. Une bouteille de Gaston de Lagrange était posée sur le guéridon. Malko se glissa sur la banquette noire luisante d'usure, contrarié de la façon dont se terminait la soirée.

– Alors, la fin de votre histoire?

– Nous avons un dossier très complet sur Ali Jafar, expliqua l'Américain. Il y avait même eu une action « homo » envisagée contre lui, mais nous n'avons pas obtenu le feu vert de Langley. Ainsi nous savons qu'il a fréquemment utilisé comme courrier un Tunisien intégriste, Saïd Ghanari. Ce dernier a transporté des explosifs de Tchécoslovaquie en Lybie et dans certains pays d'Europe. Nous avions infiltré ce réseau, grâce aux Services tunisiens.

– Et alors?

– Saïd Ghanari se trouve à Moscou. A l'université

Lumumba où il termine des études d'ingénieur en métallurgie. J'ai sa photo, son adresse, un numéro de téléphone où on peut le joindre. Et aussi ses habitudes.

Malko le regarda, quand même étonné.

– Vous l'avez retourné?

– Non, un de nos agents à Tunis a « tamponné » sa sœur... Il couche avec. Elle lui lit les lettres de son frère. Enfin, une partie.

– Les Soviétiques connaissent ce Saïd Ghanari?

– Je ne pense pas.

– Et pourquoi ne leur communiquez-vous pas cette information?

L'Américain fit lentement tourner son verre de cognac dans ses gros doigts, huma le Gaston de Lagrange et laissa tomber :

– Je vous le répète, Malko. Si, *nous*, Américains, parvenons à déjouer un complot contre Gorbatchev avant le KGB, ce sera un formidable levier politique.

Evidemment. Un ange passa, les ailes battant d'orgueil. La petite salle se remplissait peu à peu. Malko commanda à son tour, une Stolychnaya. L'histoire l'excitait, bien qu'il y ait sûrement des éléments obscurs, ou tout simplement que la CIA ne lui révélait pas... Il commençait à connaître les Américains.

– Quel serait le rôle d'Ali Jafar dans un complot contre Gorbatchev? demanda-t-il. C'est forcément marginal.

Patrick Rice sourit.

– Si c'est vrai, il y a évidemment des Soviétiques dans le coup. Et pas des dissidents rêveurs...

– Des gens des « Organes », compléta Malko.

– Sûrement. Seulement, les Popovs ont dû avoir la même idée que nous et y regarder de près. S'ils n'ont rien trouvé c'est que le coup est bien monté. Gorbatchev a beaucoup d'ennemis en ce moment. Il n'y a que l'embarras du choix.

– Vous m'avez dit qu'il était entré clandestinement en Union soviétique. Il lui a fallu des complicités.

– Oui, bien sûr, mais ces derniers temps, dans le sud de l'URSS, il y a eu du relâchement. En Azerbaïdjan et en Arménie. Des avions sont arrivés de Beyrouth avec des activistes. Ali Jafar aurait pu se glisser par là. Mais il a été obligatoirement recruté par un Soviétique qui le protège. Et le motive. Les Arabes n'aiment pas Gorbatchev à cause de sa position sur les Juifs soviétiques, mais ils n'iraient pas jusqu'à l'éliminer.

– Et qui irait jusque-là?

L'Américain eut un geste d'impuissance.

– Si je connaissais les vrais rapports de force dans la mécanique soviétique, je pourrais vous répondre. Cependant, notre station de Moscou n'arrête pas de nous dire que les militaires détestent Gorbatchev à qui ils reprochent de brader l'Empire amassé par soixante-dix ans de communisme.

– Si Ali Jafar travaillait pour l'OLP à Prague, remarqua Malko, il a été « traité » par un officier soviétique.

– Celui-là, vous pouvez être sûr qu'il a déjà été interrogé et qu'il ne lui reste plus d'ongles, remarqua Patrick Rice avec un sourire sinistre. Le Goulag recrute toujours. Non, s'il y a un complot, ceux qui en font partie appartiennent à la communauté du renseignement soviétique. De ce côté-là, il nous est impossible d'agir. Il faut, par contre, essayer de trouver Ali Jafar. Et le confesser avant les Popovs.

Le Gaston de Lagrange commençait visiblement à lui monter à la tête. Toute cette histoire, se dit Malko, bien que passionnante, avait sûrement une face cachée et dangereuse. Si la CIA et le KGB concluaient une alliance, il y avait des coups fourrés en perspective. On ne se bat pas pendant plus d'un quart de siècle sans que cela laisse des traces. Patrick Rice acheva la dernière goutte d'alcool et se leva pesamment, laissant un billet de cinquante shillings sur la table.

– Apportez-moi votre passeport – le vrai – demain matin, au bureau. Et bonne soirée quand même.

Malko le regarda partir, puis se leva à son tour. Elko Krisantem l'attendait en face du *Sacher,* au volant de la Rolls. Le Turc remit un papier à Malko, avec un sourire entendu.

– Son Altesse la princesse Mathilda von Grünzig

vous attend au palais Schwartzenberg, annonça-t-il. Pour un souper.

Tout n'était pas perdu.

L'ambiance était nettement moins guindée qu'à l'Opéra, le dîner avait été exquis et le slow n'avait rien à voir avec la valse. Mathilda von Grünzig, les bras sur la nuque de Malko, flirtait comme une midinette, encouragée par la pénombre de la salle de bal. La musique s'arrêta, la bouche de Malko dérapa et leurs lèvres se trouvèrent en contact.

Ce fut Mathilda qui réagit la première, pour un baiser violent où leurs dents s'entrechoquèrent. Son bassin s'appuyait impérieusement contre Malko et ses ongles s'enfoncèrent dans sa nuque. Cela dura d'interminables et merveilleuses secondes. Lorsque Mathilda se détacha de lui, elle murmura d'une voix chargée de gaieté et de trouble :

– Je me suis arrangée pour le week-end. Officiellement, je vais skier avec mes cousins, à Zurs. Mais il faudra que personne ne le sache et surtout pas mon fiancé Kurt. Nous devons nous marier cet été. Il ne me le pardonnerait pas.

Malko la regarda, touché et intrigué.

– Vous êtes sûre de vouloir venir?

Elle le fixa d'un regard clair, à la limite de la provocation.

– J'ai envie de vous, dit-elle calmement. Juste pour un week-end. Dès que je vous touche, j'éprouve quelque chose de très fort. Vous êtes différent.

– Merci, dit Malko.

– Vos yeux me fascinent, soupira la jeune princesse. Je n'en ai jamais vu comme cela.

Un couple s'approchait et ils se séparèrent. La magie envolée, Malko regagna le buffet et se fit servir une coupe de Moet. C'était beaucoup d'événements pour une seule soirée. Il aurait eu envie de prendre Mathilda par la main et de l'emmener tout de suite. Hélas, c'était impossible : tout Vienne l'aurait su.

Il allait compter les jours jusqu'au week-end. En

dépit de l'importance de sa mission éventuelle – un complot contre Mikhaïl Gorbatchev – il la mettait en balance avec un fantasme amoureux. Un quart de siècle de Renseignement n'avait pas encore fait de lui un robot.

Un soleil d'hiver radieux chauffait le bureau de Patrick Rice qui dominait le parc d'attraction du Prater. Quarante-huit heures s'étaient écoulées depuis leur rencontre au bal de l'Opéra. Le lendemain, Elko Krisantem avait apporté le passeport de Malko à l'ambassade américaine. Il avait fallu attendre le matin même pour avoir un coup de fil de Patrick Rice.

Ce dernier semblait plus épanoui que jamais, la barbe étalée et bien lissée. Il fit un effort considérable pour se relever de son fauteuil. Ses yeux brillaient de malice derrière ses lunettes.

– *Tovaritch* Malko, annonça-t-il, vous partez pour Moscou demain.

CHAPITRE IV

Le visage orgueilleux et sensuel de Mathilda von Grünzig passa devant les yeux de Malko. Et dire qu'il avait tout arrangé pour le week-end. Deux jours plus tard!

– C'est indispensable? demanda-t-il. J'avais pris des engagements pour les jours à venir.

L'Américain eut un sourire ironique.

– Moi aussi, j'ai pris des engagements pour vous. A Moscou. Nous lançons l'opération « Aigle à deux têtes ». Vous avez rendez-vous demain vers six heures avec le général Alexei Fanganov, qui dirige le Neuvième Directorate du KGB. Pour une évaluation de la situation. Tout les détails matériels sont au point et vous avez une chambre réservée à l'hôtel *Meshdunarodnaya*. Vous serez accueilli à l'aéroport.

– Par les gens de chez nous?

– Non. Mais vous contacterez le chef de station, John Packard, à l'ambassade ou chez lui. Voici ses coordonnées. Il en est à son troisième séjour et connaît bien le pays.

« Les Soviétiques ont confiance en nous, mais jusqu'à un certain point seulement. Les téléphones sont sur écoute et dès que vous mettrez le pied à Moscou le KGB ne vous lâchera plus.

Premiers nuages sur l'idylle...

Il poussa vers Malko une enveloppe.

– Voici les derniers tuyaux. L'adresse de Saïd Ghanari, une photo que vous brûlerez après l'avoir mémorisée, et l'endroit où, d'après sa sœur, il passe tous les jours en fin de matinée se nourrir pour quelques roubles. Un des bars de l'hôtel *Intourist,* où il retrouve sa petite amie, une guide de l'Intourist qui travaille juste à côté. Tous les jours, elle emmène les touristes visiter le Kremlin vers neuf heures et revient à onze... Normalement, les Popovs ne le connaissent pas.

– Quelle est exactement ma mission?

Patrick Rice soupira.

– Retrouver Ali Jafar et lui offrir un million de dollars – la Maison Blanche est d'accord pour lui donner cette somme s'il nous révèle tout le mécanisme du complot – et ensuite balancer le paquet à vos nouveaux copains pour qu'ils fassent le ménage eux-mêmes.

Vaste programme.

– Je serai armé?

– Si vous le souhaitez, votre pistolet extra-plat vous suivra par la Valise. Le chef de station vous le remettra. Mais faites attention. On ne tourne pas *Rambo.* Vous avez surtout un boulot de surveillance à faire et d'identification.

C'est toujours ainsi que commencent les plus beaux massacres...

Alexandre Koulaguine traversa le hall de l'hôtel *Cosmos* sans regarder personne. Une Africaine aux cheveux tressés et à la bouche trop rouge, boudinée dans une robe de daim à franges qui découvrait des jambes superbes, lui adressa une œillade provocante, par habitude. Elle ne déparait pas les lieux. Trop loin du centre, mal entretenu, le *Cosmos,* bâti pour les Jeux olympiques de 1982, était devenu l'hôtel du Tiers Monde, des petits trafiquants soviétiques et des putes. On s'y faisait agresser dans les couloirs et dans les parkings, malgré la présence de miliciens filtrant les entrées. Comme Alexandre Koulaguine, tous les voyous possédaient des « passes » établis théoriquement pour les seuls clients de l'hôtel.

Quand la haute silhouette du Soviétique s'encadra à l'entrée du bar *Orbit,* les deux barmen virèrent au gris. Il les balaya d'un regard indifférent et froid, inspecta la salle et se dirigea droit vers une table au fond, près de la sortie des cuisines, occupée par un couple. Il s'arrêta en face et lança d'une voix mesurée :

– Genia.

La femme leva la tête et ses traits se crispèrent en une expression terrifiée. Son compagnon, visiblement étranger, esquissa un vague sourire à l'adresse de Koulaguine.

– Qu'est-ce que tu veux? demanda-t-elle d'une voix craintive.

– On t'avait ordonné de quitter Moscou, dit-il d'un ton sans réplique.

– Je m'en vais demain, répliqua la femme. Je te le jure. Je n'ai pas pu trouver de place avant.

– Demain, c'est trop tard, fit Koulaguine.

Sans que rien n'ait pu faire prévoir son geste, sa main droite émergea de sa poche avec la rapidité d'un fouet cinglant l'air. Il y eut le « clic » métallique d'un couteau à cran d'arrêt, l'éclair blanc d'une lame et un hurlement atroce.

A l'horizontale, Alexandre Koulaguine venait de plonger son couteau dans l'œil droit de la Soviétique. Il le retira et frappa aussitôt l'œil gauche. Sous les yeux horrifiés du compagnon de Genia, il saisit celle-ci par les cheveux et lui trancha la gorge d'un seul coup de poignet. Lorsqu'il lâcha la tête, elle tomba sur la table dans une mare de sang, qui déborda vite le plateau, coulant sur la moquette marron du bar. Sans un regard pour sa victime, Alexandre Koulaguine replia son couteau, poussa la porte des cuisines et disparut.

Il connaissait le *Cosmos* comme sa poche et n'eut aucun mal à se retrouver dans le dédale des couloirs, émergeant au sous-sol qui donnait sur une des rampes d'accès.

Il gagna une Jigouli grisâtre qui attendait, un homme en casquette au volant, au nez retroussé et aux traits bestiaux. La voiture démarra aussitôt et quelques instants plus tard, tourna à droite dans Prospekt Mira pour se perdre dans la circulation de ce grand boulevard.

Mathilda von Grünzig était muette au téléphone. Malko attendit plusieurs secondes pour dire :

– Je suis désolé. C'est vraiment un cas de force majeure.

– Aller à Paris, un cas de force majeure, objecta avec une ironie cinglante la jeune aristocrate. Avec de beaux yeux et de longues jambes, n'est-ce pas...

Grâce au système de correspondance ultrarapide de Charles de Gaulle, il ne perdrait pas de temps. Il enrageait devant le scepticisme évident de la jeune princesse autrichienne. De plus, il ne pouvait en aucun cas lui dire qu'il allait à Moscou.

– Ecoutez, Mathilda, fit-il, ce n'est pas un prétexte. J'aurais donné n'importe quoi pour passer ce week-end avec vous.

– Alors pourquoi ne restez-vous pas?

Malko se lança à l'eau.

– Disons que cela fait partie de cette vie qui vous excite.

Cette fois, la jeune femme ne répliqua pas. Il en profita pour insister.

– Je voudrais absolument vous voir demain, est-ce que c'est possible?

– Je n'ai pas beaucoup de temps, rétorqua-t-elle, avec une mauvaise volonté évidente.

– Je serai au bar du *Sacher* à deux heures, fit-il, mais je ne pourrai pas vous attendre longtemps. J'espère que vous viendrez.

La Rolls bleu nuit de Malko était garée devant le *Sacher,* Elko Krisantem au volant. Le fidèle chauffeur turc n'en revenait pas que son maître aille à Moscou et le désapprouvait nettement. C'était le monde à l'envers! D'abord Cuba, ensuite l'Afghanistan et maintenant Moscou. Directement dans la gueule du KGB, des gens qui avaient tenté de l'assassiner des dizaines de fois. Et à qui il avait porté souvent des coups redoutables. Il devait bien y en avoir qui avaient envie de se venger...

Malko avait mal dormi. Lui aussi trouvait son escapade moscovite imprudente. En plus, son flirt interrompu l'agaçait. Pour l'instant, il terminait sa troisième tasse de café, nerveux comme une jeune mariée.

Il était arrivé en avance à son rendez-vous et, pour tromper son attente, avait été faire un tour dans la rue piétonnière voisine où s'alignaient les boutiques les plus luxueuses de Vienne, s'attardant longuement devant celle présentant les dernières créations de Claude Dalle. Un ensemble art déco, dans le style Ruhlmann, en sycomore décoloré, canapés, tables basses, bureau, d'une pureté et d'un chic fous.

La princesse Mathilda von Grünzig ne viendrait pas. Il s'était attardé autant que possible mais devait partir... Il se leva, paya et se cogna pratiquement à elle. Encore plus belle que dans son souvenir. Une toque à voilette dissimulait en partie son visage et sa veste en fourrure laissait apercevoir un tailleur presque trop habillé; les jambes étaient gainées de bas, ses escarpins avaient les huit centimètres réglementaires et surtout, une lueur amoureuse flottait dans ses yeux verts.

– Vous partiez? fit-elle d'un ton plein de reproche.

– Je ne peux pas rater cet avion, dit Malko. Venez avec moi jusqu'à Schwechat, mon chauffeur vous ramènera en ville.

Elle n'hésita qu'une seconde, et le rejoignit dans la Rolls. Les jambes croisées haut, elle regardait fixement devant elle. Malko posa une main sur un genou rond.

– Vous m'en voulez?

Mathilda haussa les épaules.

– Oh, je sais que vous vivez avec une très belle femme, la comtesse Alexandra. C'est elle que vous allez rejoindre?

– Venez à Paris avec moi, proposa aussitôt Malko. Vous verrez bien que je dis la vérité...

Cette fois, c'est Mathilda von Grünzig qui se troubla.

– C'est impossible, dit-elle, d'abord, je n'ai même pas de passeport. Et puis, il faudrait que je m'organise.

Son regard vacillait derrière la voilette. Malko en profita, penché sur elle, une main sur le haut de sa cuisse.

– Si vous aviez eu un passeport, vous seriez venue?

Mathilda recula, son regard se déroba.

– Je ne sais pas.

La Rolls roulait dans la plaine qui entoure Vienne. Ils allaient arriver à Schwechat. Malko voulut se rapprocher mais Mathilda s'écarta, désignant le chauffeur du regard. Ils restèrent près l'un de l'autre jusqu'à l'arrivée. Tandis qu'Elko s'occupait d'enregistrer Malko dans la nouvelle classe le Club sur le vol Air France, ce dernier prit Mathilda par le bras, l'entraînant dans le hall des départs. Ils se retrouvèrent dans le coin des cabines téléphoniques, un peu à l'écart. Il vérifia d'un coup d'œil : son vol était à l'heure. Il lui restait à peine un quart d'heure.

– Je ne vous ai même pas dit au revoir, dit-il.

Mathilda von Grünzig se troubla, regardant autour d'elle.

– Pas ici, fit-elle, tout le monde va nous voir.

Elle paraissait sincèrement affolée. Malko eut brutalement une idée. Avisant une des cabines téléphoniques vides, il y fit entrer la jeune princesse et y pénétra à sa suite, tirant la porte à lui. C'étaient de lourdes portes en bois, avec juste un hublot circulaire de petite taille. Malko poussa le verrou, et s'appuya à la porte, obstruant de son dos le hublot. Mathilda le dévisageait stupéfaite.

– Mais qu'est-ce que vous faites?

– Je vous dis au revoir, fit Malko.

Délicatement, il releva la voilette et écrasa sa bouche sur celle de Mathilda. Celle-ci résista quelques secondes, puis ses lèvres s'ouvrirent et elle se laissa aller à un baiser violent, passionné, qui mit les sens de Malko en ébullition. Inconsciente de l'effet qu'elle produisait, Mathilda frottait son bassin contre le sien, accrochée à sa nuque. Sa toque rejetée en arrière. Fiévreusement, il parcourut son corps de caresses et, malgré ses dérobades, parvint à défaire les boutons de son tailleur. Dessous, elle portait un soutien-gorge et une combinaison qui protégeaient à peine les seins pleins.

– Laissez-moi, dit-elle, faiblement. Vous allez rater votre avion.

Le KGB était très loin de l'esprit de Malko, en ce moment. Il continua, effleurant les pointes tendues des seins, puis suivit la courbe d'une hanche. Quand il arriva au ventre, Mathilda voulut le repousser de tout son corps, serrant les jambes, se tortillant, essayant de parler en dépit de la bouche qui couvrait la sienne.

– Je vous veux! dit Malko. Maintenant.

Elle ne pouvait plus l'ignorer, mais quand une de ses mains effleura involontairement la virilité tendue, elle se rétracta comme si on l'avait brûlée. Il revint aux seins, elle gémit, se détendit à nouveau.

Malko en profita pour remonter le long du nylon gainant une cuisse, jusqu'à la peau nue au-dessus des bas gris. Mathilda rua comme un pur-sang. Malko atteignit le nylon qui la protégeait, humide de rosée. Y glissa un doigt qui déclencha un spasme affolé. Mais c'était trop tard. Il avait pris possession de Mathilda qui se tordait sous sa caresse trop habile. La jeune femme arracha sa bouche de la sienne.

– Arrêtez! arrêtez! haleta-t-elle, vous vous conduisez comme un mufle.

Il écrasa à nouveau sa bouche et, millimètre par millimètre, commença à tirer vers le bas le dernier rempart de nylon, en dépit des ruades de la jeune princesse. Quelque chose lui disait qu'elle avait envie de ce viol, sinon, elle aurait hurlé, se serait encore plus débattue.

Le slip de nylon blanc tomba à terre sans bruit et l'entrava. D'un geste aussi preste qu'audacieux, Malko se défit, libérant son sexe comprimé et le collant contre le ventre de la jeune femme. Celle-ci, les yeux révulsés, haletait de plus belle. Sa tête allait de droite et de gauche, pour une dénégation muette. Malko fit glisser vers le haut la jupe du tailleur, révélant les cuisses, les bas, puis le triangle plus sombre du ventre.

– Non!

C'était trop tard. Il avait légèrement fléchi les genoux et son sexe, en remontant, s'était fiché dans celui de Mathilda.

Celle-ci poussa une sorte de rugissement, empalée jusqu'à la garde. Les ongles de la jeune femme s'enfoncèrent dans sa nuque, déchirant sa peau, elle le mordit. Mais ce n'était pas pour se défendre. Simplement la sensation qu'elle éprouvait était si forte qu'elle ne pouvait pas s'en empêcher.

Appuyée à la cloison, les yeux fermés, elle donnait à son tour de violents coups de reins, allant au-devant de Malko, les ongles fichés dans sa nuque, comme un fauve.

Son corps fut soudain secoué d'un spasme violent et elle cria. Un cri bref, vite étouffé par sa bonne éducation : Malko venait de se répandre en elle. Ils demeurèrent emboîtés d'interminables secondes, puis il se dégagea, se rajustant discrètement. Mathilda respirait lourdement, les vêtements en désordre. Elle rouvrit les yeux et fixa Malko avec une sorte de sourire.

– *Es war wunderbar!* (1) dit-elle simplement d'une voix plus rauque que d'habitude. Maintenant, je n'ai plus besoin de venir en week-end, ajouta-t-elle, mutine.

Malko entrouvrit la porte. Un haut-parleur annonçait son vol. Gêné, il se pencha et l'embrassa légèrement sur la bouche.

– Il faudra venir quand même, dit-il. A mon retour.

Mathilda von Grünzig ne répondit pas, le regard dans le vague. Sa dernière vision fut celle de la jeune femme en train de remettre de l'ordre dans sa toilette et de réajuster sa voilette. Il sentit un liquide couler dans sa nuque et envoya sa main. Ses doigts étaient pleins de sang! La jeune femme l'avait griffé à lui arracher la peau... Il se tamponnait encore quand il prit place dans le 737 d'Air France, les jambes flageolantes. Quelle panthère!

Même l'excellent repas de la nouvelle classe le Club

(1) C'était merveilleux.

ne parvint pas à lui faire oublier leur étreinte sauvage.

Jusqu'à Paris, il pensa à son fin visage orgueilleux et sa fureur sexuelle. C'était sûrement la première Grünzig à se faire violer dans une cabine téléphonique.

Depuis un bon moment, le 737 d'Air France survolait la Russie. Une plaine enneigée, semée de quelques villages, des routes rares, un paysage gris à perte de vue. Malko éprouvait une drôle d'impression. Il avait dormi comme un loir au *Plaza,* mais n'avait pu joindre Mathilda au téléphone. Soit elle ne voulait plus lui parler, soit elle était réellement sortie. Il avait laissé le numéro de l'hôtel, mais elle n'avait pas encore rappelé lorsqu'il en était parti.

Il se pencha au hublot : dans le lointain, c'était Moscou. Il n'arrivait pas à croire qu'il s'y rendait officiellement, lui, un des meilleurs agents de la CIA, qui avait si souvent déjoué les manœuvres du KGB... Une sourde angoisse se mêlait à son excitation; dans la guerre secrète, tous les coups étaient permis. L'histoire qu'on lui avait raconté était vraisemblable, mais pas forcément vraie.

Une fois à Moscou, il était bel et bien coincé, CIA ou pas. Les Soviétiques faisaient ce qu'ils voulaient chez eux. Il vérifia qu'il n'avait rien de compromettant sur lui. Il avait appris par cœur l'adresse du Tunisien lié à Ali Jafar.

L'avion survolait une énorme forêt de sapins, descendant de plus en plus... Lorsque les roues touchèrent le sol, Malko éprouva une drôle de sensation. Maintenant les dés étaient jetés...

Il faisait froid et gris. Enveloppé dans sa pelisse, il traversa le tarmac et pénétra dans l'aérogare. On se serait cru dans une petite ville de province. Des bâtiments vieux et sales, presque pas de personnel. Il s'avança vers les guichets des passeports et s'arrêta : une silhouette venait à sa rencontre. Un homme souriant coiffé d'une chapka, qui lui prit la main et la serra vigoureusement.

Alex Gontcharov, l'officier du KGB auquel Malko s'était heurté en Afghanistan! Celui qui voulait *déjà* l'emmener à Moscou!

En passant devant le soldat garde-frontière aux parements verts, préposé à l'immigration, le Soviétique exhiba un petit livret rouge, orné de l'emblème du KGB, le glaive et le bouclier, et glissa à l'oreille de Malko.

– Bienvenue à Moscou, *gospodine* Linge. Vous vous souvenez de moi?

Il maniait l'humour avec la légèreté d'un éléphant... Ils se retrouvèrent dans le hall devant le tapis des bagages. L'éclairage était sinistre, quelques miliciens bayaient aux corneilles et, à travers les glaces sales, on apercevait la neige qui tombait.

– Je me souviens, dit Malko. Merci d'être venu me chercher.

– Ce sont les ordres, fit simplement le Soviétique. Mais je n'avais pas gardé un mauvais souvenir de vous.

Encore gentil.

Les valises de Malko mirent quelques minutes à apparaître tandis que les voyageurs du vol Air France cherchaient fiévreusement des kopecks pour louer un chariot. On se serait cru au bout du monde, pas à Moscou. Pas un guichet ouvert, pas un téléphone, pas de banque, juste une *beriozka* offrant des télés, des chaînes hi-fi et des magnétophones Akai, ainsi que des cartouches de cigarettes. L'officier du KGB s'empara de la valise de Malko, exhiba à la douane son livret rouge du KGB et ils se retrouvèrent dans une foule grise, en chapkas, bonnets de laine, manteaux sans forme et bottes, qui attendaient les passagers. Partout des miliciens dévisageant suspicieusement les gens. L'homme du KGB expliqua, avant de monter dans une Volga noire :

– Les *hooligans* sont de plus en plus audacieux. Des bandes surveillent les arrivants et attaquent sur la route ceux qui rapportent des appareils électro-ménagers... Il y a eu une bataille rangée la semaine dernière avec des miliciens. Trois morts.

L'Union soviétique avait bien changé.

Malko prit place dans la Volga dont le chauffeur démarra aussitôt. Fonçant comme un dératé entre les sapins. Vingt minutes plus tard, les faubourgs de Moscou apparurent : de gigantesques clapiers grisâtres émergeant de terrains vagues, sans le moindre magasin. Et, partout, les trolleys bleus et les bus vert et jaune avec de longues queues résignées aux arrêts. Une foule grise et passive, mal habillée, atone. Beaucoup de voitures et de camions. Pas un seul « deux-roues ». Ils pénétraient dans Moscou. Alex Gontcharov montra à Malko une gigantesque stèle de béton, sur le bord de la grande avenue.

– Les Allemands se sont arrêtés là, en 1941, lors de la Grande Guerre Patriotique.

Un milicien levait son bâton. Le chauffeur donna un léger coup de klaxon et, aussitôt, l'homme en chapka et tunique grise bloqua le carrefour. Même avec la Perestroïka, le KGB restait toujours le KGB. Ils roulaient au milieu de la chaussée, sur la bande réservée aux voitures officielles. Alex Gontcharov se pencha vers lui.

– Vous êtes au *Meshdunarodnaya*, le plus bel hôtel de Moscou. Construit par les Américains, ajouta-t-il. Nous y arrivons.

Le plus bel hôtel de Moscou était une longue coulée de béton grisâtre en bordure de la Moskwa, face à une usine qui crachait une épaisse fumée noire par toutes ses cheminées, adossé à un vaste terrain vague. Pas vraiment engageant. La Volga stoppa au milieu d'une nuée de taxis. Alex Gontcharov accompagna Malko jusqu'à la réception. L'intérieur était mieux que l'extérieur. Un immense atrium sur lequel donnaient les chambres desservies par des galeries intérieures. Au centre, une gigantesque horloge surmontée d'un coq juché au sommet d'une tour. Tandis que Malko montait dans un des ascenseurs en plexiglas transparent qui évoluaient sur une des parois de l'atrium, la pendule se déclencha et le coq se mit à chanter en remuant des ailes. Complètement kitch...

Au sixième, la *dipournaya* de service bâillait devant la télévision et lui adressa un sourire complice : ici, il n'y avait que des étrangers. Le temps de poser sa valise et de pendre deux costumes d'alpaga, il redescendait. Alex Gontcharov l'attendait dans la Volga en fumant une Marlboro. Malko dut traverser un groupe compact aux mines patibulaires rassemblé devant l'entrée de l'hôtel : les chauffeurs de taxi, plus ou moins clandestins, proposant leurs services, en dollars ou en Marlboro. Alex Gontcharov lui adressa un sourire chaleureux en raccrochant le téléphone de la Volga.

– On nous attend, fit-il d'un air mystérieux.

La Volga rattrapa Kalinina Prospekt; passant devant l'immeuble du Comecon, en forme de livre ouvert, dévalant vers le centre de Moscou, le Kremlin et la place Rouge. Malko regardait les buildings neufs, massifs et déjà décatis qui bordaient l'énorme avenue. Quelques magasins aux vitrines vides, une petite église aux bulbes entourés d'échafaudages; on sortait les prêtres du goulag et on restaurait les églises. Un moment, il pensa qu'ils allaient au Kremlin. Mais ils tournèrent à gauche en face de la poterne réservée aux piétons, longeant ensuite les jardins en contrebas entourant les hautes murailles du Kremlin pour déboucher place du Manège. Le cœur de Moscou. A sa droite, il aperçut, par-delà l'édifice rougeâtre du musée Lénine, la place Rouge et les bulbes de la basilique Saint-Basile.

– Où allons-nous? demanda-t-il.

Alex Gontcharov arbora de nouveau son sourire mystérieux.

– Nous sommes presque arrivés.

Ils avaient retrouvé Marksa Prospekt et filaient vers la place Dzerzinski où se trouvait le siège du KGB. Malko apercevait déjà l'énorme immeuble de huit étages au socle de pierre noire, dominant la place Dzerzinski et la statue du fondateur de la Tchéka, ancêtre du KGB. Soudain, la Volga ralentit, tourna à droite, passa sous une arche réunissant deux vieilles maisons pour s'engouffrer dans une toute petite voie, l'*ulica* (1) Tetrakowska, qui se terminait trente mètres plus loin dans la rue du 25-Octobre, longeant le grand magasin Goum. Le véhicule stoppa à droite presque aussitôt, en face d'une porte blanche surmontée d'un auvent. Un immeuble vieillot de trois étages. Le chauffeur ouvrit la portière. Alex Gontcharov était déjà descendu. Au moment où il s'approchait de la porte, le battant pivota et Malko aperçut dans la pénombre un uniforme aux parements verts : un membre du KGB. Déjà, ils étaient à l'intérieur, qui ne ressemblait aucunement à l'extérieur; partout des machines de transmissions : télex, fax, téléphones, des ordinateurs. Plusieurs secrétaires étaient au travail ou devant des écrans de contrôle, dans une atmosphère feutrée. L'une d'elles, une brune aux cheveux très courts, la bouche en avant, les paupières gonflées, leva la tête et adressa à Malko un bref regard plein d'ambiguïté. Une grande salope slave dont les seins gonflaient le chandail rouge.

– Venez! le pressa Alex Gontcharov.

Ils pénétrèrent dans une pièce tapissée de boiseries, avec un superbe bureau en faux Louis XV, des tableaux aux murs, une épaisse moquette grise et là encore des téléphones et des écrans partout. Des doubles fenêtres et des rideaux les isolaient totalement de l'extérieur. Une grande table de verre, soutenue par un piètement de bronze, occupait une partie de l'espace disponible. Quatre hommes en civil y étaient déjà assis : ils se levèrent d'un seul bloc en voyant Malko. Celui du milieu, assez petit, les cheveux noirs très courts, le visage allongé avec des yeux sombres et la peau grêlée, tendit la main à Malko et dit :

– *Dobrodin, gospodin Linge* (2). Je suis heureux de vous rencontrer. Je suis le général Alexei Fedorovitch Fanganov, du State Committee. Voici mes collaborateurs Oleg Retznov et Vladimir Kissaiev.

Il se tourna avec un sourire vers le quatrième partici-

(1) Rue.
(2) Bonjour, monsieur Linge.

pant, un homme massif au visage gélatineux éclairé par des yeux très bleus, et enchaîna :

– Mon collègue, le général Vladimir Ivanovitch Sokolov, a tenu également à participer à cette réunion. Il représente l'état-major de l'armée soviétique.

Il avait parlé russe et Malko lui répondit dans sa langue.

– Je suis heureux de vous rencontrer, général. J'espère que notre collaboration sera fructueuse.

Le Soviétique hocha la tête sans répondre et tous se rassirent, tandis que Malko prenait place en face des quatre hommes, à la soviétique. Alex Gontcharov se pencha à son oreille.

– Je souhaitais vous emmener à la Centrale, mais les instructions ont été différentes. Café, *tchai*? (1)

Le général Fanganov sortit d'une vieille serviette en cuir un dossier gris relié en toile, clos par une fermeture métallique. Sur la couverture, Malko put lire : *KGB de l'URSS. Document ultra-secret. Affaire 90-1402.* Il ouvrit la chemise de toile et en sortit un dessin qu'il poussa vers Malko.

– Ce visage vous dit-il quelque chose?

C'était un portrait-robot. Un Arabe dont les traits ressemblaient à ceux d'Ali Jafar. Mais le visage était plus carré, la moustache plus abondante.

– C'est l'homme recherché pour le meurtre de cette prostituée, expliqua le Soviétique. S'agit-il d'Ali Jafar?

Malko regarda longuement le document avant de répondre.

– Cela pourrait être lui, admit-il, mais ce n'est pas certain.

– Pourquoi?

Malko essaya de l'expliquer. Les deux adjoints du général prenaient fiévreusement des notes, tandis que le général Sokolov tirait sur un cigarillo, impassible. Quand il se tut, le général ne dissimula pas sa déception. Il remballa le document et fixa Malko de son regard noir.

(1) Café, thé?

– Possédez-vous des informations susceptibles de nous aider à retrouver cet homme, je veux dire Ali Jafar?

– Je crois que notre bureau de Moscou vous a communiqué tout ce qui était en notre possession, dit Malko. Il a disparu de Vienne depuis plusieurs semaines.

– Il a travaillé avec des gens de la CIA, coupa le général Fanganov. Ils n'ont rien qui puisse nous aider?

Malko se permit un léger sourire.

– Etant donné ses activités, je pense que c'est plutôt de votre côté qu'il faudrait chercher, remarqua-t-il. Avez-vous interrogé ceux qui ont été professionnellement en contact avec lui, à Prague ou ailleurs?

– Evidemment, fit sèchement le général Fanganov. Sans résultat. Les rapports sont ici.

Il montrait une liasse dépassant de la chemise grise. Le général Sokolov écrasa son cigarillo dans un cendrier et croisa les mains sur son ventre, le regard dans le vide. Le silence se prolongea d'interminables secondes. Malko en profita pour faire le point mentalement : les Soviétiques ne bluffaient pas. Ils paraissaient sincèrement inquiets. Sinon, il n'aurait pas eu droit à un tel accueil. Ce qu'ils craignaient, de toute évidence, c'était une complicité dans les Services de Sécurité... Le silence fut rompu par le général Fanganov.

– Je compte sur votre collaboration totale, dit-il d'un ton insistant, presque menaçant. Il s'agit d'une affaire d'une extrême gravité. Notre pays traverse en ce moment une période difficile et nous devons veiller à tout.

– Je comprends, dit Malko. Mais, concrètement, en quoi puis-je vous aider? Vous êtes mieux armés que moi pour retrouver Ali Jafar. Je pensais, d'après ce que m'a communiqué la CIA, que vous disposiez d'un témoin oculaire, une prostituée.

– Ce témoin a été assassiné il y a quelques jours à l'hôtel *Cosmos,* annonça le général Fanganov, par un élément associal bien connu de nos services. Ce qui renforce l'hypothèse d'un complot avec des ramifications dans la société soviétique.

« Vous êtes donc la seule personne capable d'identifier Ali Jafar.

Malko essaya de rester le plus impassible possible pour s'étonner.

– Je crois que ce Palestinien a été en contact avec des officiers de vos Services. Il a sûrement eu plusieurs « traitants ». Et vous êtes également en très bons termes avec l'OLP... Moi, je ne l'ai vu qu'une seule fois.

Le général Fanganov s'empourpra brusquement et demeura muet avant de répliquer avec une exaspération contenue :

– Cette affaire doit demeurer absolument secrète.

– Je comprends, dit Malko.

Autrement dit, les Soviétiques se méfiaient de leurs propres officiers. Intéressant.

– Ali Jafar se déplace avec de faux papiers, compléta le général Fanganov. Nous le recherchons activement et si vous avez une information, je vous serai reconnaissant de nous la transmettre. Nous sommes en train de répertorier une première liste de suspects. Aussi, nous allons avoir besoin de votre collaboration. Je vous en remercie d'avance.

Il se leva, imité par les autres qui serrèrent la main de Malko à tour de rôle, avant de disparaître. Malko n'avait même pas eu le temps de toucher à son café.

– Je vais vous ramener à l'hôtel, dit Alex Gontcharov, resté debout pendant toute la réunion. A huit heures, un agent de chez nous viendra vous retrouver. Afin de vous mettre en contact avec un de nos suspects. Pour une identification. Venez.

Ils retraversèrent le secrétariat et la salope en pull rouge leva de nouveau sur Malko un œil intéressé... avant de replonger sur sa machine.

La Volga qui avait amené Malko attendait devant la porte. Alex Gontcharov ouvrit la portière à Malko avec un sourire entendu.

– J'espère qu'avant votre départ de Moscou, vous aurez l'occasion de visiter notre Centrale. Mais ici, c'est plus pratique pour une rencontre discrète.

La visite de la Centrale du KGB serait certainement amusante pour Malko. A condition d'en ressortir... La Volga remonta vers la place Dzerzinski, pour ne pas couper la circulation et redescendit, repassant devant l'entrée de la rue Tretrakowska. Dans ce quartier, le KGB était chez lui.

A l'arrière de la Tchaika qui ramenait le général Sokolov rue Frunzé, le général Fanganov était visiblement nerveux.

– Cet homme ment, dit-il soudain. Les Américains ne nous ont pas tout dit.

Le général Sokolov secoua la gélatine de ses joues avec un mince sourire.

– Cela me paraît tout à fait évident, Alexei Fedorovitch. Eux aussi cherchent à retrouver cet Ali Jafar. Cela serait tellement amusant de nous humilier sur notre propre terrain. J'espère que vous ne le lâcherez pas d'une semelle.

– J'ai déjà donné des ordres, Vladimir Ivanovitch, fit sombrement le général Fanganov. Et je continue mon enquête chez nous. J'espère que vous faites de même.

– Bien sûr, lança le général Sokolov avec une pointe d'agacement. Je vous tiendrai au courant, Alexei Fedorovitch. Mais, à mon avis, c'est du côté de cet *amerikanski* que nous trouverons quelque chose.

CHAPITRE V

Malko regardait *Vrema,* le journal télévisé de Moscou, lorsqu'un coup léger fut frappé à la porte. Huit heures moins le quart. Il alla ouvrir : ce devait être l'agent du KGB annoncé par Alex Gontcharov.

Il demeura interdit : une sculpturale jeune femme se tenait dans l'embrasure. Grande, des yeux d'un bleu boréal, avec une espèce de liseré pâle, comme ceux des huskies, une bouche bien dessinée, un long cou jaillissant d'une veste en astrakan bien coupée, assortie à la toque qui cachait en partie ses cheveux blonds. Malgré le froid, elle portait des escarpins et l'ensemble dégageait une élégance sans défaut. Malko allait refermer, la prenant pour une des innombrables putes qui hantaient l'hôtel lorsque l'inconnue annonça d'une voix amusée :

– Bonsoir. Je m'appelle Swetlana Zorine, je suis envoyée par Alex Gontcharov. Je crois que nous devons passer la soirée ensemble...

Malko ravala sa surprise. Décidément, les Soviétiques n'oubliaient rien. Son goût pour les jolies femmes était connu de tous les Services et particulièrement du KGB. Swetlana Zorine en faisait évidemment partie, mais c'était une des plus belles « hirondelles (1) » qu'il ait jamais croisée.

(1) Femmes travaillant pour le KGB, dans des opérations de séduction.

– Je suis ravi de vous connaître, fit Malko en la faisant entrer. Quel est le programme?

– J'ai retenu pour dîner, annonça-t-elle, dans un endroit agréable, un restaurant coopératif, le *Piroshmania*. Ensuite, nous travaillerons.

Malko enfila sa pelisse et ils gagnèrent les ascenseurs-bulles. En descendant, on avait une vue imprenable sur le hall. Il examina discrètement Swetlana. Ses cheveux blonds noués en natte descendaient presque jusqu'à ses reins, ses jambes longues et bien galbées n'en finissaient pas. Une créature de rêve. Elle mena Malko à une petite Lada orange coincée entre les taxis et ils prirent la direction de l'est. Swetlana Zorine conduisait vite et bien. Pour s'amuser, il lui demanda :

– Quel est votre grade dans le KGB?

Swetlana Zorine lui sourit gentiment.

– Je n'ai pas de grade, je suis mannequin de profession. Seulement, mon grand-père était colonel au State Committee et j'ai gardé des contacts avec la Maison. Alors, on me demande parfois des services. Comme de sortir avec vous. Mais c'est un plaisir de rencontrer des gens de l'Ouest. Si seulement la Perestroïka pouvait réussir! C'est terrible, nous manquons de tout.

Les bulbes du monastère de Novodevici apparurent devant eux, et elle tourna à droite dans une rue tranquille qui descendait vers la Moskwa. Ils étaient arrivés. Deux salles où des musiciens grattaient des balalaïkas, avec de très beaux tableaux au mur. On les installa dans la plus petite, presque vide et surchauffée. Dépouillée de sa veste, Swetlana Zorine était encore plus belle, avec une robe au décolleté bien rempli assez courte, contrairement à la mode soviétique. Malko jeta un œil amusé au nylon gris qui moulait ses jambes. Il aurait pu jurer qu'elle avait des bas : le KGB ne faisait pas les choses à moitié.

Leur table était préparée, à la soviétique, avec tout un assortiment de *zakuskis* auxquels Malko ajouta un carafon de vodka et une bouteille de champagne de Crimée.

Chaque fois qu'il croisait le regard de Swetlana, il éprouvait un petit choc agréable au creux de l'épigastre.

Seuls les Russes avaient des yeux de ce bleu-là, avec la profondeur d'une banquise... Swetlana était remarquablement belle, avec une grosse bouche pulpeuse qui adoucissait sa froideur de blonde et son allure de reine. Et pourtant, totalement sous influence. Elle lui sourit.

– Je sais que vous n'aimez pas beaucoup l'Union soviétique, dit-elle, j'espère que cette soirée ne vous est pas trop pénible.

Ce devait être l'humour de Vorkouta (1)...

– C'est le communisme que je hais, corrigea Malko, pas les Russes qui sont des gens merveilleux. Buvons à la Russie!

Il leva son verre de vodka et Swetlana l'imita.

– *Gamordjoba* (2)! dit-elle, nous sommes dans un restaurant georgien.

Ils vidèrent leurs verres ensemble. Swetlana les remplit à nouveau.

– Buvons à l'Autriche, proposa-t-elle.

Re-toast. Pour ne pas être en reste, Malko reprit le carafon.

– A votre beauté!

A la troisième vodka, les yeux bleus de Swetlana brillaient comme le soleil de minuit. Elle prit le carafon d'une main ferme et remplit les verres.

– Au succès de notre mission!

Les zakuskis étaient à peine entamés. Devant le niveau du carafon, Malko recommanda 300 grammes de vodka (3) et demanda :

– A propos, quelle est notre mission?

– Vous mettre en présence d'un suspect, dit-elle, soupçonné par la rue Petrovka (4) d'être l'assassin.

– Où est-il?

– Pour le moment, je l'ignore, dit Swetlana, mais je serai prévenue. Nous avons le temps de dîner.

(1) Célèbre camp du Goulag.
(2) « A votre santé », en georgien.
(3) En Russie, on achète la vodka au poids.
(4) Siège de la police judiciaire et de la Milice.

Le colonel Igor Chamirov sauta de sa voiture qui redémarra aussitôt, conduite par son fidèle Volodia et s'engouffra dans la station de métro Kropotkinskaya, sur la ligne Kirovsko-Frunzenskaya. Il glissa ses cinq kopecks dans la fente du portillon automatique et réussit à grimper dans la rame qui allait démarrer en direction de Kirovskaya.

Ballotté par la vitesse, il ferma les yeux et tenta de juguler l'angoisse qui l'envahissait sournoisement. Le même sentiment qu'il éprouvait en Afghanistan lorsqu'il pénétrait dans un village pour rencontrer un *geksoti* (1) qui lui avait peut-être tendu un guet-apens.

Comme tous les jours, lorsqu'il se trouvait à Moscou, il avait été nager aux Bains Moskwa, une série de piscines en plein air dominant la rivière, où, grâce à la température élevée de l'eau, on se baignait même en plein hiver. Le général Sokolov y allait tous les jours. C'est en nageant la brasse, loin d'éventuels micros indiscrets, qu'il avait mis le colonel Chamirov au courant d'un problème grave. Bien entendu, c'était à ce dernier, chargé de la partie opérationnelle de leur plan, à prendre les mesures nécessaires. Le colonel Chamirov avait réagi immédiatement. En excellent professionnel, il avait mis au point un système de communication sûr qui permettait, en appelant un certain numéro de téléphone, de provoquer un rendez-vous d'urgence sans avoir à s'expliquer.

Pourtant, il n'arrivait pas à se défaire de son angoisse. Si le général Sokolov n'avait pas assisté à la réunion du matin, ils auraient continué leur préparation sans savoir que l'orage s'amoncelait sur leurs têtes...

Jusqu'ici, cela s'était pourtant bien passé. Même l'interrogatoire de routine auquel il avait dû se soumettre comme tous les membres du KGB ou du GRU ayant été en contact avec Ali Jafar. Quand il pensait à la stupidité du Palestinien, il avait des envies de meurtre. Aller chez une pute avec quatre faux passeports! Et

(1) Informateur.

s'y endormir. Maintenant, le KGB ne lâcherait plus l'enquête. Et en plus, les Américains l'aidaient. Ça, c'était la plus grosse surprise. La présence d'un agent de la CIA à Moscou travaillant *avec* le KGB. La Perestroïka mettait le monde à l'envers.

La rame arrivait à la station Marksa et il descendit. Il traversa le quai placé entre les deux voies et lorsqu'une autre rame arriva, en sens inverse, il se rapprocha du dernier wagon et y monta. Puis, à la seconde où les portières se refermaient, il ressauta sur le quai, courut de l'autre côté, attrapa au vol une rame qui partait et y resta jusqu'à la station Sokolniki. Il quitta le wagon et prit l'immense escalier mécanique, enfila des couloirs pour tomber sur l'inévitable rangée de taxiphones qui ornait chaque station de métro moscovite.

Il prit une pièce de deux kopecks, l'enfonça dans la fente et fit semblant de téléphoner.

Ali Jafar déboucha quelques instants plus tard. Il avait rasé sa moustache et avec sa chapka d'astrakan et son teint mat, ressemblait à un Ouzbek, à un Tadjik ou à un Azeri. Ses yeux noirs sans cesse en mouvement trahissaient sa peur. Il se colla au colonel du GRU et demanda à voix basse :

– Que se passe-t-il?

– Un problème, répliqua froidement l'officier soviétique. Suite à votre imprudence.

Au fur et à mesure qu'il mettait le Palestinien au courant, ce dernier se décomposait. Il était carrément livide lorsqu'il parvint à balbutier :

– Mais, dans ce cas, il faut tout arrêter, je vais quitter Moscou et...

Le colonel le coupa avec sécheresse.

– Si vous faites cela, vous finirez devant un peloton d'exécution. Parce que je vous dénoncerai moi-même. La seule solution est de continuer et de réussir. Et, en attendant, de supprimer ce qui nous menace.

– Comment?

– Prévenez vos amis et donnez-leur tous les éléments d'information. Ils ont déjà su prendre soin de la personne qui représentait un danger pour vous. Celle du *Cosmos*. Ils peuvent faire de même avec ce nouveau venu, cet agent de la CIA. Ils possèdent la logistique nécessaire. Laissez-les faire. Quand le matériel doit-il arriver?

– Dans quelques jours. Cela ne dépend pas de moi, mais de Petrossian.

– Je sais. D'ici là, ne bougez pas. Une dernière question. Avez-vous mentionné mon nom aux Américains?

Le regard du Palestinien dérapa.

– Non, non, je vous le jure.

Le colonel Chamirov ne répliqua pas, scrutant les yeux noirs de son vis-à-vis, remplis d'affolement. Avec un type comme ça, on n'était jamais sûr de rien. Si l'autre lui mentait, il allait le savoir très vite. Il caressa son oreille mutilée avec un geste habituel et machinal et conclut :

– Prévenez vos amis *immédiatement*. Nous ignorons ce que sait réellement cet agent de la CIA. Il faut l'éliminer le plus vite possible.

Ali Jafar marmonna « *da, da* ». Ses « amis » n'allaient pas être chauds, mais n'oseraient pas refuser. Ils plongeaient tous ou ils se sauvaient tous. Il était entre les mains du colonel Chamirov. Avec la Milice et le KGB aux trousses.

Le colonel soviétique lui tendit un papier.

– Etant donné ce qui se passe, nous allons modifier notre système de communications. Voici trois numéros de cabines téléphoniques de Moscou qui se trouvent dans votre zone. Tous les jours, entre six heures et six heures et demie, je les appellerai. Trouvez-vous près d'une d'entre elles. Je demanderai Serguei. Vous me répondrez : « Je ne suis pas Serguei, mais Dimitrov. » *Karacho?*

– *Karacho*, dit le Palestinien, sans enthousiasme.

Il comptait les jours qui le séparaient de la fin de son cauchemar. Dire qu'il s'était engagé dans cette histoire pour échapper aux tueurs de l'OLP. S'il avait su! Il tendit une main moite au colonel du GRU qui lui écrasa les phalanges avec un sourire encourageant.

– Dites bien à vos amis, qu'une fois le problème réglé chacun recevra une juste récompense et qu'ils ne regretteront pas de nous avoir aidés. Partez le premier, maintenant. *Dosvidania.*

Il regarda le Palestinien s'éloigner dans le couloir et regagna le quai du métro. Il avait près d'une heure de trajet pour rejoindre sa femme avec qui il allait passer la nuit. Lui aussi avait hâte que cela se termine. Ne serait-ce que pour être de nouveau réuni avec les siens, dans des conditions normales. Tous les sens aux aguets, il regarda les gens qui attendaient la rame avec lui. Cherchant à deviner s'il était suivi... Son flair de professionnel ne discernant rien de suspect, il monta dans le wagon qui venait de s'arrêter, un peu rassuré. Il faisait peut-être l'objet d'une surveillance de routine, à cause de l'affaire Ali Jafar, mais il savait bien que les agents du KGB étaient souvent paresseux.

Dieu merci.

Malko écoutait distraitement le joueur de balalaïka lorsqu'un bourdonnement attira son attention, venant du sac de Swetlana Zorine. La jeune femme plongea aussitôt la main dedans d'un geste vif et le bruit stoppa. Comme Malko l'interrogeait du regard, elle dit seulement avec un sourire :

– Il faut y aller.

Elle avait donc un « ronfleur » dans son sac. La professionnelle reparaissait. Malko avait payé depuis longtemps, roubles pour la nourriture, devises pour l'alcool. Les prix de Moscou n'étaient pas loin d'atteindre ceux de New York...

Il en savait maintenant un peu plus sur Swetlana : elle rêvait de travailler à l'Ouest, fumait beaucoup, des cigarettes très minces, adorait le Cointreau, produit quasiment introuvable à Moscou, et était hantée par la peur de grossir. En tout cas, elle supportait bien la vodka...

Novodevici Prospekt était encore plus désert qu'à l'aller. La plupart des immeubles qui la bordaient étaient démolis ou inhabités. Quelques trams circulaient encore. Juste à l'entrée du pont Kalinouski, un milicien surgi de l'ombre les siffla et s'approcha, roulant des épaules. Swetlana ne lui laissa même pas le temps de parler, lui mettant sous le nez un petit livret rouge avec le glaive et le bouclier, insigne du KGB. Elle n'appartenait peut-être pas au KGB, mais elle en avait les attributs... L'autre salua vivement et disparut dans la nuit. La Soviétique eut un sourire indulgent.

– Les pauvres, ils ne gagnent que 200 roubles par mois! Alors, ils font un peu de racket. Comme tout le monde à Moscou.

Malko fut un peu étonné de retrouver la masse grisâtre de son hôtel et Swetlana eut un sourire mystérieux.

– C'est ici que nous avons rendez-vous.

Il la suivit jusqu'au bar du rez-de-chaussée, à droite de l'atrium. Le hall était vide et les quatre bulles translucides des ascenseurs sagement immobilisées au rez-de-chaussée. Ses yeux mirent quelques instants à s'habituer à la pénombre. Trois musiciens – un banjo, un accordéon et un saxo – jouaient, debout près d'un grand bar. Accompagnés à gorge déployée par un groupe bruyant de Soviétiques qui buvaient la vodka au goulot... Tous les tabourets du bar étaient occupés. L'un d'eux par un homme KO debout, visiblement ivre-mort, écroulé sur son siège, la tête sur la poitrine. Les autres clients ne prêtaient aucune attention à lui et par un miracle du dieu des ivrognes, il ne tombait pas.

– Prenons une table, suggéra Swetlana.

Elles étaient presque toutes occupées. Rien que des étrangers et des filles qui n'avaient rien à voir avec sœur Teresa : des putes. Elles jetèrent des regards hostiles à Swetlana, la prenant sûrement pour une des leurs. Malko alla au bar et obtint deux coupes de Moet pour 10 dollars. Le prix du « 21 » à New York. Les musiciens jouaient comme des fous, devant des Japonais éberlués. L'ivrogne, toujours tassé sur son tabouret, défiait silencieusement les lois de l'équilibre.

– Que faisons-nous ici? demanda Malko.

– L'homme que nous soupçonnons d'avoir tué cette prostituée doit venir, annonça-t-elle.

Elle n'expliqua pas comment elle le savait, mais

Malko n'ignorait plus maintenant qu'il était au centre d'un dispositif KGB important. Swetlana avait allumé une cigarette, lorgnant les filles avec cynisme.

– Ces *interdevitchis* se font au moins cent dollars par passe, dit-elle. C'est-à-dire au marché noir 2 000 roubles. Même à dix passes par mois... Mikaïl Sergueïevitch ne gagne pas ça...

– Sans compter les primes de dénonciation, ajouta perfidement Malko.

Swetlana éclata de rire.

– Allons, ne dites pas cela. La Perestroïka est passée par là.

De nouveau le bourdonnement.

Agacée, Swetlana le stoppa. Un grand Suédois visiblement saoul comme un Polonais croisait autour de leur table, intéressé par Swetlana. Celle-ci se tourna vers Malko.

– Je dois téléphoner pour vérifier quelque chose.

Elle se leva, découvrant ses cuisses, et partit vers la piste.

Aussitôt, le Scandinave lui emboîta le pas. Il avait bien vingt centimètres de plus qu'elle... A peine Malko fut-il seul qu'une fille, avec un pull très épaulé, un jeans collant et des bottes, se détacha du bar pour venir s'installer en face de lui.

– Je m'appelle Natacha, annonça-t-elle. Nous pourrions passer un peu de temps ensemble. A quelle chambre êtes-vous? J'ai peur de ne pas trouver de taxi pour rentrer, j'habite très loin...

– Merci, fit Malko, je ne suis pas seul.

La fille grommela une injure à l'adresse de Swetlana et retourna au bar à côté de l'ivrogne foudroyé. Dix minutes s'écoulèrent. Malko était intrigué par l'absence prolongée de Swetlana. Il se leva et gagna le couloir. Personne. Les toilettes étaient en face. Il s'y dirigea, et se heurta presque au Scandinave qui en sortait. Il titubait et faillit renverser Malko. Ce dernier allait mettre cela sur le compte de l'alcool lorsqu'il aperçut le sang qui dégoulinait de son visage!

Au même moment, Swetlana Zorine apparut, impassible. Elle eut un sourire méprisant en voyant le Scandinave en train de s'éponger.

– Il m'a prise pour une des putes de l'hôtel, fit-elle simplement, et s'est permis de me peloter pendant que je téléphonais.

– Et alors?

– Je crois que je lui ai crevé l'œil, fit suavement Swetlana. J'ai horreur des hommes mal élevés.

Malko regarda les longs ongles rouges avec un sentiment nouveau. Swetlana passa son bras sous le sien.

– Offrez-moi encore une vodka! Il y a eu un changement, ce n'est pas sûr qu'il vienne.

– Ah bon?

– Oui, expliqua-t-elle. Il était avec une fille et il l'a ramenée directement dans sa chambre. Mais il va peut-être redescendre.

– Pourquoi prendre toutes ces précautions? demanda-t-il. Vous êtes tout-puissants ici. Il suffit d'aller frapper à sa porte...

La Soviétique lui coula un regard amusé et dit d'un ton plein de reproche :

– Nous ne sommes pas en Amérique! Nous autres, Soviétiques, nous agissons avec discrétion. Si cet homme n'est pas celui que nous cherchons, à quoi bon lui donner une mauvaise impression de notre pays...

Minuit. Le coq de l'horloge ne chantait plus et le bar ne servait plus. Swetlana regarda sa montre.

– Je crois qu'il faudra recommencer demain.

Malko la raccompagna à la porte de l'hôtel. Elle lui tendit la main.

– A demain, même heure.

Il la regarda s'éloigner vers sa Lada orange et gagna l'ascenseur. Déçu et intrigué. Avec l'impression de mener un jeu inconnu, d'être manipulé. Il fallait coûte que coûte contacter le chef de station de Moscou. Pour commencer *son* enquête. Il était quasiment sûr d'être surveillé jour et nuit. S'il ne prenait pas les précautions indispensables, il mènerait le KGB droit à Ali Jafar. Il se demandait comment le Palestinien avait pu échapper aux recherches des Soviétiques, dans une ville comme Moscou, quadrillée par la Milice, surveillée par le KGB, où tous les étrangers étaient suivis à la trace par l'Intourist. Pas question de louer une chambre d'hôtel sans que cela soit organisé quinze jours à l'avance.

A peine était-il dans sa chambre que le téléphone sonna.

Qui pouvait l'appeler?

CHAPITRE VI

Malko décrocha. Une voix de femme résonna dans l'appareil :

– C'est Natacha. Votre amie est partie... Vous ne voulez pas que je vienne vous voir maintenant?

Le système fonctionnait bien...

– Non, merci, dit Malko, avant de raccrocher.

Il se mit aussitôt à composer le numéro de John Packard, le chef de station de la CIA. Chez lui. De toute façon, le numéro de la résidence et celui de l'ambassade étaient sur écoutes. Inutile donc d'attendre le lendemain... Une voix répondit en russe et demanda :

– Qui voulez-vous?

– John Packard. De la part de Malko Linge.

En bruit de fond, il entendait un brouhaha de voix et de musique. Quelques instants plus tard, une voix chaleureuse éclata dans le récepteur.

– Malko! Quelle bonne surprise! Où êtes-vous?

– Au *Meshdunarodnaya.*

– Couché?

– Pas encore.

– Pourquoi ne vous joignez-vous pas à nous? Il y a un petit anniversaire et c'est assez gai. Je vous envoie ma voiture...

Malko rejoignit le hall sans se presser. Dix minutes plus tard, il vit arriver une Chrysler noire avec une plaque D 008 conduite par un chauffeur. Ils descendirent jusqu'au Kremlin par la Kalinina et ensuite la rue Frunzé, pour traverser le pont Kamenij, gagnant le quai de la Moswka, rive sud. La voiture suivit le quai Maurice Thorez jusqu'à la guérite d'un milicien en faction devant un petit hôtel particulier qui se trouvait face à une énorme usine, pas loin du Kremlin. La Chrysler s'engagea dans une allée longeant le bâtiment et stoppa dans une cour intérieure.

Un homme mince, aux cheveux plaqués, aux yeux intelligents et rieurs, attendait Malko, un verre de scotch dans la main gauche.

– *Welcome in Moscow!* lança-t-il. Je pensais ne vous voir que demain. Entrez.

Une bonne trentaine de personnes se pressaient dans les salons du rez-de-chaussée, d'où partait un monumental escalier. Un barman s'approcha avec un plateau.

– Johnny Walker? Vodka? Gaston de Lagrange? Dom Pérignon?

– Vodka, dit Malko.

Dans un coin, des invités des deux sexes chantaient autour d'un piano. D'autres pépiaient un peu partout. Une très jolie femme au visage triangulaire et à la robe trop courte, qui avait bizarrement gardé sa toque de fourrure, vint se pendre au bras du diplomate, qui la présenta à Malko.

– Mariana, qui travaille au service des visas.

Mariana expédia une œillade brûlante à Malko et replongea dans la foule des invités. Le chef de station se mit à réchauffer entre ses doigts un Gaston de Lagrange et attira Malko dans un coin.

– Vous êtes sur une sacrée affaire, soupira-t-il. Si seulement vous pouviez déboucher sur quelque chose! Les Soviétiques sont en train de passer Moscou au peigne fin, tous les hôtels où résident des étrangers, toutes les missions diplomatiques. Un travail de romain. Pour retrouver Ali Jafar.

– Vous croyez à cette histoire de complot anti-Gorbatchev? Avec une participation soviétique?

– C'est possible. Ma conviction est renforcée par les deux meurtres. D'abord, le premier, qui est sûrement accidentel. Cette Dimitrova Petrovitch a vu ou appris quelque chose qu'elle ne devait pas connaître. Or, si cela n'était pas une affaire très grave, jamais ce type n'aurait pris le risque d'un assassinat.

– Jafar peut s'être affolé, à cause des faux passeports.

– Peut-être, mais le second meurtre est plus intéressant. La prostituée assassinée sauvagement au *Cosmos* était un témoin susceptible de reconnaître l'assassin de Dimitrova Petrovitch. Or, d'après ce que nous savons, elle a été tuée par un voyou membre d'un gang de trafiquants. Ces gens sont souvent liés à certains membres du KGB. Cela signifierait qu'il y a bien un complot avec de multiples ramifications.

– Qui en serait le maître d'œuvre?

– Quelqu'un de haut placé, dans l'armée ou le KGB. En ce moment, il y a beaucoup de remous en Union soviétique.

– Vous pensez à un coup d'Etat?

– Un coup d'Etat, non. Les Soviétiques n'ont pas de traditions bonapartistes. Mais une action isolée n'est pas à exclure.

– Gorbatchev doit être incroyablement protégé...

L'Américain sourit.

– Contre la foule, certainement, mais vous savez bien qu'un attentat est toujours possible lorsqu'il est commis par des gens dont on ne se méfie pas. Voyez Sadate, il a été abattu par son armée. Indira Gandhi, par ses gardes du corps.

– Qui est responsable de la sécurité de Gorbatchev?

– Le KGB, bien sûr. Une unité spéciale. Dont dépendent les gardes du Kremlin. Eux, traditionnellement, viennent de la ville de Swerdlosk et se connaissent tous. Une sorte de cooptation... Maintenant, dites-moi qui vous avez rencontré au KGB? On vous a emmené place Dzerzinski?

– Non.

Malko raconta son entrevue du matin. Lorsqu'il cita le nom du général Fanganov, John Packard eut un léger sourire.

– C'est le général commandant le Neuvième Directorate, celui qui est responsable de la sécurité de la Nomenklatura et des dirigeants soviétiques. C'est donc qu'ils prennent l'affaire vraiment au sérieux.

– Et cette Swetlana Zorine? Vous la connaissez?

– Non, je vais la checker demain matin. Mais peut-être que nous ne l'avons pas dans nos ordinateurs. Il y en a tellement...

Ils se turent, assourdis par un chœur de « Happy Birthday ». Puis l'Américain reprit sur le ton de la confidence :

– Je sais que vous avez un contact éventuel à prendre. Comment comptez-vous faire?

– Je n'ai pas encore étudié le *modus operandi*, avoua Malko. Que me conseillez-vous?

L'Américain avala une gorgée de Johnny Walker avant de dire pensivement :

– Je pense que le KGB se doute que vous ne leur avez pas tout dit. Donc, tout le Septième Directorate chargé de la surveillance des étrangers doit être sur votre dos. Ils disposent de moyens très sophistiqués et d'autant d'agents qu'il faut. En plus, la ville est quadrillée par la Milice et chaque milicien équipé d'un talkie-walkie. Chaque fois que je sors d'ici, le milicien qui s'occupe de moi prévient qui de droit. Si je ne reparais pas dans un endroit prévu où on s'attend à me voir, la machine se met en mouvement et je suis pris en charge dès le lendemain par une équipe spéciale. Le système est facilité par le fait que toutes les ambassades, les résidences diplomatiques ou de correspondants étrangers sont gardées par des miliciens. En regroupant les étrangers dans ces ghettos, ils les surveillent plus facilement.

– Comment procéder dans ce cas? interrogea Malko. Je n'ai pas envie d'amener le KGB jusqu'à Ali Jafar.

– Je pourrai vous indiquer dans Moscou deux ou trois immeubles à double sortie à n'utiliser qu'une fois. L'inconvénient, c'est que les Popovs sauront que vous leur cachez quelque chose... Et là, ils vont se déchaîner. Par contre, vous pouvez vous servir de mon jardin une fois ou deux. Il donne sur une petite allée déserte et non surveillée. Il suffit de sauter le mur et de gagner ensuite à pied la rue Bolcaya Ordynka à dix minutes.

– Et pour revenir?

L'Américain eut un sourire amusé.

– Un fil de nylon pratiquement invisible pend à l'extérieur du mur à un endroit que je vous désignerai. Il suffit de le tirer pour amener une échelle de corde, à un moment où il n'y a personne dans l'allée. Vous pouvez vous absenter ainsi une heure ou deux, ensuite vous repartez officiellement par la grande porte. Personne ne s'étonnera que vous passiez du temps ici, à envoyer des télex. Ma secrétaire activera le Fax pendant votre absence, comme si vous l'utilisiez.

– Je peux essayer dès demain matin? proposa Malko.

– Absolument. Passez d'abord à l'ambassade, je vous dirai ce que je sais sur cette Swetlana Zorine.

Ils se turent, car d'autres invités se joignaient à eux, passablement éméchés. Marina, la fille en toque, s'approcha de Malko :

– Premier voyage à Moscou?

Elle parlait parfaitement anglais, avec même un accent américain! Malko engagea la conversation. Elle cherchait visiblement à le charmer, lui parlant de la dure réalité moscovite et des centaines de Soviétiques qui assaillaient tous les jours le service des visas... Les invités commençaient à partir. Son hôte vint récupérer Malko et lui annonça :

– Mon chauffeur va vous raccompagner.

Sur le pas de la porte, il lui glissa à l'oreille :

– Attention à Marina, elle est soviétique. KGB. C'est ma « contrôleuse ». On joue au chat et à la souris. Nous sommes obligés d'employer des Soviétiques. A demain.

La Chrysler suivit le quai de la Moskwa et repassa le pont Kamenij en face du Kremlin. Les rues étaient désertes, à part une voiture grise et bleue et la Milice à certains carrefours. Malko se dit que cette mission en apparence si facile n'allait pas se dérouler sans anicroche. Premier point : comment agir avec Ali Jafar, s'il le retrouvait? Lui transmettre l'offre des Américains de tout révéler contre un million de dollars et la sécurité était hasardeux. Il pouvait faire semblant d'accepter et disparaître...

Seulement, en butte à la surveillance du KGB, Malko n'avait guère la possibilité de traquer le Palestinien pour connaître ses complices...

Philosophe, il décida que, le moment venu, il déciderait selon son instinct.

Une longue queue s'allongeait devant le vieil immeuble 1900 jaunâtre qui abritait l'ambassade américaine, rue Cajkovskogo : les candidats soviétiques au départ, pataugeant dans la boue du dégel sous l'œil de miliciens blasés. Loin au fond d'un sentier perpendiculaire à l'avenue, se dressait la nouvelle ambassade en brique rouge, flambant neuve et abandonnée depuis que les Américains avaient découvert qu'elle avait été truffée de gadgets électroniques par le KGB durant sa construction...

Malko montra patte blanche au Marine de garde du rez-de-chaussée, qui l'accompagna à un des ascenseurs, après l'avoir annoncé à John Packard. Partout des caméras de télévision et des portiques magnétiques. Sur le toit plat, une forêt d'antennes.

John Packard l'attendait sur le palier du sixième, les yeux un peu cernés, avec un sourire complice.

Il fit entrer Malko dans un bureau à la porte capitonnée dont les fenêtres donnaient sur l'arrière du bâtiment. Malko aperçut un autre immeuble qui ne payait pas de mine. En même temps, un léger ronflement se déclencha, un peu comme un climatiseur. John Packard eut un sourire résigné.

– Ne faites pas attention! C'est le dispositif de brouillage. Cette pièce est truffée de protections électroniques. Les Soviétiques nous espionnent sans cesse avec des moyens de plus en plus perfectionnés. Dans l'immeuble que vous voyez en face, il y a au moins une douzaine d'appartements occupés par des équipes du KGB qui y travaillent vingt-quatre heures sur vingt-quatre. Il paraît qu'il faudrait doubler les murs de cet immeuble avec du plomb pour être tranquille. Mais alors, c'est moi qui tomberais malade. Enfin, si nous ne parlons pas devant la fenêtre, *en principe*, ils ne devraient pas entendre ce que nous disons... Café?

– Avec plaisir, dit Malko, en s'asseyant sur un canapé de cuir vert fatigué.

– J'ai un dossier sur Swetlana Zorine, annonça l'homme de la CIA. Elle a déjà été utilisée sur des Japonais. Nous ignorons son vrai nom, mais elle travaille sous celui qu'elle vous a donné. Couverture : mannequin. Née, paraît-il, à Vladimir, mais invérifiable. Membre du Septième Directorate. Spécialiste du debriefing des étrangers. Elle a utilisé à plusieurs reprises une astuce vaseuse. Elle prétend qu'elle a une sœur malade, atteinte d'un cancer, et demande à des étrangers de lui faire parvenir des médicaments rares, un prétexte idéal pour établir des relations suivies avec eux. Bien entendu, tout cela est pur mensonge.

– Donc, elle va tenter de me confesser...

– Oh, ils sont plus malins que cela! Elle va essayer de devenir intime avec vous, abonder dans votre sens, guetter tous les indices, puis tenter de vous tirer les vers du nez. Mais c'est plus une précaution de leur part qu'autre chose...

– Pas de nouvelles du monde extérieur?

– Juste une chose : j'aurai votre arme par la prochaine Valise. Si vous voulez, on y va. Mais soyez méfiant. Ici, c'est le Tiers Monde, mais pas pour tout...

Après être sorti du bureau, l'Américain ferma soigneusement sa serrure à chiffre. Ils retrouvèrent la Chrysler dans le parking et quittèrent l'ambassade. En descendant la Kalinina, Malko regardait la foule se presser dans des boutiques aux trois quarts vides, se demandant comment ce pays arriverait à changer...

Ils mirent dix minutes à atteindre la résidence du chef de station. Une secrétaire à lunettes se faisait les ongles devant un télex codé. L'Américain lui donna des instructions pour qu'elle émette dès le départ clandestin de Malko. La surveillance électronique des Soviétiques ferait le reste... Les deux hommes gagnèrent le petit jardin enneigé, puis le mur d'enceinte. John Packard souleva une bâche posée sur le sol, découvrant une échelle de nylon aux barreaux d'alu enroulée et reliée à un fil de nylon qui se terminait par une boucle. A côté se trouvait un tube qui se révéla être un périscope rudimentaire!

L'Américain le plaça en position verticale le long du mur, inspectant ainsi l'allée, après avoir accroché l'échelle presque au faîte du mur, à un piton prévu pour cela.

– C'est libre! annonça-t-il. Faites vite!

Malko grimpait déjà comme un chat le long de l'échelle. Il atteignit le faîte, se laissa tomber sur le trottoir enneigé d'une allée déserte jouxtant un petit bois de bouleaux déplumé et s'éloigna rapidement dans la direction indiquée par l'Américain. Mais, plutôt que de prendre un taxi dans la rue Bolcaya Ordynka, il traversa le pont à pied, débouchant en contrebas de la place Rouge, juste en face de l'hôtel *Rossiya*. Les bulbes multicolores de la basilique Saint-Basile brillaient dans le soleil, face au Kremlin. Malko la contourna et traversa la place Rouge, quasiment déserte, à part quelques photographes professionnels qui battaient la semelle en face du mausolée en marbre rouge de Lénine.

Les deux sentinelles frigorifiées qui se tenaient figées de part et d'autre de l'entrée lui firent penser aux cadavres de soldats soviétiques que les SS utilisaient comme signes de piste pendant le terrible hiver russe de 1941.

Il redescendit vers la place du Manège, son intention étant de prendre un taxi, soit devant le *Nacional*, soit devant l'*Intourist*, dans la rue Gorki, là où il y avait beaucoup d'étrangers. En émergeant du passage souterrain, rue Gorki, il eut une idée en regardant l'heure. Onze heures. D'après les informations de la CIA, l'ami d'Ali Jafar, le Tunisien Saïd Ghanari, prenait tous les jours vers cette heure-là son petit déjeuner dans un des bars de l'hôtel *Intourist*. Il espérait pouvoir le reconnaître d'après la photo qu'on lui avait montrée à Vienne et cela valait la peine d'essayer tout de suite avant d'aller à son domicile.

Les vingt-cinq étages relativement modernes de l'*Intourist* se dressaient devant lui. Un barbu en chapka jouait du violon sur le trottoir, à côté des inévitables kiosques servant des sandwiches. Il monta les quelques marches de l'entrée et pénétra dans le sas isolant le hall de l'hôtel de l'extérieur, là où les chauffeurs de taxi attendaient, serrés comme des sardines. Les *swetzar* (1) à la porte le laissèrent passer, reconnaissant en lui du premier coup d'œil un étranger. Donc, par définition, une noble créature porteuse de *valuta* (2).

Espérant avoir vraiment semé le KGB, il longea la réception, puis se dirigea vers les ascenseurs, contournant le hall en réparation et les beriozkas offrant l'éventail habituel de souvenirs folkloriques au poids de l'or.

Face aux ascenseurs, un panneau répertoriait les différents bars de l'hôtel et l'étage où ils se trouvaient. Malko élimina ceux dans lesquels on payait en devises étrangères, le Tunisien avait parlé de roubles... Il en restait deux, l'un au seizième, l'autre au dixième.

Malko prit l'ascenseur jusqu'au seizième et suivit la flèche indiquant le bar, dans un couloir sinistre et mal éclairé. Des clients russes étaient en train de quitter une chambre, des bagages jusqu'aux yeux. La porte de la cafétéria était close! Pour une raison mystérieuse, le bar était fermé... Il reprit donc l'ascenseur jusqu'au dixième et, cette fois, eut plus de chance. Un étroit couloir menait à une pièce minuscule où s'entassaient une demi-douzaine de tables en face d'un comptoir où officiait une matrone revêche. Les gens faisaient la queue pour des cafés, des gâteaux, du pain, de la saucisse ou du fromage. Trois tables étaient occupées; deux par des Russes, visiblement employées de l'hôtel, la troisième par un couple. Une fille brune, mal habillée, avec une grosse poitrine, en compagnie d'un homme de type moyen-oriental aux cheveux frisés, et

(1) Gardiens.
(2) Devises.

au visage ovale empâté. Une barbe bien taillée donnait une sorte de noblesse aux traits mous.

– Qu'est-ce que vous voulez?

La matrone, derrière son comptoir, aboyait déjà. Malko commanda un café, du pain et du beurre, paya 80 kopeks et alla s'asseoir à la table voisine du couple.

Embarrassé. L'homme ressemblait fortement à la photo de Saïd Ghanari, le terroriste tunisien ami d'Ali Jafar, mais sur le document de la CIA, il ne portait pas de barbe.

Il prêta l'oreille à leur conversation et découvrit immédiatement qu'ils parlaient français. Comme la plupart des Tunisiens, ce qui apportait un élément positif d'identification de Ghanari. Celui de la femme était plus hésitant. Quelques minutes plus tard, il savait qu'il s'agissait d'une guide de l'Intourist. Et que son voisin se disait étudiant.

Les chances qu'il s'agisse de Saïd Ghanari s'accroisaient nettement... Ce dernier était en train de draguer la guide. Malko lui tourna le dos ostensiblement et se concentra sur son petit déjeuner.

Dès qu'il eut terminé, il se leva et redescendit dans le hall. Il attendit vingt minutes, planté devant une beriozka avant de voir le couple surgir d'un des ascenseurs. Ils sortirent de l'hôtel et il les suivit. Ils s'arrêtèrent juste devant le bureau d'Intourist, où ils bavardèrent quelques instants avant de se séparer. La guide monta dans un bus plein de touristes et le Tunisien continua à pied pour s'engouffrer dans le passage souterrain passant sous la rue Gorki et menant au métro, Malko sur ses talons.

Ce dernier perdit quelques précieuses secondes à changer une pièce de vingt kopeks. Les portillons du métro moscovite n'acceptaient que celles de cinq. La longue rame de sept wagons allait démarrer lorsqu'il bondit dans le dernier. Sans avoir eu le temps de repérer celui où se trouvait Saïd Ghanari. A la station suivante – Dzerinskaya – il changea de wagon et remonta le convoi. Finalement, il retrouva sa « cible » en train de lire un journal arabe et s'installa dans le wagon voisin d'où il pouvait le surveiller.

Saïd Ghanari changea de ligne à Kirovskaya pour descendre deux stations plus loin à Kolkhoznaya. Malko lui laissa prendre un peu de champ. Ils longèrent le théâtre militaire, puis une rue bordée d'immeubles modernes, même pas terminés. Peu de monde et Malko était obligé de rester à distance. Saïd Ghanari tourna à droite et s'engouffra au numéro 14 dans une vieille bâtisse verdâtre de six étages, qui paraissait pouilleuse à côté de celles qui l'entouraient. Malko passa devant, n'aperçut aucun signe particulier et continua jusqu'au bout de la rue. La plaque lui apprit qu'il s'agissait de la rue Imeleva. C'était bien l'adresse de Saïd Ghanari.

Il revint sur ses pas, examinant attentivement les lieux. Pas de miliciens en vue. Deux Noirs sortirent de l'immeuble et s'éloignèrent. Il s'agissait visiblement d'une annexe de l'université Lumumba où logeaient des étudiants étrangers.

Ali Jafar était-il hébergé par l'ancien membre de son réseau? La seule façon de le savoir était évidemment d'aller voir. Malko se décida et poussa la porte, débouchant dans un petit hall avec l'inévitable taxiphone. Une rangée de boîtes aux lettres s'alignait sur le mur. Malko les examina rapidement et découvrit le nom de Saïd Ghanari, suivi de la mention : chambre 212. Une voix rogomme qui l'apostrophait en russe le fit sursauter.

– Vous cherchez quelqu'un?

Il se retourna, découvrant une femme de ménage, un foulard sur la tête, qui le regardait d'un air soupçonneux. Malko lui offrit son plus gracieux sourire et dit en anglais :

– *Yes, a friend of mine.*

La Soviétique secoua la tête et s'éloigna, poussant son balai. Deux étudiantes descendirent l'escalier, babillant en espagnol, jetant un coup d'œil à Malko au passage. Ce dernier aperçut, marchant dans la rue en direction de l'immeuble, un homme, les mains dans les poches. Il allait s'engager dans l'escalier quand soudain une superposition d'images se fit dans son cerveau. Avec ou sans moustache, l'homme qui venait vers lui était bien le Palestinien recherché par tout le KGB, Ali Jafar.

CHAPITRE VII

Le Palestinien leva la tête et son regard se fixa sur Malko. Ce dernier comprit aussitôt que l'autre cherchait à le situer, à remettre un nom sur son visage. Ce n'était plus le moment d'hésiter. Il fit un pas en avant avec un sourire chaleureux et lança :

– Ali!

Ali Jafar avait déjà commencé son demi-tour. Il détala comme un lapin, vers le théâtre militaire. Malko s'élança à sa poursuite, sans parvenir à remonter son handicap. Au bout de la rue, il y avait un arrêt de bus et, à côté, un kolkhosien en train de vendre des cageots d'oranges. Ali Jafar le bouscula, fit tomber trois cageots dont les fruits se répandirent sur le trottoir et sauta en voltige dans un bus qui démarrait!

Lorsque Malko arriva au coin de la rue, le véhicule était déjà loin et se perdait dans la circulation du boulevard périphérique Sadovaya. Furieux et frustré, il revint sur ses pas et, cette fois, monta droit au premier étage de l'immeuble vert.

Saïd Ghanari ouvrit dès qu'il eut frappé et dévisagea Malko, plutôt curieux qu'inquiet. Il esquissa au bout de quelques secondes un sourire réticent.

– Vous n'étiez pas au bar de l'*Intourist* tout à l'heure? lança-t-il. C'est moi que vous cherchez?

Son russe était assez correct et Malko lui répondit dans la même langue.

– Non, fit-il. C'est votre ami Ali Jafar. Je viens de le

croiser mais il s'est enfui. Je voudrais que vous lui passiez un message. Il faut que je lui parle d'urgence et je ne suis pas à Moscou pour lui causer des problèmes. Au contraire, j'ai une proposition à lui transmettre qui serait très intéressante pour lui.

Au fur et à mesure qu'il parlait, le visage du Tunisien se fermait. Il repoussa en partie la porte, cachant à Malko la petite chambre où le lit était dédoublé, un matelas posé à terre.

– Qui êtes-vous? demanda-t-il, plus du tout souriant.

– Peu importe, dit Malko, Ali Jafar le sait. Faites-lui ce message. Il s'agit d'une question de vie ou de mort.

– Je ne connais pas d'Ali Jafar, fit brutalement Saïd Ghanari. Foutez le camp.

Il voulut refermer la porte et y serait arrivé si Malko n'avait pas glissé son pied dans l'entrebâillement.

– Il ne faut pas qu'il me téléphone, compléta-t-il. Moi j'appellerai ici, au taxiphone d'en bas, d'un endroit sûr. Ce soir, entre six et sept. Au revoir.

A peine eut-il retiré son pied que la porte claqua avec violence. Il redescendit, nota au passage le numéro à six chiffres du taxiphone et regagna la rue. L'information de la CIA s'était révélée exacte. Grâce à l'obscur travail d'un agent anonyme de la Company et à de bons ordinateurs, il possédait maintenant un renseignement sans prix pour les Soviétiques. Le revers de la médaille, c'était qu'à partir de cet instant, il trahissait le KGB avec toutes les conséquences que cela pourrait entraîner.

De plus, s'il n'exploitait pas rapidement son information, Ali Jafar risquait de disparaître. Il était pourtant obligé d'attendre la réponse du Palestinien. Il trouva un taxi sur le périphérique qui consentit, pour un paquet de Marlboro, à l'emmener jusqu'à la place Rouge. A peine descendu du véhicule, il fut assailli par des vendeurs clandestins de montres et s'éloigna vers la Moskwa, refaisant le chemin en sens inverse. Il était presque une heure lorsqu'il retrouva l'allée paisible longeant la propriété du chef de station de la CIA.

Aucun piéton. Il dut cependant attendre qu'une voiture ait tourné au fond pour saisir le fil de nylon et tirer. Un regard circulaire et il cala son pied dans le dernier barreau de l'échelle pour s'élancer vers le faîte du mur.

Dix secondes plus tard, il retombait de l'autre côté et tirait vers lui l'échelle de nylon, pour la replacer sous sa bâche. La secrétaire à lunettes le guettait derrière la porte-fenêtre et lui ouvrit aussitôt avec un sourire complice et amusé.

– Mr. Packard ne va pas tarder, annonça-t-elle. Il a appelé de l'ambassade.

Malko s'installa dans le salon, face à l'escalier monumental, et se plongea dans *Les Nouvelles de Moscou.* Le quotidien le plus « perestroikien », dévoré par les Moscovites qui s'attroupaient tous les jours devant son immeuble où la dernière édition était placardée comme des *dazibao* chinois. Il y avait presque autant de monde que dans l'unique Mac Donald de Moscou...

Ali Jafar sauta en voltige de son bus et courut jusqu'à la station de métro Taganskaya où il s'engouffra. Il n'arrivait pas à maîtriser les battements de son cœur. Comment l'agent de la CIA l'avait-il retrouvé? Les pensées s'entrechoquaient dans son crâne, pas vraiment gaies. Il avait été stupide de parler aux Américains du projet d'attentat contre Gorbatchev! Tout ce que cela lui avait rapporté, c'était cinq mille dollars. Et le mépris amusé de cet agent blond de la CIA.

Ses mains tremblaient tellement qu'il eut du mal à glisser une pièce de cinq kopecks dans la fente du portillon.

Une question l'obsédait : si les Américains l'avaient retrouvé, ce n'était pas pour son bien... Ils allaient le faire chanter. Or, maintenant, il avait fait un deal avec ses « sponsors » soviétiques. Il avait touché de l'argent, beaucoup d'argent. Tout était en route. S'il changeait de camp, il y laisserait sa peau... Il monta comme un automate dans un des wagons, pestant intérieurement contre ces cons d'Américains. S'ils l'avaient cru, il aurait un million de dollars et se prélasserait à Rio et eux seraient contents. Au lieu de ça, il était embringué dans une histoire horriblement dangereuse, sans retour.

« Putains d'Américains, pensa-t-il. Qu'il crèvent tous ! »

John Packard arriva vingt minutes plus tard, frigorifié, et écouta le récit de Malko, en buvant un Johnny Walker à réveiller un mort.

– Bravo ! conclut-il. Si Ali Jafar accepte le dialogue, il n'y a pas de problème. Du moins, pour nous... Mais, s'il s'esquive, il va falloir que Langley se décide. A partir de cet instant, vous êtes assis sur un volcan. Si le KGB pense que vous êtes en possession d'une information aussi capitale, il est capable de n'importe quoi pour se la procurer.

– Y compris la violence ?

L'Américain haussa les épaules.

– Y compris n'importe quoi. Pas officiellement, bien sûr, mais ici, ils font ce qu'ils veulent : ils peuvent monter des coups avec des faux témoins, et personne ne sera jamais sûr de leur responsabilité. Alors, si Langley vous dit de continuer, faites attention. Maintenant, je vous dépose où vous voulez.

– Je vais au Goum, dit Malko. Faire un peu de tourisme et réfléchir. Jusqu'à ce soir, je n'ai pas de programme. Quand aurons-nous la réponse de Langley ?

L'Américain effectua un calcul rapide.

– Voyons, il est six heures du matin à Washington. N'espérons rien avant ce soir au mieux, mais plutôt cette nuit.

– Vous êtes sûr de vos transmissions ?

John Packard eut un geste fataliste.

– Si vous disparaissez, nous saurons que les Soviétiques ont percé nos codes.

Toujours le mot pour rire.

Malko prit place dans la Chrysler et, en passant, John Packard adressa un signe amical à « son » milicien. Malko regardait rêveusement les hautes murailles rougeâtres du Kremlin, de l'autre côté de la Moskwa. C'était dans cette enceinte en forme de trapèze, délimitée par la Moskwa, la place Rouge, et la rue Maneznaya, hérissée de clochers, que Mikhaïl Gorbatchev travaillait. L'intérieur du Kremlin était un patchwork de bâtiments anciens et modernes, de casernes, avec une partie visitée par les touristes, le Musée et les jardins abritant les églises.

Il se dit qu'en ce moment il détenait peut-être entre ses mains le sort de l'homme le plus puissant de Russie.

Ali Jafar allait-il accepter de lui parler?

La voix de John Packard l'arracha à sa songerie.

– Voilà le Goum. On y rêve au fond de l'Ouzbekistan, mais il y a moins de marchandises que dans une épicerie de quartier à New York.

Malko attendait près d'un taxiphone anonyme de Kalinina Prospekt, en face du magasin de disques Melodia. Six heures dix. Il était venu jusque-là en flânant depuis l'hôtel. Après s'être rendu compte qu'effectivement, il n'y avait rien au Goum et s'être rabattu sur le musée Pouchkine, le seul de Moscou à être ouvert. Le plus prestigieux, la galerie Tetriakof, était fermé depuis une dizaine d'années pour des raisons inconnues.

Il glissa sa pièce de deux kopecks dans la fente du taxiphone et composa le numéro de Saïd Ghanari. Près d'une minute s'écoula avant qu'on ne décroche. Une voix de femme demanda en russe ce qu'il voulait. Il expliqua qu'il était un ami de Saïd Ghanari et donna le numéro de sa chambre. On posa l'appareil et, de nouveau, d'interminables secondes s'écoulèrent. Puis la voix laissa tomber :

– *Nie doma* (1).

Même pas le temps de laisser un message : elle avait raccroché. Déçu, il s'imposa d'aller faire un tour à Melodia avant d'essayer, un quart d'heure plus tard, le même numéro. Cette fois, c'est – d'après son accent – une Africaine qui répondit, fort aimablement, monta à la chambre 212 et revint pour dire qu'il n'y avait personne.

Malko n'insista pas. Il y avait de très fortes chances pour que Ghanari ait eu un contact avec Ali Jafar depuis leur rencontre. Donc, le Palestinien le fuyait et avait déjà dû déménager. Il essaierait encore une fois le lendemain matin. A moins que les Soviétiques aient repéré Ali Jafar de leur côté. Et qu'il se retrouve en sa présence, grâce à Swetlana Zorine.

Evidemment, il lui restait la ressource de ne pas le « reconnaître » afin de prouver sa bonne foi au Palestinien.

Le dilemme demeurait : si dans les heures qui suivaient il n'avait pas recontacté Ali Jafar, fallait-il oui ou non donner au KGB les informations dont il disposait?

Eblouissante!

Malko contemplait Swetlana Zorine, debout dans l'embrasure de sa porte, en proie à des sentiments divers. Le désir d'abord. La jeune Soviétique, sous sa veste de fourrure, portait une robe longue en paillettes vertes qui semblait peinte sur elle. Le décolleté carré laissait voir ses seins presque jusqu'au aréoles. Son maquillage allongeait ses yeux et les faisait paraître encore plus bleus. Elle portait des bijoux – faux – spectaculaires et un délicat nuage de *Miss Dior* flottait autour d'elle.

– Bonsoir. Je ne suis pas en retard?

– Pas du tout, fit Malko, essayant de se souvenir qu'il avait en face de lui un adversaire.

Ce n'était pas Mathilda von Grünzig. Mais quelle

(1) Pas chez lui.

femme! L'industrie japonaise avait dû succomber comme un seul homme. Une expression amusée flottait dans ses yeux bleus aux reflets de banquise.

– Nous fêtons quoi? demanda Malko.

Swetlana sourit.

– Vous nous prenez pour des sous-développés... Mais cette robe a été fabriquée à Moscou. Je l'ai portée à un défilé cet après-midi. J'ai pensé qu'elle vous plairait.

– Elle me plaît, dit Malko. Où allons-nous dîner?

– Au *Savoy*, il vient d'être refait.

Il la suivit dans l'ascenseur-bulle. Les chauffeurs de taxi de l'entrée restèrent muets devant cette apparition. La robe tenait à peine dans la Lada orange. Ils descendirent vers le centre, par Kalinina Prospekt. L'hôtel *Savoy* se trouvait juste avant la place Dzerzinski. Un portier galonné se précipita comme à New York pour ouvrir la porte. Malko resta bouche bée devant la salle : on se serait cru chez le Roi Soleil, à la meilleure période. Des dorures partout, des plafonds peints, une verrerie somptueuse. C'était la Russie du siècle dernier, avec des garçons en blanc, impeccables.

– Vous voyez que nous savons vivre, lança Swetlana d'un air de défi, en s'asseyant face à Malko.

Dans un endroit pareil, on ne pouvait que prendre du caviar... D'ailleurs, le reste, en dépit du cadre sublime, était à peu près immangeable. En sus de l'incontournable vodka, Malko commanda une bouteille de Moet millésimé, le Dom Pérignon étant inconnu. Swetlana Zorine déployait tout son charme, penchée pour l'écouter, afin qu'il puisse mesurer la profondeur de la vallée entre ses seins. Leurs doigts se frôlaient parfois. Elle lui parlait de son enfance, de ses études. Soudain, elle s'interrompit, et soupira.

– Vous parlez russe si bien, c'est merveilleux! Je n'ai pas l'impression d'être en mission.

– Moi non plus, renchérit Malko.

C'est ainsi qu'on devenait un agent double.

Quelques couples dansaient en face du grand piano à queue. Swetlana se leva et ils se mirent à tourbillonner comme au Grand Siècle. Une main posée sur le dos nu de la jeune femme. Derrière, sa robe était décolletée jusqu'aux hanches... La jeune Soviétique avait la souplesse d'une liane, sa bouche parfois se posait dans le cou de Malko, son corps épousait le sien, sans ostentation. Quand il croisait son regard, il y lisait une sorte d'admiration et de désir voilé.

– Il faut y aller, dit-elle pourtant, à la fin de la danse.

De nouveau le froid, après une addition qui n'aurait pas déparé aux *Four Seasons* de New York. Un siècle de salaire d'un Russe moyen. Quand ils entrèrent au bar du *Meshdunarodnaya*, un grand silence s'établit chez les ivrognes accrochés à leurs tabourets. Avec sa longue natte sur son dos nu, Swetlana ressemblait à une princesse du XIXe siècle, altière et inaccessible.

– Demandez-moi un Cointreau, souffla-t-elle, c'est le seul endroit de Moscou où on en trouve.

Malko revint avec les deux verres, un peu tendu. Cette fois, c'était la minute de vérité. Si l'homme qu'on lui présentait était Ali Jafar, et qu'il fasse semblant de ne pas le reconnaître, les problèmes allaient commencer. Mais il ne pouvait le faire qu'une fois reçu le feu vert de la CIA. C'était l'Amérique son employeur, pas le KGB... Swetlana guettait les gens qui entraient. Soudain, deux hommes se détachèrent du bar. Des Russes éméchés, l'air méchant. Ils gagnèrent leur table et apostrophèrent Swetlana.

– Qu'est-ce que tu fous là, toi, on ne te connaît pas !

Swetlana ne répondit pas et Malko dit à sa place, en anglais :

– Que voulez-vous?

Les deux Soviétiques grommelèrent des mots indistincts et le plus petit menaça la jeune femme du doigt.

– Fais gaffe ! Tire-toi et ne reviens jamais.

Ils regagnèrent le bar puis disparurent quelques instants plus tard.

– Qui est-ce? demanda Malko.

Swetlana eut un sourire plein de mépris.

– La mafia ouzbek. Ils règnent sur le racket et la

prostitution. La Milice n'arrive pas à les éliminer. Ils ont déjà assassiné plusieurs prostituées qui refusaient de travailler pour eux. Ils « protègent » les filles qui sont ici et ils me prennent pour une indépendante...

Douce Russie... Swetlana trempa ses lèvres dans son Cointreau, pas émue. Il est vrai que si les deux voyous avaient su qui elle était, ils se seraient enfuis en courant. Le Goulag était toujours debout. Malko avait presque oublié l'incident lorsque Swetlana posa sa main sur son bras.

– Le voilà, c'est lui!

Un couple venait de franchir la porte du bar. Une femme, probablement russe, en jeans et pull, les yeux très bleus, elle aussi, et un homme de type moyen-oriental, costaud, ressemblant vaguement à Ali Jafar. Malko fut balayé par le soulagement.

– Ce n'est pas Ali Jafar, dit-il aussitôt.

Les nouveaux venus s'installaient au bar et il pouvait voir le profil de l'homme. Swetlana lui lança un regard plein de déception.

– Vous êtes certain?

– Absolument! Pourquoi pensiez-vous qu'il s'agissait de lui?

– Il est arrivé il y a quelque temps à Moscou, avec un faux passeport pakistanais. Il prétend s'occuper de cinéma, mais c'est faux.

– En tout cas, ce n'est pas Ali Jafar.

La jeune femme acheva son verre de Cointreau et laissa tomber avec une once de tristesse dans la voix :

– Heureusement que nous avons passé une bonne soirée! Parce que ma mission se termine maintenant. J'avais tenu à vous connaître. Vous êtes un peu une légende au State Committee.

– Moi aussi, je suis ravi, Swetlana, dit Malko. Mais nous pouvons nous revoir?

Elle secoua la tête.

– Mais non, vous connaissez les règles. On penserait que vous allez me retourner. Les gens du CE (1) sont toujours méfiants. Vous avez beaucoup de charme...

(1) Contre-Espionnage.

– On peut penser la même chose de moi, répliqua Malko, et pourtant, je suis prêt à prendre ce risque...

– Impossible.

Elle se leva après avoir regardé sa montre qui ne venait sûrement pas du Goum. Malko la raccompagna dans le hall, troublé par le balancement de ses hanches, se demandant avec qui elle faisait l'amour, si une fille comme elle avait une vie sexuelle... Soudain, il se souvint d'un détail.

– Attendez-moi! demanda-t-il.

Il fonça dans l'ascenseur jusqu'à sa chambre et redescendit avec une bouteille de Cointreau achetée dans une des beriozkas de l'hôtel.

– Vous penserez à moi, dit-il.

Swetlana Zorine prit la bouteille, radieuse, et se pencha pour effleurer la bouche de Malko de ses lèvres chaudes.

– C'est la coutume, chez nous en Russie, de s'embrasser sur la bouche, dit-elle gaiement. Cela n'a pas de signification érotique.

Ils franchirent le barrage des chauffeurs patibulaires et soudain, Swetlana se raidit. Elle avait aperçu en même temps que Malko les deux voyous qui l'avaient menacée, mêlés aux hommes qui attendaient. Malko l'escorta jusqu'à sa Lada et se retourna. Les deux voyous étaient sortis aussi et se dirigeaient vers une vieille Moskvitch garée derrière celle de Swetlana. Ils y prirent place et demeurèrent là, phares éteints.

– Que veulent-ils? demanda Malko.

Swetlana paraissait moins sûre d'elle.

– J'ai peur, dit-elle brusquement. Ce sont des gens dangereux. Ils vont me suivre... Et peut-être m'attaquer quand je sortirai de ma voiture...

– Mais votre carte du KGB?

– Ils s'en moquent. Ce sont des hooligans. Ils n'hésitent pas à tirer sur la Milice. Est-ce que vous ne pourriez pas m'accompagner?

– Bien sûr, accepta Malko.

Il monta dans la voiture orange. Swetlana semblait rassurée. La Moskvitch démarra derrière eux et il se dit qu'elle avait probablement raison... Ils suivirent le quai

Krasnopresnenskaya pour gagner le pont Kalininskij reliant la Kalinina à Kutuzovskij Prospekt. Sur la droite se dressait une sorte de monument de cinquante étages dédié au stalinisme, bloc massif de béton avec une tour centrale et une enseigne lumineuse : *Ukrainya.* Style Wardorf Astoria avec les étoiles rouges en plus.

– J'habite là, expliqua Swetlana, ce sont des appartements, seule la tour sert pour l'hôtel.

Quand ils arrivèrent devant l'*Ukrainya*, la Moskvitch était toujours derrière eux. Le portail en bronze du building était impressionnant. Swetlana regarda autour d'elle. Pas un taxi.

– Montez un moment avec moi, demanda-t-elle à Malko, sinon ils pourraient s'en prendre à vous... Tout à l'heure, ils seront partis et vous trouverez sûrement un taxi.

Les radio-taxis étaient inconnus à Moscou...

Malko la suivit jusqu'à un ascenseur vieillot et grinçant qui les hissa au dix-huitième étage. Un couloir verdâtre et sombre et puis un appartement minuscule, hyperchauffé, avec une fenêtre donnant sur la Moskwa. Un grand canapé-lit en L, une table basse, des livres, une penderie mobile dans le couloir, quelques bibelots, des icônes au mur. Swetlana posa la bouteille de Cointreau sur la table basse et proposa :

– Buvons un verre.

Elle alla chercher de la glace et revint avec deux verres pleins de glaçons sur lesquels elle versa le Cointreau religieusement.

Malko l'observait. Son pouls s'était accéléré. Dans cette pièce exiguë, leur intimité était presque inévitable. Swetlana s'assit et ses bas crissèrent lorsqu'elle croisa les jambes; leurs regards se fuyaient. Malko luttait contre le sentiment de déjà vu, cherchant à deviner ce qui se passait dans la tête de la jeune femme. Celle-ci mit sur la chaîne Akai une cassette de chants georgiens lents et mélancoliques comme un chœur d'église. Elle dégustait son Cointreau à petits coups, appuyée sur les coussins.

– Vous aimez la vue? demanda-t-elle.

Sans attendre la réponse, elle se leva pour gagner la

fenêtre. Malko l'imita. Très lentement, elle pivota, à quelques centimètres de lui, ses yeux bleus étonnants plongés dans les siens avec une expression trouble. Il pouvait sentir son souffle parfumé. Ils se contemplèrent ainsi sans un mot, d'interminables secondes. Puis, comme si la robe était aimantée, Malko sentit ses mains irrésistiblement attirées par les paillettes vertes. Il les posa sur les hanches de la jeune femme.

Swetlana émit une sorte de soupir et son regard chavira. Son corps se déplaça imperceptiblement et Malko sentit brusquement son bassin se coller contre lui. D'une voix changée, très mélodieuse, comme les chants derrière eux, elle dit :

– J'ai envie de faire l'amour avec vous.

Malko avait beau se répéter de toutes ses forces que c'était un piège, un des trucs les plus éculés du KGB, Swetlana n'en était pas moins une femelle somptueuse, qui en ce moment lui communiquait un désir qui n'était peut-être pas entièrement feint...

– Swetlana, dit-il, luttant contre lui-même, vous savez bien que...

Elle posa l'extrémité recourbée d'un ongle dur comme de l'acier sur sa bouche et il revit fugitivement le Scandinave à l'œil crevé...

– Je suis une femme aussi, dit-elle doucement. Je suis obligée de faire un rapport sur cette soirée. Si je dis qu'il ne s'est rien passé, on ne me croira pas... Alors, autant en profiter. Vous en avez envie comme moi.

Malko ne répondit pas. Swetlana passa une main derrière son dos et il entendit un crissement : elle faisait glisser son zip. Un léger coup d'épaules et les paillettes vertes se retrouvèrent à ses pieds. Ne laissant qu'une paire de seins superbes et des bas qui tenaient tout seuls. Dans cette tenue, elle revint coller son bassin à Malko, la langue dardée. Ses ongles glissèrent sous sa chemise, agaçant les pointes de ses seins. Une caresse qu'elle maîtrisait admirablement...

Peu à peu, Malko sentit sa méfiance fondre comme neige au soleil. Comme lorsqu'on s'enfonce dans les sables mouvants. Son sexe se dressait, grandissait, sans que sa volonté y soit pour quelque chose... La langue pointue de Swetlana allait à la rencontre de la sienne, ponctuant les ondes qui partaient de sa poitrine. A son tour, il effleura les pointes dressées de ses seins et elle gémit.

Des doigts habiles pressèrent son membre tendu, elle eut une sorte de roucoulement et murmura :

– Comme tu es excité! Moi aussi.

Elle prit une de ses mains et la posa entre ses jambes où il put sentir le miel couler dans les poils blonds. Lentement, d'abord sans quitter son regard, elle se laissa glisser le long de lui, jusqu'à ce que sa bouche rencontre naturellement son sexe et l'engloutisse. Agenouillée sur la moquette râpée, elle lui administra une fellation savoureuse et lente, levant parfois son regard bleu pour mesurer son pouvoir. Quand elle se redressa, Malko avait abandonné toute velléité de résistance. Swetlana le prit par la main, désignant le divan.

– Viens.

D'elle-même, elle leva les jambes, presque à la verticale, lui offrant son buisson blond, au bord du lit, en équerre, merveilleusement érotique. Le tout sur fond de balalaïka... Il s'enfonça progressivement en elle, s'accrochant à ses cuisses pour mieux la pénétrer, jusqu'à ce que leurs pubis se heurtent. Swetlana haletait, la bouche entrouverte, ses reins s'animèrent sous lui, puis s'immobilisèrent.

– Arrête! Arrête, fit-elle soudain d'un ton presque plaintif.

Il comprit qu'elle était au bord du plaisir et obéit. Les jambes retombèrent et il s'allongea sur elle. C'est en se frottant doucement contre son clitoris gorgé de sang qu'il lui donna son premier orgasme, qui la secoua tout entière. Il emprisonna ses seins et en massa longuement les pointes tandis qu'elle gémissait, les mains nouées dans son dos. Il se sentait raide comme la justice, fiché en elle jusqu'à la garde. Il s'en arracha, la fit pivoter sur le côté puis sur le ventre, admirant sa silhouette, la courbe de son dos. Ses fesses cambrées et pleines, traversées de frémissements. Elle envoya la main en aveugle, attrapa son sexe et l'attira.

– Encore.

Il s'allongea sur son dos et la reprit ainsi, s'incrustant dans le creux de ses reins, profitant de ses courbes. Puis, progressivement, il se redressa, attirant la jeune Soviétique contre lui. Pour terminer, à genoux, ses fesses collées à son ventre. Pendant un moment, il regarda le membre qui entrait et sortait de la jeune femme avec une déconcertante facilité, et la raie profonde qui s'ouvrait devant lui.

– Je vais te sodomiser, dit-il.

Swetlana secoua la tête et répliqua fermement :

– Non.

Il la repoussa en avant et d'un seul geste écarta les globes cambrés, dégageant l'ouverture de ses reins. Elle comprit trop tard lorsqu'il se laissa tomber sur elle, pointant son membre durci contre sa cible. Swetlana bondit pour lui échapper, mais ne fit que l'enfoncer légèrement en elle. Son cri couvrit la musique. Malko sentit son sexe serré, délicieusement, et entendit le hurlement d'agonie de la jeune Soviétique. Là, il était certain qu'elle ne trichait pas si elle l'avait fait auparavant. Il y a des intonations qui ne trompent pas.

Alors, voluptueusement, il la viola, savourant chaque millimètre, sentant son membre comprimé dans un étui brûlant et étroit.

Lorsqu'il s'immobilisa, des gouttelettes de sueur étaient apparues sur le dos de la jeune femme et il ne restait pas un millimètre de son sexe dehors. Il la sentait le comprimer. Il passa ses mains sous leurs deux corps, attrapa ses seins pour les masser. Ils étaient durs comme du bois de fer. Quand il se recula pour commencer son va-et-vient, elle cria à nouveau. Sans s'occuper de ses cris et de ses protestations, il profita de cette croupe somptueuse le plus longtemps possible, finissant par la remettre à genoux, afin de voir son sexe dilater l'étroite ouverture. Swetlana ne criait plus, poussant parfois un bref gémissement.

C'est dans cette position qu'il se répandit dans ses reins, hurlant de bonheur.

Il était si excité qu'il se retira encore tendu. Swetlana roula sur le côté et le fixa. Ses yeux bleus avaient foncé, des larmes avaient fait couler son maquillage, son rouge était resté sur la couverture, mais elle était encore très belle...

– Tu es un salaud, dit-elle calmement. Tu m'as fait horriblement mal et tu le sais. Aucun homme ne m'avait pris de cette façon.

Malko ne répondit pas. Il ne lui déplaisait pas d'avoir brisé cette femme dangereuse qui avait dû provoquer le malheur de ceux qui étaient tombés dans ses griffes. Pour une fois, elle était prise à son propre jeu.

– Tu me voulais, remarqua-t-il. En amour, on va jusqu'au bout. C'était délicieux. Je te reprendrai quand tu voudras.

– Jamais! lança-t-elle en disparaissant dans la salle de bains.

Malko vida son verre de Cointreau et se rhabilla. La Moskwa brillait sous la lune. Swetlana revint, drapée dans un survêtement de sport qui cachait ses formes, démaquillée.

– Tu trouveras des taxis en bas, dit-elle simplement.

Déjà, elle lui ouvrait la porte. C'est Malko qui se pencha et effleura des lèvres froides et sèches.

– *Dosvidania*, dit-il. J'ai passé une merveilleuse soirée.

– *Dosvidania*, dit-elle.

La porte claqua derrière lui. Dans le couloir mal éclairé, il se dit qu'il avait peu de chances de revoir jamais Swetlana Zorine. Leurs ébats avaient probablement été enregistrés ou même filmés... Le KGB verrait qu'elle avait pris sa tâche à cœur. Et qu'il s'était bien amusé. C'était cela la Perestroïka... La baba endormie, au rez-de-chaussée, lui jeta un regard réprobateur. Elle les avait vus monter ensemble. Peut-être ignorait-elle les vraies raisons de la jeune Soviétique. Malko s'approcha d'elle.

– Il y a des taxis, par ici?

Elle grommela :

– A cette heure-ci, ça m'étonnerait, mais vous pouvez toujours essayer...

Aimable comme une porte de prison.

Malko sortit dans le froid. Pas un chat. Il se préparait à prendre la direction du pont Kalininskij lorsqu'il vit un véhicule qui s'approchait. Sur son toit, il aperçut le voyant lumineux à petits damiers indiquant un taxi. Une vieille Volga grise. Elle s'arrêta devant lui. Deux hommes se trouvaient à l'avant. Le passager envoya la main pour déverrouiller la portière arrière.

Les taxis se promenaient d'habitude bouclés comme des coffres-forts.

Malko ouvrit la portière et allait monter quand un détail l'étonna : les taxis demandaient *toujours* où on allait avant de charger quelqu'un. Il interrompit son geste.

Au même moment, la portière avant s'ouvrit à son tour sur une bête : un colosse aussi large que haut, pas rasé, la tête coiffée d'un bonnet de laine, le type asiatique prononcé, le nez retroussé, un blouson de ski et un vieux jeans. Il saisit Malko par l'épaule et le poussa dans le taxi avec une force inouïe.

CHAPITRE VIII

Pris par surprise, Malko fut catapulté à l'intérieur du taxi. Sa tempe heurta violemment la poignée de la portière opposée et le choc l'étourdit quelques instants. Revenu de son évanouissement, il essaya de sortir mais une masse énorme s'abattit sur lui. L'homme qui l'avait projeté dans le véhicule et qui devait peser près d'un quintal! Le taxi démarra avec une secousse en faisant hurler ses pneus. Malko tenta malgré tout d'ouvrir la portière en marche mais sentit un avant-bras musculeux emprisonner son cou, tandis que des doigts crochaient sa clavicule, formant un collier mortel. En même temps, une main saisit sa nuque, la courbant en avant si violemment qu'il en eut une nausée.

Une prise mortelle de karaté! L'autre essayait de lui rompre les vertèbres cervicales!

Il dégagea sa main droite et parvint à saisir un index boudiné, enfoncé dans sa clavicule et le ramena en arrière brutalement, provoquant un grognement de douleur du tueur qui lâcha prise. Il se reprit aussitôt et envoya un coup de genou dans les reins de Malko, qui lui coupa le souffle. Puis dans la foulée, il le fit basculer sur le plancher et plongea carrément sur lui! Malko ne voyait plus rien et le taxi continuait à rouler à tombeau ouvert. De nouveau le bras enserra son cou. Bien calé, un genou sur la banquette, le tueur allait pouvoir parvenir à ses fins. Malko chercha de nouveau les doigts, mais cette fois, le colosse les enfonça dans son épaule et il n'arriva pas à les saisir. Un éclair blanc passa devant ses yeux. Les tendons de sa nuque étaient tendus à leur extrême limite. L'autre connaissait son affaire. Dans quelques secondes, les vertèbres allaient craquer, foudroyant Malko mieux qu'une balle de gros calibre.

Coup de frein, le taxi ralentit et s'arrêta! Le tueur interpella furieusement le conducteur.

– Alex, qu'est-ce que tu fous?

– Le feu est rouge et il y a une voiture de la Milice juste en face, gronda l'autre.

Ils ignoraient sûrement que Malko comprenait le russe. La nouvelle le galvanisa... La brève conversation avait relâché l'attention du tueur, et Malko en profita; il s'arc-bouta, réussissant à se relever en partie, déplia le bras, atteignit la poignée de la portière et l'ouvrit!

Aussitôt, le tueur retomba sur lui, hurlant à l'adresse de son complice :

– Putain, Alex! Démarre!

– Arrête tes conneries, Vladimir, cria le chauffeur. Le feu est toujours rouge.

Cependant, il obéit. La Volga démarra lentement et tourna à droite. Couché sur Malko, celui que le chauffeur avait appelé Vladimir allongea la main et referma la portière. Avec une rage décuplée, il plaça à nouveau sa prise mortelle. Malko sentait ses forces s'épuiser quand, soudain, une lueur clignotante bleuâtre illumina l'intérieur de la Volga. Malko comprit avant même qu'Alex, le chauffeur, pousse un cri.

– Ces enculés de la Milice nous suivent!

La portière ouverte par Malko avait servi à quelque chose... Le conducteur accéléra brutalement, déséquilibrant Vladimir. Du coup, Malko put à nouveau ouvrir la portière qui resta dans cette position. Le résultat ne se fit pas attendre : quelques secondes plus tard, le hululement d'une sirène lui perça les oreilles et le gyrophare se rapprocha. Le chauffeur et Vladimir juraient à qui mieux mieux. Dans cinq minutes, toute la Milice de Moscou allait être à leurs trousses... Alex, le chauffeur, hurla :

– Vladimir, finis-le! Vite.

Malko résistait trop pour que le plan initial réussisse. Il sentit le dénommé Vladimir se redresser et fouiller dans ses poches. Sûrement à la recherche d'une arme. Le gyrophare bleu se rapprocha encore, la sirène se tut et une voix caverneuse sortit d'un haut-parleur, leur intimant l'ordre de stopper. Le chauffeur fit un brusque écart pour foncer dans une petite rue. Malko parvint enfin à se retourner sur le dos et vit dans la pénombre Vladimir agenouillé sur la banquette, se retenant de la main gauche au dossier du siège avant, qui brandissait un couteau à la lame triangulaire. Il l'abattit de toutes ses forces, visant la gorge de Malko. A la seconde précise où Alex freinait pour tourner. Projeté en avant, Vladimir rata son but et le couteau s'enfonça dans le dossier du siège.

Le hurlement de la sirène reprit, lui perçant le tympan. Vladimir arracha son arme du dossier et se prépara à frapper de nouveau. Le chauffeur zigzaguait pour empêcher la voiture de la Milice de le doubler, ce qui rendait la tâche du tueur quasi impossible! Malko profita d'un nouveau coup de frein brutal. Il se ramassa sur lui-même et plongea à l'extérieur, la tête la première, par la portière entrouverte.

Il vit en un éclair des poubelles, un tas de neige, ressentit un choc dans le dos, devina fugitivement la voiture de la Milice passer devant lui.

Il se releva, encore étourdi, et aperçut les deux véhicules roulant côte à côte. Puis le gyrophare bleu dépassa la Volga et la voiture de la Milice se rabattit, forçant l'autre véhicule à s'immobiliser à moitié sur le trottoir. Malko se mit à courir dans cette direction. Ils se trouvaient dans une rue calme, bordée d'immeubles modernes, avec de gros tas de neige sur les trottoirs.

Pendant qu'il courait il vit la silhouette massive de l'homme qui avait voulu le tuer jaillir de la Volga, un fusil à la main. Une courte rafale sur la voiture de la Milice et il sauta dans la Volga qui redémarrait, à moitié sur le trottoir. Elle parcourut cinquante mètres, puis tourna à droite dans un grand boulevard. Un milicien avait sauté de sa voiture et tirait au pistolet sur le véhicule qui s'enfuyait. Apparemment sans résultat.

Malko arriva derrière lui, au moment où il abaissait son arme en jurant. D'un coup d'œil, il aperçut le pare-brise éclaté de la voiture de la Milice et le chauffeur effondré sur son volant. Des voix excitées jaillissaient du talkie-walkie encore accroché à son épaule.

Le milicien survivant se retourna d'un bloc et braqua son Makarov sur Malko.

– Lève les mains!

Malko obéit. Ce n'était pas le moment de discuter. L'autre était très jeune, avec de grands yeux bleus affolés, le visage crispé par la tension nerveuse.

Il fit pivoter Malko, appuya le canon encore chaud de son pistolet sur sa nuque et le fouilla maladroitement, demandant ensuite :

– Qui es-tu? Que faisais-tu dans cette voiture?

– Je suis un touriste étranger, dit Malko, dans un russe volontairement hésitant. J'ai été attaqué par ces deux hommes qui ont voulu me dévaliser et m'assassiner. Vous m'avez sauvé la vie!

Le milicien abaissa son arme, rassuré mais encore choqué.

– Ils ont tué mon copain, fit-il. Ils avaient une Kalach...

Une voiture de la Milice arriva, sirène hurlante, et stoppa. Puis une autre. Malko fut très vite entouré de miliciens en uniformes.

– On l'emmène rue Petrovka, entendit-il dire. Il faut retrouver ces salauds.

Il régnait un froid glacial dans l'immeuble du KGB de la rue Tetrakowska. Cette fois, le général Alexei Fanganov était flanqué d'une demi-douzaine de civils qu'on n'avait pas pris la peine de présenter à Malko. Ce dernier avait passé deux heures au siège de la Milice, 38 rue Petrovka, le temps qu'on vérifie son histoire et qu'on alerte le KGB. C'est Alex Gontcharov qui était venu le récupérer vers trois heures du matin. Le temps de prendre une douche et de passer une radio, il était cinq heures du matin et il neigeait à nouveau sur Moscou. A part deux énormes bleus provoqués par sa chute et des courbatures dans la nuque il n'avait rien...

Par contre, les questions qu'il se posait étaient primordiales. La tentative de meurtre était-elle la réponse d'Ali Jafar à sa visite chez Saïd Ghanari? Ou était-elle provoquée par un autre élément qu'il ignorait encore, du côté soviétique? De toute façon, il était obligé de choisir *officiellement* la seconde hypothèse, sous peine de révéler au KGB ce qu'il savait d'Ali Jafar.

– Café? *Tchai*?

Il accepta distraitement un café : il avait encore du mal à tourner la tête. Levant les yeux, il croisa le regard sombre du général Alex Fanganov. Une statue de cire.

– Que pensez-vous de l'incident de cette nuit? demanda l'officier du KGB.

Malko but une gorgée de café amer et brûlant avant de répondre.

– Que ma présence à Moscou n'est pas souhaitée par certaines personnes. Elles appartiennent probablement à l'un de vos Organes de Sécurité.

– C'est-à-dire?

Le Soviétique avait quasiment aboyé. Malko se permit un sourire onctueux.

– Général, le but de ma présence à Moscou est de reconnaître un homme soupçonné de préparer un attentat contre votre président, Mikhaïl Gorbatchev. Or, j'ai identifié négativement hier soir, à votre demande, un de vos suspects. Celui que vous recherchez est donc en liberté et capable de mener une action défensive. Seulement, il ne peut le faire seul.

Il employait volontairement la terminologie militaire. Le général Fanganov ne broncha pas.

– Que voulez-vous dire?

Malko répliqua calmement.

– Général, personne n'est au courant de ma présence ici, à part le KGB et le GRU. Ce qui s'est passé tout à l'heure semble prouver qu'il y a eu une fuite... Quelqu'un est au courant de notre réunion d'hier. Sinon, on n'aurait jamais pu me retrouver et monter un attentat.

Le général Fanganov demeura presque une minute les yeux baissés, griffonnant sur un papier. Puis il releva la tête.

– Cela pourrait prouver aussi, *gospodine* Linge, que l'homme que vous avez vu hier soir *est* Ali Jafar. Et que vous nous avez menti pour une raison que j'ignore encore. Ce qui ne l'a pas empêché de se sentir en danger.

Malko soutint son regard, souriant.

– Si ce que vous dites est vrai, cet homme n'aurait eu aucune raison de me supprimer. Et, enfin, ceux qui m'ont attaqué étaient des Soviétiques. Pas des Arabes.

Alex Gontcharov, assis à côté de Malko, écrasa nerveusement sa cigarette dans le cendrier et lança :

– *Tovaritch* général, on nous attend rue Petrovka.

– Le camarade général Vassili Vassievitch Bogdanov, qui commande la Milice, notre corps d'élite.

Malko serra la main de l'officier soviétique, sympathique et rougeaud, qui trônait dans un superbe bureau décoré de cartes de Moscou. Un de ses subordonnés se tenait au garde-à-vous devant un appareil de projection et un paquet de diapositives.

Le général Bogdanov expliqua à Malko :

– On a retrouvé la Volga qui a servi à votre enlèvement. Elle avait été volée et maquillée en taxi. Je voudrais vous montrer quelques individus particulièrement dangereux que nous recherchons...

La lumière s'éteignit et les visages commencèrent à défiler. Des tronches abominables, surtout des Asiates et des Azeris, qui faisaient peur à voir. Le général Bogdanov commenta pour Malko :

– Nous avons affaire depuis deux ans à un regain de criminalité. Des bandes qui n'hésitent pas à tuer, qui ont des armes et sont très bien organisées. Ces *prestoutniki* (1) se livrent au racket, à la prostitution et à des cambriolages de matériel sophistiqué. Depuis le début

(1) Criminels.

de l'année, nous avons eu quatre morts dans les rangs de la Milice.

– Où prennent-ils leurs armes?

– L'Afghanistan, ou ils les volent à nos Miliciens. Il y a un marché noir important. Une Kalachnikov coûte 6 000 roubles, un pistolet, 400. Ils viennent tous des républiques du Sud et s'installent clandestinement à Moscou.

Les visages continuaient à défiler. Soudain, Malko eut un choc. Le nez retroussé, les pommettes saillantes et la tête de brute ne pouvaient pas le tromper.

– C'est lui! s'exclama-t-il. Celui qui a voulu m'étrangler, Vladimir.

Lumière, brouhaha, dossiers ouverts. On lui apporta plusieurs autres photos. Sur l'une d'elles, le tueur était même habillé comme la veille! Le général Bogdanov chaussa ses lunettes et lut une fiche :

– Voilà. Vladimir Timochek. Déjà arrêté trois fois. C'est un ancien lutteur disqualifié pour avoir tué un de ses adversaires. Il est originaire du Caucase. Venu à Moscou pour travailler aux usines Zil, de l'autre côté de la Moskwa. On lui a attribué une chambre dans un immeuble communautaire selon son contrat. Mais il a disparu. Nos indications disent qu'il sert d'homme de main pour les racketteurs de restaurants coopératifs. Il est soupçonné d'avoir mis le feu à l'un d'entre eux et d'avoir cassé le bras du gérant du Kropotkinskaya. Soupçonné d'avoir assassiné une prostituée après l'avoir violée dans le parc de Sokolniki.

« Il travaille également avec un gang arménien de marchands de fausses icônes et d'objets d'arts dérobés dans les monastères. Un individu extrêmement dangereux.

– Je m'en suis aperçu, commenta Malko. Et vous n'avez pas de piste?

Le général Bogdanov reposa la fiche, l'air désolé.

– Non, *gospodine* Linge. Timochek a habité quelques semaines à l'hôtel *Rossiya*, juste en face du Kremlin, dans une chambre qui n'était pas à son nom. Nous l'avons su trop tard. Dans cet hôtel, le personnel est totalement corrompu. Au lieu de collaborer avec nos miliciens, ils avertissent les bandits... Il s'est enfui et nous savons qu'il dispose de plusieurs planques dans Moscou. Il y a près de onze millions d'habitants dans notre ville.

Malko se tourna vers le général Alexei Fanganov.

– Votre organisation non plus n'a rien sur ce Timochek?

– Nous ne nous occupons pas des asociaux, fit sèchement le général, visiblement furieux.

Malko réfléchissait. Quelqu'un du KGB ou du GRU avait prévenu les comploteurs. Dans les deux cas, il fallait faire quelque chose. Le général Bogdanov exhiba soudain une seconde fiche à Malko.

– Et celui-là, vous le reconnaissez?

C'était le chauffeur de la Volga, Alex. Un grand type au nez recourbé et au visage en lame de couteau, au teint très sombre.

– Oui, dit Malko. Il conduisait la voiture. Comment l'avez-vous identifié?

L'officier de la Milice jeta la fiche sur son bureau, l'air dégoûté.

– Ces deux salauds travaillent souvent ensemble. Nous avons failli les coincer au *Cosmos*, il y a quelque temps. Celui-là, il s'appelle Alexandre Koulaguine. C'est lui qui a égorgé dans le bar de cet hôtel une prostituée qui avait accepté de collaborer avec nous dans une affaire de meurtre. Des témoins l'ont reconnu. C'est le dur d'un réseau de prostitution. Il en a déjà défiguré deux. Il travaille au couteau, a été aussi mêlé à une affaire de faux tableaux et d'objets d'art volés. Nous ignorons où se trouvent Timochek et Koulaguine. Ces gens n'ont pas d'existence légale...

Malko repensa soudain à l'incident du bar du *Meshdunarodnaya* et le relata à ses interlocuteurs. Le général Bogdanov ouvrait la bouche pour lui répondre lorsque Alexei Fanganov lui coupa la parole :

– Ces deux incidents ne sont pas liés, fit-il d'un ton cassant.

C'était sans appel. Malko sourit intérieurement : les menaces des deux soi-disant maquereaux à l'encontre de Swetlana Zorine n'étaient qu'une « manip » pour l'amener chez la Soviétique et le pousser à coucher avec elle... Tout avait été prévu par le KGB. Sauf la façon dont il s'était servi de la jeune femme.

Il regrettait encore moins le traitement qu'il lui avait fait subir... Les deux officiers généraux échangeaient des banalités. Visiblement, la Milice était dépassée par cette affaire. Après les salamalecs d'usage ils se retrouvèrent dans la bruyante rue Petrovka. Le général Fanganov broyait du noir. Il se tourna vers Malko :

– Je vous demande de rester quelques jours encore à Moscou. Nous allons intensifier notre enquête. Dès qu'il y aura du nouveau, je vous ferai signe.

Il ne desserra plus les lèvres jusqu'à la place Dzerzinski où il descendit pour s'engouffrer dans la porte de bronze, même pas gardée par un sentinelle. Seule restriction : les voitures n'avaient pas le droit de stationner devant la Centrale du KGB. Alex Gontcharov interrogea Malko.

– Où désirez-vous aller?

– Rendre compte, fit Malko avec un sourire.

C'était le pied de se faire déposer par une voiture du KGB à l'ambassade des Etats-Unis.

– Nous avons foutu la main dans un sacré nœud de vipères, soupira John Packard. Les Popovs sont *vraiment* inquiets. Je sais qu'ils ont fait une démarche auprès de la délégation de l'OLP à Moscou. Mais, ce qui les inquiète le plus, c'est que des gens de chez eux soient mêlés à cette histoire. L'incident d'hier soir est révélateur.

– Bien sûr, dit Malko, cela prouve qu'Ali Jafar dispose à Moscou d'un circuit logistique complexe et totalement clandestin.

– Maintenant que nous avons le doigt dans l'engrenage, il faut aller au bout, sinon on nous soupçonnera d'être de mèche, conclut John Packard.

– C'est-à-dire?

– J'ai reçu la réponse de Langley. On va balancer la planque de Jafar aux Popovs. On leur dira que la Centrale nous a envoyé le tuyau.

– Ils ne vont pas nous croire... Et Jafar ne s'y trouve certainement plus.

– J'en ai bien peur, reconnut l'Américain, mais ce sont les ordres. Bien sûr, les Popovs vont nous prendre à juste titre pour des faux-culs. Mais eux ont peut-être le moyen de remonter à Ali Jafar à partir de là.

« Langley a été formel : on ne continue pas à jouer à cache-cache. Cette affaire de complot est sérieuse, nous ne pouvons pas prendre la responsabilité de la couvrir.

– J'ai une idée, dit Malko. Une dernière tentative pour remettre la main sur Ali Jafar.

CHAPITRE IX

Le petit bar de l'*Intourist* du dixième étage était bourré lorsque Malko y pénétra. Il était vraiment venu à tout hasard, se disant que peut-être Saïd Ghanari n'avait pas modifié ses habitudes.

Il parcourut la petite salle du regard et son pouls s'accéléra. Le Tunisien était là ! Seul, debout à côté de la fenêtre, une tasse de café en équilibre à la main. Toujours pas rasé. Il commanda à son tour un café et se rapprocha de Ghanari. Il était venu directement de l'ambassade américaine en taxi, certain pourtant que le KGB le surveillait. Mais il avait une longueur d'avance, connaissant leurs méthodes de travail. Ils ne viendraient pas au contact, le suivraient à sa sortie de l'*Intourist* et interrogeraient ensuite les clients du bar pour savoir à qui il avait parlé. Mais ce serait trop tard...

Une table se libéra. Le Tunisien s'y installa aussitôt, Malko, qu'il n'avait pas encore repéré, sur ses talons. Lorsque leurs regards se croisèrent, le sien vacilla et il fit mine de se relever.

Malko attrapa son poignet et le força à se rasseoir, avec son sourire le plus charmeur. Inutile de provoquer un esclandre.

– J'ai à vous parler, dit-il.

– Je ne vous connais pas, je n'ai rien à vous dire, protesta le Tunisien. Je suis un simple étudiant, hôte de l'Union soviétique. Je vais appeler la Milice si vous ne me laissez pas.

– Taisez-vous, Saïd, lança Malko à voix basse. Vous avez peut-être une bourse du gouvernement soviétique, mais vous n'êtes pas seulement étudiant. Jusqu'à l'année dernière, vous avez travaillé activement avec un réseau intégriste de terroristes liés à l'Iran et aux groupes extrémistes palestiniens. Vous avez convoyé du Semtex de Tchécoslovaquie en Libye, pour le compte du groupe Abu Nidal. Vous en avez également amené en Allemagne, à partir de la Yougoslavie. Vous vous déplaciez à bord d'une Polo verte, immatriculée en Hollande. Lorsque vous aurez terminé vos études ici, vous comptez revenir dans votre pays pour y travailler comme ingénieur au complexe pétrochimique de Habib Bourguiba, à Sfax. Sauf s'il vous arrive un gros pépin...

Saïd Ghanari s'était décomposé. Son regard allait de Malko à la porte et ses mains serraient machinalement sa tasse de café.

– Qu'est-ce que c'est...? Qui êtes-vous? balbutia-t-il. Tout cela est faux...

De nouveau, il voulut se lever. Cette fois Malko n'hésita pas. Prenant une fourchette sur la table, il en appuya les dents sur la main de Saïd Ghanari encore posée sur la table! Comme il tournait le dos à la salle, personne n'avait vu son geste. Le Tunisien eut une grimace de douleur.

– Vous êtes fou! balbutia-t-il. Tout cela est faux.

– Tout cela est vrai, répéta Malko, maintenant la fourchette appuyée contre la main de Saïd Ghanari. Si vous essayez de bouger je vous cloue la main à cette table. Et, de toute façon, il y a des gens du KGB partout dans cet hôtel. Il suffit que je les prévienne.

Le Tunisien le sondait de ses yeux noirs affolés. Il se rebiffa.

– Je ne comprends rien à toutes vos histoires. Je n'ai aucune activité illégale ici.

– Vous hébergez Ali Jafar, votre ancien chef de réseau, continua Malko, glacial. Et *lui* est recherché par le KGB. D'abord, pour meurtre. Et ensuite pour la préparation d'un attentat contre Mikhaïl Gorbatchev.

Et ça, voyez-vous, les Soviétiques n'aiment pas du tout...

Le regard du Tunisien bascula. D'une voix imperceptible, il répéta :

– Un attentat... Mais...?

Malko eut nettement le sentiment qu'il n'était pas au courant. Ce qui était possible. Il appuya encore plus sur le manche de la fourchette, et demanda :

– Voulez-vous répondre à mes questions, pour la dernière fois?

– Que me voulez-vous?

– A vous, rien, dit Malko. A une condition. Que vous me meniez à Ali Jafar.

– Je ne sais pas...

– Vous mentez. Jusqu'à hier, en tout cas, il habitait chez vous dans la chambre 212 de votre immeuble. Mon témoignage suffira à vous envoyer au goulag ou devant un peloton d'exécution.

Le regard du Tunisien chavira. Visiblement, il essayait de comprendre, cueilli à froid. Il fixa Malko attentivement.

– Mais vous n'êtes pas russe... Qui...

– Peu importe, fit Malko. Si dans dix secondes vous ne m'avez pas répondu, je quitte ce bar. C'est le KGB qui continuera cet interrogatoire. Je doute qu'ils soient aussi tendres que moi... Conduisez-moi à Ali Jafar et j'arrangerai votre cas auprès des autorités soviétiques. Sinon, vous savez ce qui vous attend.

Le silence retomba entre eux, troublé par le brouhaha des conversations. Saïd Ghanari semblait se reprendre. Malko fit mine de se lever. Aussitôt, le Tunisien le retint et lâcha d'un coup :

– Non, non, ne partez pas. Mais je ne sais pas où est Ali.

– Cessez de mentir!

Saïd Ghanari se pencha à travers la table, comme un conspirateur.

– C'est vrai, je vous le jure!

Malko sentait que le Tunisien était prêt à tout dire, terrifié.

– Reprenons par le début, fit-il, et ne mentez pas. Comment Ali Jafar s'est-il retrouvé chez vous?

– Il m'a rappelé il y a quelque temps, expliqua Saïd Ghanari. Je ne sais pas comment il avait eu mon téléphone. Il m'a dit qu'il venait d'arriver à Moscou et qu'il n'avait pas beaucoup d'argent parce que l'OLP avait cessé de le payer. Et il m'a demandé si je pouvais le dépanner. J'ai accepté. Il couchait là et je ne le voyais pas souvent, parce que, dans la journée, j'ai mes cours.

– Il ne vous a pas dit ce qu'il faisait à Moscou?

– Non. Il m'a seulement laissé entendre qu'il était sur une grosse affaire. Un trafic quelconque.

Cela pouvait être vrai. Saïd Ghanari transpirait à grosses gouttes. Il demanda timidement :

– Qu'est-ce que c'est que cette histoire d'attentat?

– Moins vous en saurez, mieux cela vaudra pour vous, fit Malko. Autre chose. Hier, je l'ai aperçu et il s'est enfui. Le soir même, j'ai été victime d'une tentative de meurtre. Quand est-il revenu et que lui avez-vous dit?

Le visage de Saïd Ghanari exprima une surprise sincère.

– Je ne lui ai rien dit, parce qu'il n'est pas revenu. Il n'a même pas téléphoné. J'ai encore ses affaires dans ma chambre.

– Vous ne savez pas où le joindre?

– Non.

Cela confirmait que l'attentat contre Malko n'avait pas été déclenché par sa visite, mais par une fuite au sein du KGB. Le complot englobait beaucoup de gens. Des officiers des Organes, des voyous et des « innocents » comme Saïd Ghanari.

– Personne ne lui téléphonait pendant qu'il était chez vous?

– Presque personne... Un Russe qui s'appelait Sergueï et un Arménien. Un certain Ter Petrossian. J'ai retenu le nom, c'est comme le caviar. Celui-là a appelé hier, après votre passage. Il cherchait Ali. Il n'a plus rappelé depuis.

– Où peut-on le trouver?

Le Tunisien secoua la tête.

– Je n'en sais rien. Je vous le jure. Ali m'avait dit seulement qu'il habitait chez un peintre qui vit avec une fille rousse superbe qui a des seins énormes. Ils fabriquent des matriochkas et vont les vendre pendant le week-end au marché d'Ismaïlovo.

– Le nom de ce peintre? Son adresse?

– Je n'en sais rien.

Sa voix avait l'intonation de la vérité. Malko sentit qu'il lui avait tout dit. Cela se tenait. Ali Jafar, en bon professionnel, avait « démonté » totalement et se trouvait dans la nature.

– Vous venez tous les jours ici? demanda-t-il.

– Pratiquement, fit le Tunisien. D'abord, ce n'est pas cher et j'y retrouve ma copine qui est guide à l'Intourist.

– Très bien, dit Malko, écrivant le numéro de sa chambre sur un papier. Voici où vous pourrez me joindre. Si vous avez des informations sur Ali Jafar, appelez-moi. Dites seulement que la voiture est en bas. Je vous retrouverai, soit le même jour, soit le jour suivant, ici, selon l'heure à laquelle vous m'appellerez.

Comme dans tous les hôtels de Moscou, le téléphone, dans la chambre de Malko, était une ligne directe.

– D'accord, fit le Tunisien, visiblement soulagé.

Malko se leva. Juste au moment où la petite guide de l'Intourist pointait son nez. Voilà pourquoi Saïd Ghanari n'avait pas changé ses habitudes...

Saïd Ghanari le retint et demanda à voix basse :

– Et si le KGB vient me voir?

– Ne leur parlez pas de moi. Pour le reste, dites-leur la vérité. Que vous avez simplement rendu service à un copain. J'espère qu'ils vous croiront...

Le couloir était vide et il se retrouva sans encombre dans la rue Gorki. Si le KGB l'avait suivi, ses agents devaient se demander ce qu'il était venu faire à l'*Intourist*. Il négocia un taxi et donna l'adresse de l'ambassade américaine.

Il possédait une ébauche de piste : Ter Petrossian. Seulement, pour y arriver, il ne possédait qu'un mince indice exploitable seulement pendant le week-end. La rousse aux gros seins vendeuse de matriochkas. On était vendredi. Une journée à tuer.

Il regarda distraitement les alignements de buildings de la Kalinina. Il y avait un sérieux hic : il était obligé d'agir sous la surveillance intensive du KGB.

Et, en plus, il ignorait totalement à quel stade se trouvait le complot contre Mikhaïl Gorbatchev.

– Ter Petrossian, voilà. Nous n'avons pas grand-chose sur lui, lut John Packard, en sortant l'imprimante de l'ordinateur. C'est un Arménien de Beyrouth, membre de l'Asala, et, à ce titre, en contact avec les Palestiniens. Depuis des années, nous n'avons plus suivi ses allées et venues.

– Il semble être à Moscou, remarqua Malko.

Le puzzle se complétait d'un nouvel élément : un terroriste de l'Asala après un activiste palestinien, des voyous moscovites et un mystérieux chef d'orchestre appartenant vraisemblablement au KGB, qui tirait les ficelles.

Evidemment, il manquait encore beaucoup de pièces au puzzle... Et surtout le principal : un contact.

John Packard posa le document craché par l'ordinateur et se mit en devoir de ranger les papiers de son bureau, vérifiant que sa secrétaire l'avait bien réservé sur la nouvelle classe le Club du vol Air France pour Paris, dont Malko lui avait dit le plus grand bien. Il partait le soir même, afin d'assister à une réunion de tous les chefs de station des pays de l'Est, durant le week-end.

– Qu'est-ce qu'on fait? demanda Malko.

L'Américain posa ses dossiers, visiblement pris entre deux feux. Il se décida d'un coup.

– Allez faire un tour à Ismaïlovo, fit-il. Vous verrez, c'est marrant, une sorte de foire aux puces en plein air. Tous les étrangers y vont, le KGB ne trouvera pas cela suspect. Nous ferons le point lundi, à mon retour, si vous avez déniché quelque chose. Sinon, nous irons à Canossa en révélant ce que nous savons et vous retrouverez votre château bien-aimé...

– Souhaitez-moi bonne chance, soupira Malko.

John Packard lui tendit un paquet enveloppé de papier huilé avec un sourire.

– Mieux que cela : voilà votre bijou. Ne vous en servez qu'à bon escient et surtout pas contre nos homologues. Ne le laissez pas dans votre chambre qui doit être visitée régulièrement et n'oubliez pas que, dans ce pays, on laisse toujours son manteau au vestiaire. Si les Popovs s'aperçoivent de sa présence, ils en déduiront que vous leur mentez.

Malko déplia le papier huilé et contempla son pistolet extra-plat avec affection. Le long canon noir terminé par le silencieux incorporé le réchauffa. Il manœuvra la culasse, apercevant la douille cuivrée d'un des projectiles de 225 à haute vitesse initiale. En dépit du petit calibre, c'était une arme redoutable capable de tuer un homme à cinquante mètres, presque sans bruit. La culasse se referma avec un claquement sec. Un second chargeur était scotché à la crosse.

Le pistolet disparut dans la poche intérieure de la pelisse de Malko.

John Packard semblait soudain soucieux.

– Si jamais les Popovs apprennent que nous savions où se trouvait Ali Jafar, soupira-t-il, et qu'il a filé... Bonjour les dégâts!

– J'espère qu'ils ne vont pas remonter jusqu'à Saïd Ghanari avant qu'on leur en parle, remarqua Malko. Parce qu'il parlera.

– Prions! fit sobrement le chef de station. Et, surtout, agissons. Il faut absolument débusquer Jafar. Une rousse sublime, avec de gros seins, cela devrait vous attirer comme un aimant, non!

Chercher deux personnes dont on ne connaissait pas le nom dans une ville de onze millions d'habitants, c'était le treizième des douze travaux d'Hercule!

– Il vaut mieux pour elle que vous la trouviez avant le KGB, conclut l'Américain.

Un ange passa, des tenailles à la main. La Loubianka était toujours là, derrière la place Dzerzinski. Pour une affaire pareille, le KGB retournerait Moscou. Une question tracassait Malko.

– Pourquoi se donner tant de mal pour Ali Jafar? demanda-t-il.

John Packard lui adressa un regard ironique.

– Pour la même raison que les Soviétiques. Je crois beaucoup à la matérialité d'un attentat, et Jafar connaît des gens de l'Appareil qui n'aiment vraiment pas le camarade Gorbatchev... Et ça, cela vaut beaucoup d'efforts.

Le colonel Igor Chamirov regardait d'un œil distrait les jongleurs qui se démenaient sur la scène du *Slavanski Bazar*, l'esprit ailleurs. C'était pourtant un des endroits les plus gais de Moscou, une sorte de brasserie avec un spectacle folklorique, à des prix abordables. A côté de lui, Galia, sa femme, riait à gorge déployée.

Si elle avait su... L'échec de l'attentat contre l'agent de la CIA et le fait qu'il soit remonté jusqu'à Ali Jafar glaçaient le colonel du GRU. Plus le temps passerait, plus il serait risqué de prendre contact avec ses exécutants. C'est la raison pour laquelle il avait provoqué cette rencontre qui devait être la dernière. Le numéro se termina. L'orchestre prit sa place, se lançant dans une lambada endiablée, la folie des Moscovites. Des couples gagnèrent les deux pistes au pied de l'orchestre. Le colonel se leva également et glissa à sa femme :

– Je reviens.

Galia ne posait jamais aucune question. Il se dirigea vers la sortie, gardée par les habituels cerbères. De l'autre côté, se trouvait un hall d'attente avec, à droite, les toilettes. Il s'y engouffra et regarda autour de lui.

Ali Jafar était là, encore plus pâle que d'habitude, en compagnie d'un homme trapu, aux épaules larges, le nez busqué, avec de grosses moustaches et le teint bistre. Les deux hommes se rapprochèrent de l'officier soviétique et Ali Jafar dit à voix basse :

– C'est Ter Petrossian dont je vous ai parlé.

Dans une autre existence, Ter Petrossian avait été libraire à Beyrouth. Avant de s'engager sous la bannière de l'Asala et de devenir un terroriste entraîné.

Les trois hommes s'étaient regroupés dans l'antichambre des toilettes et personne ne les remarquait dans le va-et-vient. Le colonel Chamirov jeta un regard sévère à Ter Petrossian et dit d'une voix glaciale :

– L'échec de l'action de vos amis est fâcheux. Et augure mal de l'avenir.

L'Arménien baissa les yeux, embarrassé.

– Ce n'est pas la même chose, grommela-t-il. Vous pouvez être certain que je ferai ce boulot correctement.

– Je l'espère, répliqua le colonel soviétique. J'ai voulu vous rencontrer parce que nous ne nous reverrons plus avant l'action finale. C'est trop dangereux avec ce qui se passe. Nous devons donc tout mettre au point maintenant. Quand aurez-vous le matériel?

– Lundi prochain, répondit Ter Petrossian. C'est certain. Et vous, quand serez-vous prêts?

– Nous agirons dans une semaine, vendredi prochain. Je vous donnerai le top en appelant Ali selon notre code, dans une cabine. Le lendemain vous agirez. Si vous ne commettez pas d'erreur, cela ne peut pas échouer.

Une lueur sauvage passa dans les yeux de Ter Petrossian et il dit d'une voix basse, vibrante de haine :

– Je ne commettrai pas d'erreur.

Il haïssait Mikhaïl Gorbatchev, à cause de l'attitude du Kremlin dans le conflit Azeris-Arméniens. Toute une partie de sa famille, qui vivait à Bakou, avait été assassinée sauvagement par des rebelles azéris, les femmes éventrées, les fœtus sortis du ventre de leur mère, étouffés et jetés dans le feu. Les jeunes filles violées et égorgées. Il était venu de Beyrouth à bord d'un 707 des Middle East Airlines, chargé d'armes pour ses frères d'Erevan et ces salauds du KGB les avaient confisquées.

Sauf quelques-unes...

– Bien, dit Igor Nicolaievitch Chamirov. Voilà comment nous allons procéder. Comme tous les matins, le jour dit, Mikhaïl Sergueïevitch quittera sa datcha de Joukovka entre huit heures trente et neuf heures. Cela dépend des coups de téléphone. Le convoi empruntera le même itinéraire que d'habitude jusqu'à la chaussée Koutouzowski. Ensuite, Kalinina Prospekt, puis il tournera avant le ministère de la Défense pour suivre la rue Frunzé, qui le mène juste en face de la porte Borovitzka du Kremlin, par laquelle il entre. Le trajet prend environ vingt minutes et les véhicules roulent à cent à l'heure.

– Le convoi, c'est quoi? interrogea l'Arménien.

– En tête une Volga de la Milice équipée d'une sirène qui communique avec tous les miliciens du parcours, afin qu'ils fassent passer les feux au vert. Ensuite, trois Zil blindées et probablement une autre Volga du KGB, avec un moteur de Tchaïka. Mikhaïl Sergueïevitch est dans une des Zil, l'une emporte ses assistants et la troisième ses gardes du corps. Dans celle-là quelque soit le temps, ils roulent glaces ouvertes, afin de pouvoir intervenir rapidement.

– Quel armement?

– Des Uzis et des Kalachs « para ». Ils ont des gilets pare-balles et aussi un lance-grenade.

L'Arménien chuchota :

– Le blindage des Zil?

– Les glaces, le pare-brise, les portières et les pneus. Une plaque dans le coffre. Rien dessous. Elles pèsent quand même 3500 kilos chacune. Il a fallu monter des turbos sur leurs moteurs pour qu'elles ne se traînent pas...

– Elles roulent très vite. Cela ne va pas être facile.

Le colonel du GRU regarda autour de lui, laissa passer deux ivrognes et continua :

– Voilà ce que j'ai prévu. A la fin de la rue Frunzé, juste en face du Kremlin, se trouve l'ancienne maison Pashkoff, maintenant la bibliothèque Lénine. On a creusé une ligne de métro dessous, et le sol est en train de s'affaisser. La bibliothèque est fermée pour réparations, mais les travaux n'ont pas commencé. Comme des gravats se détachent de la façade, il y a une palissade verte qui bloque le trottoir au coin de Marksa Prospekt et de la rue Frunzé. Fermée aux deux bouts.

– Vous voulez que j'attaque de là?

Cette fois l'Arménien était attentif, bien à son affaire.

– Oui, fit l'officier soviétique. Il suffit de déclouer une planche, vous serez invisible de l'extérieur. Le convoi passera légèrement à droite et filera vers la porte Borovitzka, pratiquement sous vos yeux. Cela donne entre vingt et trente secondes pour agir. Cela suffira?

– Je pense, fit prudemment l'Arménien.

A Beyrouth, du temps de l'Asala, il était plus facile de commettre des attentats, mais il s'était déjà entraîné sur des cibles mobiles.

– Où vais-je planquer le matériel? demanda-t-il. Je n'aurai le temps de tirer qu'une fois.

Le colonel soviétique vérifia d'un regard circulaire qu'ils étaient seuls et sortit un papier de sa poche.

– Il faudra le déposer à l'aube ou le soir précédent, un peu plus loin, dans Marksa Prospekt. Juste avant l'entrée du métro Borovekaya, il y a une maison en brique rouge abandonnée, elle aussi en cours de réfection. On y accède par un sentier, partant de Marksa Prospekt, car elle est en surplomb. Si vous vous déguisez en ouvrier personne ne vous remarquera. Cette maison communique avec la bibliothèque Lénine. Il n'y aura plus qu'à redescendre, protégé des regards par la palissade. J'avais pensé à cette maison comme poste de tir, mais l'angle serait bien moins bon.

Evidemment, s'il avait été placé de biais par rapport aux Zil, il n'aurait disposé que de trois ou quatre secondes, avec une correction de tir importante due à la vitesse. Son interlocuteur était un professionnel et cela se sentait. Mais il restait encore un sérieux problème.

– Comment vais-je savoir dans quelle Zil se trouve l'objectif?

– Prenez ce papier, dit le colonel à Ali Jafar. Il y a deux cabines sur la place, côte à côte. Moi je téléphonerai au départ de Joukovka pour vous informer et vous aurez un quart d'heure pour vous mettre en place. C'est assez, non? Il vous suffira de retraverser et de vous glisser derrière la palissade du côté de la rue Frunzé.

L'Arménien demeura silencieux, plongé dans la

contemplation de ses chaussures, visualisant la scène. Avec son RPG 7, il aurait largement le temps d'ajuster la Zil filant devant lui. Mais il y avait un problème.

– Je vais être obligé de tirer deux fois, par sécurité, expliqua-t-il. Surtout si Mikhaïl Sergueïevitch se trouve dans la dernière Zil.

– Pourquoi? sursauta l'officier soviétique.

– Parce que les trois voitures seront presque en ligne. Il faut que je touche la première d'abord, qui explosera. Les deux autres ne pourront pas l'éviter et viendront la percuter. J'aurai alors le temps de viser la bonne...

A son tour, le colonel Chamirov était troublé. Il fixa l'Arménien, soudain inquiet.

– Vous aurez ce qu'il faut.

– Je disposerai de deux lanceurs et de quatre roquettes, précisa Ter Petrossian. J'avais prévu de préparer les deux lanceurs au cas où il y aurait un problème avec le premier. Même si cela ne se produisait pas, cela ne prend que quelques secondes de remettre en place une roquette neuve. Il y aura un tel bordel sur la place que personne ne s'occupera de moi.

– J'espère.

Le colonel Chamirov se dit qu'après des semaines d'organisation clandestine, il arrivait au bout de ses peines. Un des points délicats avait été de trouver le moyen de savoir dans quelle Zil Mikhaïl Gorbatchev voyagerait le jour choisi. Il changeait tout le temps et c'était sa meilleure mesure de sécurité... Heureusement que le colonel avait un cousin à Sverlosk qui aimait la vodka, les jeans américains, et qui travaillait à la datcha de Joukovka pour la sécurité de Gorbatchev; il n'avait pas été étonné d'apprendre que le GRU voulait être certain que toutes les précautions étaient prises pour protéger le chef de l'Etat.

Quant au blindage des Zil, ce n'était pas un obstacle, rien ne résistait à la puissance de perforation d'une roquette RPG, destinée à percer le blindage des chars. L'intérieur de la Zil touchée serait porté instantanément à plus de 2 000 degrés. Sans parler du souffle et des éclats. Personne n'avait encore survécu à ce genre d'attaque. Les miliciens et l'escorte n'auraient aucun moyen de riposter. Ils étaient préparés à affronter un commando équipé d'armes individuelles, mais pas à ce type d'attentat à la libanaise. L'astuce d'Ali Jafar avait été de penser au RPG 7, arme courante au Liban, pour les attentats individuels.

– Vous avez tout compris? demanda le colonel soviétique à l'Arménien.

– Oui, acquiesça Ter Petrossian. Mais, ensuite, qu'est-ce que je fais?

– Vous traversez le chantier de la bibliothèque Lénine, à l'abri de la palissade, vous remontez à la maison en brique rouge, pour arriver dans une petite cour avec des garages démolis, qui donne dans la rue qui va de la rue Frunzé à Kalinina Prospekt. Je serai dans un véhicule militaire. Un camion. Je vous conduirai directement à la gare de Koursk. Il y a un train pour Erevan à deux heures et demie de l'après-midi. Le train 56. Je vous donnerai vos billets à ce moment-là.

« Nous nous reverrons ensuite. Plus tard.

L'Arménien demeura silencieux, lissant sa moustache. Il n'agissait pas par lucre. Aucune somme n'aurait été assez importante pour le risque que comportait un tel attentat et ses conséquences. La haine pure le poussait. Son interlocuteur lui avait promis que la nouvelle direction soviétique regarderait le problème des minorités sous un angle plus favorable à la communauté arménienne. Il bénissait presque Ali Jafar de l'avoir mis dans le coup. Sans lui rien n'aurait pu se faire : on ne trouvait pas facilement des RPG 7 à Moscou, et encore moins de gens pour s'en servir dans de pareilles circonstances. Ceux qui auraient pu en détenir, les voyous, se souciaient peu de politique et encore moins de défier les Organes.

– *Karacho!* fit-il avec un sourire un peu forcé. J'espère que tout se passera comme vous le dites.

Il prit la main tendue du colonel soviétique.

– *Dosvidania*, fit ce dernier. Je pars le premier.

Igor Chamirov regagna la salle où l'orchestre se déchaînait toujours. Sa femme était lancée dans une danse caucasienne endiablée, invitée par un occupant de la table voisine. Il se versa un verre de vodka et le but d'un coup.

Il détestait les Arabes et méprisait les Arméniens, aussi il y avait-il un sel particulier à les utiliser pour une telle besogne. Lui agissait seulement pour le bien de la patrie. L'armée soviétique n'avait jamais aimé Mikhaïl Sergueïevitch Gorbatchev. Sauf le vieux maréchal Oustinov qui lui avait mis le pied à l'étrier.

Maintenant, il fallait l'empêcher de liquider l'Empire.

Igor Nicolaïevitch Chamirov se reversa de la vodka. Satisfait d'avoir calé définitivement son opération. Maintenant, il ne craignait plus grand-chose de ceux qui s'obstinaient à vouloir sauver Mikhaïl Gorbatchev. Le compte à rebours était commencé.

CHAPITRE X

Un vent glacial balayait les allées du parc Ismaïlovo, à l'est de Moscou, un trapèze au sol boueux planté de bouleaux décharnés, en bordure du périphérique extérieur. Des dizaines de peintres et de vendeurs de matriochkas et d'œufs laqués attendaient stoïquement le client, regroupés le long d'une des allées, en face d'un énorme hôtel à l'architecture stalinienne. Quelques trams jaunâtres se traînaient silencieusement, vides et en apparence totalement inutiles. Malko se fit bousculer par deux miliciens débonnaires, la chapka enfoncée jusqu'aux oreilles, engoncés dans leur capote grise.

Depuis la réunion de la rue Petrovka la veille, le KGB ne s'était pas manifesté. Ce qui ne voulait pas dire qu'il ne surveillait pas Malko. John Packard, envolé pour Paris, avait laissé son adjoint, avec mission de prévenir Langley, au cas où il y aurait un nouveau développement. C'était bien la première fois dans l'histoire de la Company qu'un agent enquêtait à Moscou sur une histoire *intérieure* soviétique, avec la bénédiction limitée du KGB...

Malko avait déjà parcouru la moitié du marché d'Ismaïlovo sans apercevoir la rousse aux gros seins signalée par Saïd Ghanari. La neige commençait à tomber et le froid le pénétrait jusqu'aux os.

Il ralentit pour s'intéresser à quelques toiles, vaguement inspirées de peintres connus. Devant l'alignement de tableaux, une femme rougeaude proposait des œufs en bois de la taille d'un œuf d'autruche, sur lesquels étaient reproduits des icônes.

Plusieurs vendeurs se rapprochèrent aussitôt, murmurant à son oreille :

– *Dollari... Tchanjé...* (1)

Les prix étaient déments, mais moins que dans les beriozka. Comme il était sûrement surveillé, il acheta pour cent roubles un œuf où était peint un paysage enneigé et continua son chemin. Les tréteaux des marchands s'allongeaient sur un kilomètre environ des deux côtés du sentier verglacé.

Un peu plus loin, un petit groupe entourait un jeune homme offrant des effigies de Gorbatchev en poupées-gigognes. Quelques mètres encore et l'attention de Malko fut attirée par un couple bizarre : un grand garçon dégingandé avec le visage de travers, un bonnet de laine rouge et de grosses lunettes d'écaille, accompagné d'une fille très jeune au visage triangulaire et au nez retroussé, pleine de taches de rousseur, avec une chapka en marmotte enfoncée jusqu'aux oreilles, cachant ses cheveux. Par contre, sa canadienne était ouverte, révélant un gros pull gris déformé par deux seins énormes. Visiblement frigorifiée, elle tapait la semelle devant le petit tréteau sur lequel étaient alignés des œufs peints avec beaucoup de minutie. Malko en désigna un, où figurait un portrait de Catherine de Russie et demanda :

– Combien celui-là ?

– 1 000 roubles.

Malko prit l'œuf et le soupesa, examinant la fille du coin de l'œil. Elle croisa son regard et sourit, complice. Visiblement pas farouche. Le grand échalas qui l'accompagnait détourna l'attention de Malko vers une douzaine de toiles étalées derrière lui.

– Nous avons des tableaux aussi...

Un style surréalistico-politique bizarre. Des oiseaux pendus à des potences, devant des colombes grasses et roucoulantes.

(1) Dollars, change.

– C'est la Perestroïka, expliqua-t-il. Derrière, ce sont les anciens dirigeants et devant les nouveaux.

La fille aux taches de rousseur ricana, apparemment pas de son avis.

– Du temps de Brejnev, lança-t-elle, il n'y avait pas de liberté, mais nous mangions des saucisses. Aujourd'hui, avec Mikhaïl Sergueïevitch, on peut dire ce qu'on pense mais il n'y a plus de saucisses...

– Tais-toi, Alona! protesta le peintre, furieux.

Alona haussa les épaules.

– Toi, Valeri, tu gagnes des dollars avec tes tableaux, mais ma mère, elle n'a que 120 roubles pour vivre. Elle ne peut même pas aller au marché kolkhosien.

Malko reposa l'œuf. Presque certain qu'il s'agissait du couple qu'il recherchait.

– Je fais un tour, dit-il. Je reviens.

– Peut-être qu'il sera vendu, avertit Alona, mutine, les yeux plantés dans ceux de Malko. Il faut toujours prendre les choses tout de suite. Vous n'êtes pas soviétique, où avez-vous appris à parler russe?

– Dans mon enfance, dit Malko. Et vous, d'où tenez-vous vos cheveux roux?

Elle rit.

– Comment avez-vous deviné que j'étais rousse? Je viens du Caucase.

Malko s'éloigna, s'imposant d'aller jusqu'au bout du sentier. Le froid était de plus en plus perçant. Une horreur. Il acheta encore une matriochka pour sa « couverture ». Lorsqu'il retrouva la rousse Alona, elle arborait une mine désolée.

– L'œuf est parti! Un Allemand qui m'a payé en dollars, ajouta-t-elle à voix basse, comme pour s'excuser.

– Moi aussi, je vous aurais payée en dollars, corrigea Malko, malgré le milicien qui grillait une cigarette à quelques mètres.

La moitié des transactions d'Ismaïlovo se faisaient en *valuta*, en devises. Alona tapa du pied pour se réchauffer.

– J'ai d'autres œufs et de très belles matriochkas,

dans mon atelier. Je reviens demain, ici, si vous voulez, je vous en apporterai.

– Il fait trop froid, dit Malko sautant sur l'occasion. Je préférerais venir vous voir à votre atelier.

– Quand?

– Ce soir?

– Non, je ne peux pas. Demain, mais pas avant six heures parce que je suis ici avec Valeri.

– Je vous montrerai aussi mes tableaux, proposa aussitôt le peintre. J'en ai beaucoup et pas cher : 3 000 ou 4 000 roubles. Ou bien 100 dollars.

– Donnez-moi l'adresse, demanda Malko.

Alona griffonna sur un bout de papier et précisa :

– Voilà : 24 ulica Ruzakowskaya. Je vous attendrai dehors, parce que c'est un peu compliqué à trouver. A six heures?

– A six heures, confirma Malko.

Il reprit la direction de Prospekt Ismaïlovo où il trouverait un taxi. Il s'arrêtait pour laisser passer un tram jaune quand une voix appela derrière lui :

– Malko!

Il se retourna et son pouls grimpa à 150 en une fraction de seconde. Swetlana Zorine lui souriait, bien campée sur ses bottes, la taille serrée dans un manteau d'astrakan noir, sa longue natte blonde jaillissant d'une toque assortie.

La jeune Soviétique du KGB fit deux pas et posa ses lèvres glacées sur celles de Malko, comme s'ils venaient de se quitter.

– *Dobredin!* Malko, dit-elle, d'une voix onctueuse. Quelle coïncidence, hein?

Malko eut du mal à ne pas sourire. Le KGB montrait le bout de son nez...

– Inouïe, en effet! approuva-t-il. Il a fallu un sacré dispositif pour que tu surgisses ainsi. Ils sont combien derrière moi? Mais, tu vois, ici, je me détends. J'aime bien les objets. Et, comme tu le sais, j'ai un très grand château. Il faudrait que tu y viennes, un jour.

Swetlana Zorine lui décocha une œillade ironique.

– Pour me faire découper en morceaux par ton amie Alexandra ! Je connais tout de ta vie, *tovaritch* Malko. Moi aussi, je suis ici pour mon plaisir. C'est le seul endroit de Moscou où on peut acheter des choses jolies et pas trop chères. Je ne suis pas aussi riche que toi...

– Le KGB doit quand même bien te payer, remarqua perfidement Malko. Tu leur appartiens corps et âme.

– Que veux-tu dire ?

Les grands yeux bleus à la bordure pâle reflétaient une innocence absolue.

– Swetlana, je sais parfaitement que l'autre soir, tu t'es moquée de moi. Tu avais l'ordre de me ramener chez toi. Le coup des deux voyous, c'était de la mise en scène. A propos, je croyais que tu me détestais, après ce que je t'ai fait...

– J'étais en colère, fit-elle, tu t'es conduit comme une brute. Ce que tu as fait n'est pas *prilitchno* (1).

– Au moins, cela n'était pas prévu, dit-il.

Elle recula pour ne pas se faire écraser par un des trams jaunes et demanda d'un ton détaché :

– Qui t'a parlé d'Ismaïlovo ?

– John Packard, le chef de station. Il collectionne les œufs peints.

– Il fait un froid horrible, fit-elle. Invite-moi à déjeuner.

– Où ?

Swetlana Zorine réfléchit rapidement.

– Je connais un Chinois pas trop mauvais. Même si nous n'avons pas réservé, il y aura de la place.

A part la bière, tout était carrément immonde. Malko s'était rabattu sur des raviolis sibériens, boulettes de viande enrobée d'une pâte froide et gluante. Quant à Swetlana, elle luttait courageusement contre un poulet venu sûrement en courant des steppes de l'Asie Centrale. Le restaurant chinois était un cube de béton aux ouvertures obturées par des rideaux rouges, dans les entrailles d'un centre d'exposition sinistre et vide, avec

(1) Convenable

une porte verrouillée à cause des racketteurs. La cuisine n'avait de chinois que le nom. Swetlana abandonna la lutte contre son poulet et dit à brûle-pourpoint :

– Je suis chargée de te transmettre un message.

On y venait. Malko sourit.

– De qui?

– Tu le sais bien. On pense que tu joues un double jeu. Ils n'ont rien pu trouver encore, mais leur instinct ne les trompe pas. Et puis, tu n'es pas venu à Moscou sans une idée derrière la tête. Vous, les Américains, vous en savez beaucoup sur les terroristes.

– Vous aussi, remarqua Malko. C'est le KGB qui en a formé la plupart.

– Il les a aussi perdus de vue, contra Swetlana. Tu sais que ce serait une catastrophe s'il arrivait quelque chose à Mikhaïl Sergueïevitch. Toute la Perestroïka repose sur lui. Il y a encore beaucoup d'oppositions dans l'armée et dans le Parti.

– C'est surtout votre président, corrigea Malko. Cependant, je te jure que nous n'avons que de bonnes intentions à son égard. Cela dit, je ne comprends pas que vous n'ayez pas découvert la tête de ce complot. Le KGB a pourtant passé au peigne fin tous ceux de chez vous qui ont été en contact avec Ali Jafar, non?

Elle alluma une de ses cigarettes extra-fines et souffla la fumée.

– Evidemment. Ils n'étaient pas nombreux, d'ailleurs. Ce n'était pas un personnage très important. Mais nous n'avons rien trouvé. Tous les dossiers ont été épluchés.

– Si vous avez échoué, pourquoi voulez-vous que je découvre quelque chose? objecta Malko avec une grande logique.

Swetlana se pencha à travers la table, avec un sourire plein d'ironie :

– Parce que *toi*, tu as parlé à Ali Jafar... il n'y a pas longtemps. Il t'a peut-être donné une idée de ses contacts ici. Dis-moi la vérité maintenant. As-tu rencontré Ali Jafar à Moscou?

– Non, dit Malko, en soutenant son regard.

– As-tu une idée de l'endroit où il se trouve?

– Aucune, hélas.

Swetlana le scruta longuement, comme pour mesurer sa sincérité puis se versa à boire. La démarche en disait long sur le désarroi du KGB. Plutôt que de le prendre de front, ils préféraient l'amadouer.

– A propos, dit-il d'un ton dégagé, demain j'ai rendez-vous pour aller voir des matriochkas. Tu veux venir avec moi?

Swetlana Zorine lui jeta un regard agacé.

– Avec la petite aux gros seins avec qui tu parlais?

Donc, elle l'avait observé depuis longtemps à Ismaïlovo.

– Comment l'as-tu deviné?

La jeune femme eut une mimique réprobatrice.

– Elle a une tête de pute qui doit t'exciter, et va coucher avec toi pour avoir des dollars. Tu n'as pas besoin de moi.

– Peut-être, reconnut-il. Ce n'est pas pire que de faire la même chose pour obéir à ses chefs, ajouta-t-il ironiquement.

– Je ne suis pas une *interdevitchi*, moi, fit sèchement Swetlana.

L'atmosphère s'était sérieusement refroidie entre eux.

Malko espérait qu'ainsi le KGB ne s'intéresserait pas à son rendez-vous avec Alona. Il ne restait plus qu'à tenir jusqu'au lendemain.

Igor Vartanian esquissa un entrechat en arrivant devant ses amis musiciens en train de jouer au bar du *Rossiya* une musique endiablée. Avec sa toque d'astrakan, son manteau de cuir et son faux air d'Errol Flynn, il avait fière allure. Depuis l'époque où il avait débarqué du train à Moscou, venant d'Erevan où il végétait, les choses avaient plutôt bien marché pour lui. A Moscou, il avait retrouvé tout un groupe d'Arméniens branchés sur la diaspora, qui prospéraient dans le trafic d'œuvres d'art et le marché noir. Installé au *Rossiya*, Igor Vartanian s'était d'abord lancé dans le racket des montres vendues aux touristes contre des dollars. Une vingtaine de ses hommes écumaient les cars de l'Intourist. Les ventes d'œufs et de matriochkas rapportaient bien aussi. Quant aux icônes volées dans des monastères ou fabriquées par d'habiles artisans, c'était une mine d'or. D'autant qu'il s'était associé avec un autre Arménien, travaillant pour le KGB qui, lui aussi, avait besoin de devises. *Valuta*, le mot sacré qui unissait toute l'Union soviétique.

Abandonnant une partie de ses gains aux « Organes », Igor Vartanian n'avait pas trop de souci à se faire.

Pourtant, par prudence, il planquait ses dollars dans une tombe abandonnée du cimetière arménien, afin d'en soustraire le maximum à une éventuelle descente de la Milice, ce qui était déjà arrivé à certains de ses amis... On le débarrassa de son manteau de cuir et une main amie lui tendit un verre de vodka qu'il but d'un coup. Il parcourut ensuite le bar du regard.

– Alona!

La jeune peintre était perchée sur un tabouret, ses cheveux roux ramenés en chignon. Sa robe décolletée exhibait une bonne partie de ses seins laiteux et énormes. Igor Vartanian sentit son humeur s'améliorer encore. Il lança au barman :

– Donne de la vodka pour tout le monde!

Il lui arrivait de dépenser dix ou quinze mille roubles par mois... Sans parler des dollars. Sans quitter sa toque, il s'approcha d'Alona, les yeux luisants de convoitise. C'était tout ce qu'il aimait : une petite Russe bien faite à la peau bien blanche. Avec son teint bistre, il avait toujours le sentiment d'être inférieur... A Erevan, des Blanches il n'y en avait presque pas. Ou alors, elles n'allaient pas avec les Arméniens. Il se pencha et embrassa en riant l'épaule d'Alona.

– Alonichka, tu n'as pas eu trop froid à Ismaïlovo? demanda-t-il gentiment.

Elle secoua la tête négativement, montrant son verre plein de vodka au poivre.

– Je me réchauffe.

Igor Vartanian se pencha à son oreille.

– Tu veux que je t'emmène dîner au *Leningradskaya?*

Une lueur d'envie passa dans les yeux de la jeune femme.

– Je pourrai jouer aux machines?

– A la roulette aussi, si tu en as envie! annonça-t-il magnanime.

Leurs regards se croisèrent et se comprirent. Alona couchait avec lui de temps à autre. Sans déplaisir, parce qu'il était gentil, bien monté, doux et généreux.

La nourriture du petit restaurant de l'unique établissement de jeux de Moscou était presque convenable. Logé au rez-de-chaussée de l'hôtel *Leningradskaya*, le « casino » était plutôt modeste, avec une salle de « bandits manchots » et une autre pour la roulette et le « 21 ». C'est là que se trouvait le restaurant... Igor Vartanian étouffa discrètement un hoquet. Il en était à son troisième carafon de vodka. Son regard dérapa vers Alona penchée sur la table de roulette, sérieuse comme une écolière le jour de la rentrée. Le croupier belge annonça le « 7 » et elle sauta sur ses bottes, faisant à Igor un signe de victoire. Normalement, les Soviétiques n'avaient pas le droit de venir là. Mais il suffisait de glisser dix dollars par personne au cerbère de l'entrée. Certains trafiquants jouaient au poker entre eux, sous les tables des restaurants, perdant jusqu'à 500 000 roubles dans la soirée... Et qui aurait osé refouler le puissant Igor Vartanian...?

Alona revenait, radieuse, une énorme poignée de jetons dans les mains. Il la fixa avec concupiscence, ayant assez attendu. La longue jupe cachait les jambes, mais dessinait une croupe ronde et ferme. Igor Vartanian en salivait à l'avance.

– Assez joué! dit-il en riant. Tu vas tout reperdre.

A son regard luisant, Alona comprit qu'il n'était pas préoccupé seulement de son gain. Elle se soumit et ils passèrent à la caisse, où elle toucha soixante-quinze dollars. Une fortune! 1500 roubles au tarif marché noir... Alona rangea les billets verts dans son sac. Avec

GRAND CONCOURS SAS DE L'ÉTÉ

ÉDITIONS GÉRARD DE VILLIERS 3615 SAS

1er prix :

Un voyage d'une semaine en THAILANDE pour deux personnes.

2e prix :

Un week-end à VENISE pour deux personnes.

3e prix :

Un téléviseur AKAI.

4e prix :

Un magnétoscoque AKAI.

5e et 6e prix :

Un radio-cassette-lecteur CD portable SAMSUNG.

7e au 13e prix :

Un radio-réveil-cassette SAMSUNG.

14e au 19e prix :

Une platine-cassette AKAI.

20e au 500e prix :

200 vidéo-cassettes des collections MGM/UA HOME VIDEO éditées par FILM OFFICE, des guides, des agenda, des livres pratiques.

RÈGLEMENT DU CONCOURS

Article premier — Les Éditions GÉRARD DE VILLIERS - HACHETTE organisent, du **27 juin 1990 au 30 novembre 1990**, un concours, intitulé GRAND CONCOURS SAS DE L'ÉTÉ, réservé aux ressortissants de langue française résidant en FRANCE, SUISSE et BELGIQUE, à l'exclusion de tout autre pays, ainsi que des membres du personnel des Éditions GÉRARD DE VILLIERS - HACHETTE, de JET7 et de la SCESI.

Art. 2 — Ce concours ne comporte pas d'obligation d'achat.

Pour y participer, les concurrents devront :
— soit remplir intégralement et renvoyer le bulletin-réponse qu'ils trouveront dans les livres ;
— soit se connecter par minitel sur le 3615 SAS et remplir intégralement le bulletin-réponse qu'ils y trouveront.

Les réponses adressées sur tout autre support ne seront pas acceptées ainsi que les bulletins envoyés sous enveloppe. Un seul bulletin sera accepté par foyer et par famille (même nom, même adresse), sous peine de nullité.

Art. 3 — Les bulletins-réponse trouvés dans les livres devront être adressés aux Éditions GÉRARD DE VILLIERS - HACHETTE, 79, boulevard Saint-Germain, 75288 PARIS Cedex 06, avant le 30 novembre 1990, le cachet de la poste faisant foi.

Sur le minitel 3615 SAS, les bulletins-réponse devront être remplis avant le **29 novembre 1990**, minuit.

Tout bulletin illisible, incomplet ou raturé sera éliminé.

Art. 4 — Pour gagner, il faudra répondre aux 12 questions figurant sur le bulletin. Les bulletins seront classés dans l'ordre du nombre des meilleures réponses.

En cas d'*ex aequo*, les gagnants seront départagés par une question subsidiaire, ceci sous contrôle d'huissier.

Art. 5 — Le concours est doté des prix suivants :

1er prix : Un voyage d'une semaine en THAILANDE pour deux personnes.

2e prix : Un week-end à VENISE pour deux personnes.

3e prix : Un téléviseur AKAI.

4e prix : Un magnétoscope AKAI.

5e et 6e prix : Un radio-cassette-lecteur CD portable SAMSUNG.

7e au 13e prix : Un radio-réveil-cassette SAMSUNG.

14e au 19e prix : Une platine-cassette AKAI.

20e au 500e prix : 200 vidéo-cassettes des collections MGM/UA HOME VIDEO éditées par FILM OFFICE, des guides, des agenda, des livres pratiques.

En aucun cas le lot offert ne pourra être échangé contre sa valeur en espèces.

Validité des voyages : du 15 janvier 1991 au 31 décembre 1991, hors vacances scolaires.

Art. 6 — Les résultats seront proclamés le 15 janvier 1991.

Art. 7 — Les Éditions GÉRARD DE VILLIERS - HACHETTE, JET7 et SCESI ne sauraient être tenus pour responsables de tout retard, pertes ou avaries dus à la poste, au transport ou à des défaillances informatiques.

De même, les Éditions GÉRARD DE VILLIERS - HACHETTE se réservent le droit de modifier, d'écourter et d'annuler le présent concours si des circonstances imprévues l'exigent.

Art. 8 — Les gagnants des 19 premiers prix seront avisés à partir du 15 janvier 1991. Les autres prix seront envoyés avant le 15 mars 1991.

Art. 9 — La participation au concours implique l'acceptation pleine et entière du présent règlement qui a été déposé ainsi que les réponses chez Mes CIPRIANO et DUBOIS, huissiers associés, 8, rue d'Uzès à PARIS 2e.

QUESTIONS CONCOURS
GÉRARD DE VILLIERS - HACHETTE

Cochez la case correspondante.

SAS 89 — AVENTURE EN SIERRA LEONE. *Quel est le nom du terroriste qui se trouve à bord du DC 10 ?*
☐ Karim Labaki. ☐ Nabil Moussaoui.
☐ Mansour Kadar.

SAS 90 — LA TAUPE DE LANGLEY. *Quel objet la taupe utilise-t-elle pour transmettre les microfilms ?*
☐ Une carte de visite. ☐ Un stylo.
☐ Un tube de colle.

SAS 91 — LES AMAZONES DE PYONGYANG. *Dans Texas Allee, quelle « arme » Obok utilise-t-elle contre Malko ?*
☐ Un serpent dressé. ☐ Des fléchettes de glace.
☐ Des faux ongles empoisonnés.

SAS 92 — LES TUEURS DE BRUXELLES. *Quel numéro porte la voiture de fonction qu'utilise le tueur appelé King-Kong ?*
☐ DRS 740. ☐ VSW 422.
☐ CUV 165.

SAS 93 — VISA POUR CUBA. *Pour les Cubains, les dollars sont « les verdes ». Quel autre mot utilisent-ils ?*
☐ Lechuga. ☐ Mosca.
☐ Trigo.

SAS 94 — ARNAQUE À BRUNEI. *A qui le Sultan de Bruneï a-t-il remis les vingt millions de dollars ?*
☐ George Bush. ☐ George Shultz.
☐ Henry Kissinger.

SAS 95 — LOI MARTIALE À KABOUL. *Pourquoi le KGB veut-il se débarrasser du président Najibullah ?*
☐ Parce qu'il s'apprête à traiter avec les Américains. ☐ Pour faciliter la réconciliation nationale en Afghanistan.
☐ Pour faire échec, à Moscou même, à certains de ses partisans opposés à Gorbatchev.

SAS 96 — L'INCONNU DE LENINGRAD. *Dans quel aéroport la bombe est-elle « montée » à bord du vol 103 ?*
☐ Helsinki. ☐ Paris.
☐ Londres.

SAS 97 — CAUCHEMAR EN COLOMBIE. *Qu'y a-t-il au-dessus du portail de l'Hacienda Napoles ?*
☐ Un petit avion. ☐ Un voilier.
☐ Une voiture tout terrain.

SAS 98 — CROISADE EN BIRMANIE. *Comment Malko va-t-il de Rangoon à Mandalay ?*
☐ En voiture. ☐ En train.
☐ En avion.

SAS 99 — MISSION À MOSCOU. *Comment les gens du GRV appellent-ils leurs homologues du KGB ?*
☐ Barzoï. ☐ Sojedi.
☐ Viking.

QUESTION SUBSIDIAIRE. *À combien de milliers d'exemplaires est tiré le SAS nº 100 ?*

EXPÉDITEUR

Nom : ____________________ Prénom : ____________________

Adresse : ______________________________________

☐☐☐☐☐ Code postal Ville ____________________

Signature

Dans quel point de vente avez-vous acheté ce SAS ?

. . . .

Timbre

ÉDITIONS GÉRARD DE VILLIERS - HACHETTE
Grand concours SAS de l'été
79, boulevard Saint-Germain
75288 Paris Cedex 06

cela, elle pouvait s'acheter des choses normalement introuvables à Moscou. Le milicien de garde en face du Casino leur jeta un regard morne et sans illusion. Lui gagnait 250 roubles par mois et n'irait jamais dans un casino. Igor prit le volant de sa Volga toute neuve à la ligne presque moderne qu'il avait eue contre un backchich de 50 000 roubles.

Alona flottait sur un nuage. Elle ne dit rien jusqu'à la petite rue derrière l'Arbat (1) où Igor Vartanian avait son appartement personnel, sous-loué à un autre Arménien.

A peine furent-ils dans sa chambre au sol recouvert de tapis, avec des coussins partout et un éclairage tamisé, qu'il se déshabilla, découvrant un corps musculeux un peu empâté, à la peau mate couverte de poils noirs. Il attira Alona et elle gigota de plaisir, commençant à caresser son sexe à demi érigé. L'Arménien lui jeta d'une voix impatiente :

– Déshabille-toi vite!

Il suivit son strip-tease en salivant. Elle avait un corps dodu, avec des seins admirables, de taille et de fermeté, deux poires inouïes qui semblaient posséder une armature intérieure, une croupe pleine avec deux fossettes et surtout cette merveilleuse peau blanche qui faisait flipper Igor Vartanian. Celui-ci s'étendit sur le lit, après avoir lampé une ultime rasade de vodka. Docilement, Alona vint s'agenouiller entre ses jambes et entreprit de combattre courageusement l'effet de l'alcool. Sa tête rousse montait et descendait avec régularité. Igor Vartanian, la nuque appuyée à un gros coussin, ne se lassait pas de l'admirer. Cette peau blanche le rendait fou...

– J'ai envie de toi, dépêche-toi, murmura-t-il.

Cela se voyait. Elle pouvait à peine engloutir le sceptre qui se dressait maintenant à vingt centimètres au-dessus du ventre velu de l'Arménien. Soudain, celui-ci n'y tint plus et la repoussa. Habituée à ses caprices, Alona attendit la suite. Avec un sourire lubrique, elle murmura, en caressant son sexe tendu.

(1) Rue piétonnière de Moscou.

– *Bolchoi* (1)!

Flatté, Igor Vartanian se tendit encore plus.

– Alonichka, allonge-toi sur le dos, demanda-t-il.

Alona s'exécuta. Aussitôt, Igor Vartanian s'installa sur son estomac à califourchon, son sexe remontant entre les deux seins. Alona comprit ce qu'il voulait. Avec un sourire salace, elle prit ses deux seins à pleines mains et les rapprocha, en faisant un fourreau tiède où disparut presque le sexe d'Igor. Ce dernier se mit à se balancer d'avant en arrière, se masturbant contre la peau soyeuse.

– Tu as les plus beaux seins du monde, Alonichka! gémit-il.

Il lui manquait encore quelque chose : écartant les mains d'Alona, il les remplaça par les siennes. Les doigts enfoncés dans la chair blanche et ferme, le regard fixe, il se mit à donner des coups de reins de plus en plus violents. Jusqu'à ce qu'il sente monter la sève de ses reins et lâche, avec un cri guttural, un long jet de semence.

Habilement, Alona n'eut qu'à avancer la tête pour la recueillir, complétant l'orgasme d'Igor dans une sensation exquise...

Jamais il ne s'était senti aussi bien.

Beaucoup plus tard, Alona lui annonça, alors qu'il fumait un cigare cubain.

– Tu sais, je crois que j'ai trouvé un nouveau client qui va m'acheter beaucoup de choses, en dollars!

Elle lui raconta sa rencontre du parc Ismaïlovo. Au fur et à mesure de son récit, Igor Vartanian sentait le sang se retirer de son visage. Cette fois, il était vraiment dans la merde.

(1) Tu es gros.

CHAPITRE XI

La rue Ruzakowskaya était bordée de vieux immeubles décrépis datant du siècle dernier avec les habituels numéros bleus énormes sur fond blanc. En face, il y avait un terrain en jachère, gelé et désert. Un tram défila en brinquebalant, bourré de passagers emmitouflés, des cabas sur les genoux. Les Moscovites passaient le plus clair de leur dimanche à chercher de la nourriture... Malko regarda sa montre : 18 h 30. La nuit tombait. Que faisait Alona?

Il n'avait pas pu la rater, se trouvant devant le numéro 24 depuis presque une heure. Quelques rares passants se hâtaient sur le sol verglacé. Le KGB devait sûrement être présent, mais où? Peut-être une camionnette garée un peu plus loin, en face de l'arrêt du tram.

Une nouvelle fois Malko tenta de pénétrer dans l'immeuble. En vain. La seconde porte était défendue par un code, comme souvent à Moscou. Et, de toute façon, il ignorait le nom de la jeune femme.

Pourtant, la veille, elle semblait si désireuse de vendre ses œufs laqués... En plus, elle n'avait aucun moyen de le joindre! Il attendit encore vingt minutes, de plus en plus gelé. Puis, à regret, se mit à la recherche d'un taxi. Un paquet de Marlboro, judicieusement agité, lui en dénicha un sous le nez de quatre Soviétiques qui le regardèrent partir, résignés...

L'animation du *Meshdunarodnaya* n'atténua pas sa

déception. Le hall, comme toujours, grouillait de Japonais et de putes, sous l'œil du coq de bronze. Par acquit de conscience, il regarda s'il voyait Alona. Il se dit qu'il pourrait le lendemain aller arpenter l'Arbat où les artistes « libres » vendaient leurs toiles. Il ne restait plus qu'à prévenir le KGB le lendemain. Eux retrouveraient Alona facilement, même s'ils devaient arrêter tous les occupants de l'immeuble de la rue Ruzakowskaya. Déprimé, il se dit que le mieux était encore d'aller dîner.

Swetlana! Cela valait mieux que de se retrouver seul...

Il composa son numéro d'un des taxiphones en face des ascenseurs et elle répondit aussitôt avec une voix teintée d'ironie.

– Tu es déjà revenu? Ta jolie pute ne t'a pas retenu...

– Elle m'a posé un lapin, annonça Malko. Elle ne devait plus rien avoir à vendre. Veux-tu dîner avec moi?

– Pourquoi pas, accepta Swetlana après une courte hésitation. Où?

– Je ne sais pas, je vais réserver quelque part, fit Malko.

– Très bien, je passe te prendre dans une demi-heure.

Inutile de lui mentir. Comme il avait été suivi, elle saurait forcément qu'Alona n'était pas venue au rendez-vous. Il alla faire une réservation au restaurant japonais du rez-de-chaussée et remonta prendre une douche.

En ouvrant sa porte, il aperçut un papier plié à terre; il le ramassa. C'était un mot manuscrit, en majuscules.

VENEZ DÎNER CE SOIR AU RESTAURANT OLYMP. JE VOUS CONTACTERAI. ALI M'A DONNÉ DE SES NOUVELLES.

Ce n'était pas signé, mais ce ne pouvait être que Saïd Ghanari. Malko jura entre ses dents. Et dire qu'il venait d'inviter Swetlana à dîner! Parfait pour un contact discret... Deux secondes de réflexion le firent changer d'avis. Si Swetlana dînait avec lui, la surveillance du KGB par d'autres moyens serait nulle ou légère. Il n'avait plus qu'à la neutraliser, ce qui n'allait pas être facile. Pourvu que Saïd Ghanari se méfie lui aussi et ne débarque pas comme un éléphant dans un magasin de porcelaine... Swetlana ressemblait plus à une conquête qu'à un agent du KGB...

De toute façon, il n'avait plus le choix. Décommander Swetlana activerait instantanément les équipes du KGB chargées de le surveiller. Il restait un problème : son pistolet extra-plat. Sa chambre risquait d'être fouillée par le KGB et la découverte du pistolet pourrait leur donner de mauvaises idées. Mais, s'il l'emmenait, Swetlana s'en apercevrait sûrement. Et se poserait des questions. Finalement, il le cacha dans la chasse d'eau des toilettes, sans trop se faire d'illusions.

Il restait le problème du restaurant. A Moscou on ne pouvait dîner sans réservation. Il redescendit et gagna la réception. Un billet vert de vingt-cinq roubles judicieusement promené sous le nez d'une des employées régla le problème...

– Mais ce sont des Ouzbeks !

Il y avait un mélange d'amusement et de mépris dans la voix de Swetlana Zorine. Ils avaient eu un mal fou à trouver le restaurant *Olymp*, tournant pendant une demi-heure dans l'énorme parc qui jouxtait le stade Lénine, ses allées désertes et sombres ne possédaient aucune signalisation et il n'y avait personne à qui demander un renseignement. Finalement, presque par hasard, ils étaient tombés sur ce qu'ils cherchaient dans une allée longeant la Moswka, face aux collines Lénine.

L'*Olymp*, restaurant coopératif ouzbek, n'avait pas fait de grands frais de décoration : le plafond était tout simplement en tôle ondulée et les murs nus. Une grande salle rectangulaire, avec une estrade à la gauche de l'entrée où un chanteur moustachu était en train d'interpréter « I'm just a gigolo » en ouzbek... Il termina sous un tonnerre d'applaudissements venant d'une table d'une quarantaine de personnes à côté de celle où le maître d'hôtel installait Swetlana et Malko. La jeune femme se pencha vers lui et dit :

– Regarde la table près de nous! Ce sont vraiment des sauvages, des bougnoules!

Les hommes étaient regroupés à un bout, les femmes à l'autre... Cependant, la vodka coulait également des deux côtés... Les Ouzbeks avaient le même teint mat, des moustaches impressionnantes et des cheveux d'un noir de jais. Un couple éméché attaqua un refrain folklorique aussitôt repris en chœur par la majorité de la salle. Les femmes se mirent à onduler sur leur siège, mimant la danse du ventre. Swetlana Zorine vida son verre de vodka d'un air dégoûté.

– Qui t'a conseillé de venir ici?

– Les gens à l'hôtel, dit Malko. On m'a dit que c'était gai et qu'il y avait un spectacle.

Discrètement, son regard balayait la salle. Pas de Saïd Ghanari, mais beaucoup de tables étaient encore vides. Le garçon déboucha la bouteille de champagne de Crimée et il trinqua avec Swetlana. D'énormes mémères dansaient sur l'estrade et même dans la salle une danse ouzbek à mi-chemin entre le quadrille et la danse du ventre. Puis le premier chanteur revint roucouler un slow. Malko entraîna Swetlana sur la piste surélevée. Elle dansait avec grâce et sa robe, dont les derniers boutons étaient ouverts, s'écartait sur ses longues cuisses, faisant loucher leurs voisins. A côté d'eux, un couple ne dansait plus. L'homme, les deux mains appliquées sur la croupe de sa voisine, se frottait contre elle comme un verrat en l'embrassant à pleine bouche. Swetlana cracha de fureur.

– Ces gens-là ne méritent pas d'être russes! Ils ne vivent que de marché noir et de trafics. Ils ne pensent qu'à copuler.

– Ils s'amusent, dit Malko, surpris par sa pudibonderie.

La salle se remplissait à toute vitesse. Il aperçut soudain à une table près de la porte un couple qui venait d'arriver. Saïd Ghanari en compagnie de la guide d'Intourist! Son cœur battit plus vite. Une prise de contact sous le nez du KGB, c'était de l'acrobatie. Dangereuse... Swetlana continuait de maugréer contre les Ouzbeks. Ils regagnèrent leur table. Les zakouskis épuisés on leur apporta un morceau de viande noyé sous une sauce noirâtre. Hélas, pour l'entamer, il aurait fallu une hache, pas un couteau...

– J'espère qu'on ne va pas rester longtemps ici, jeta Swetlana.

Malko lui adressa un coup d'œil malicieux et glissa à son oreille :

– Moi aussi, j'ai envie de toi, dit-il. Mais c'est meilleur quand on attend un peu.

En même temps, sa main glissait sur le nylon de son bas, atteignant la peau nue. Swetlana serra brutalement les cuisses et dit sèchement :

– Qu'est-ce qui te fait croire ça? Je trouve simplement cet endroit ignoble!

Avec un peu de chance, elle allait se lever et partir... Mais elle était en mission et ne bougea pas.

Le show commençait. D'abord un chanteur. Malko se demandait si Saïd Ghanari l'avait repéré dans cette salle bondée. Swetlana remplissait et vidait son verre de champagne mécaniquement, de toute évidence furieuse. Soudain, une cohorte de girls déboula sur la scène. Du coup, la jeune Soviétique faillit en recracher son champagne, s'étouffant de rage.

Les girls arboraient toutes la casquette de la milice, grise avec des parements rouges, des bikinis minuscules en cuir noir et des cuissardes de même matière, très ajustées. Elles commencèrent à évoluer sous les coups de sifflet d'une fausse milicienne vêtue de la même casquette et d'une longue redingote grise, avec ceinturon et bâton blanc... Swetlana n'en croyait pas ses yeux.

– C'est dégoûtant! explosa-t-elle. Se moquer ainsi de nos braves miliciens. Ils devraient être...

En tout cas, la Perestroïka avait glissé sur le KGB comme de l'eau sur les plumes d'un canard. Swetlana se tut, consciente que son indignation n'était pas partagée par la salle. Les Ouzbeks hurlaient de joie, ravis. Les filles levaient la jambe, se tournaient, offrant des croupes rebondies gainées de cuir noir à la salacité de l'assistance... Certaines ne s'étaient même pas épilées et des touffes de poils jaillissaient de leurs bikinis... Malko en repéra une, particulièrement belle, une longue fille aux yeux noirs de braise, à la peau très blanche, qui dansait avec plus de grâce que ses compagnes. Elle avait une chute de reins inouïe, rendue encore plus excitante par le mince bikini de cuir noir. Sa bouche trop grande brillait comme un phare.

– Tu vois le résultat de la Perestroïka! souffla Swetlana à l'oreille de Malko. Avant, un endroit comme ceci n'aurait jamais existé.

Il cueillit la balle au bond.

– Pourquoi ne laissez-vous pas faire les ennemis de Mikhaïl Gorbatchev? suggéra-t-il. Il serait sûrement remplacé par quelqu'un de plus conservateur.

La Soviétique le regarda, sincèrement choquée.

– Mikhaïl Sergueïevitch est notre président, dit-elle, même si nous ne l'aimons pas, nous devons le protéger. Nous ne sommes pas des Ouzbeks ou des Azeris qui égorgent leurs chefs de tribu. L'Union soviétique est un grand pays, un Etat de Droit.

Les girls-miliciennes venaient de s'éclipser en coulisses et Swetlana se calma. Un orchestre les remplaça et les gens se ruèrent à nouveau sur la piste. Malko tira Swetlana par la main et elle se laissa faire de mauvaise grâce... Tandis qu'ils dansaient, il aperçut la grande brune, rhabillée d'un jeans qui moulait son cul inouï et d'un pull, se diriger vers la table du Tunisien et s'y asseoir. Visiblement, ils se connaissaient. La fille de l'Intourist faisait nettement la gueule.

– A quoi penses-tu? demanda Swetlana.

– A toi, dit Malko la serrant contre lui. Je me demande comment va se terminer notre soirée.

Elle le regarda avec une surprise sincère dans les yeux.

– Mais très simplement : je vais te ramener au *Meshdunarodnaya* et rentrer me coucher.

– J'ai envie de toi, dit Malko.

Swetlana lui adressa un sourire ironique.

– Pas plus que de cette grande brune que tu dévorais

des yeux. Je suis sûre que contre un jeans et du parfum, elle couchera avec toi. Et son physique conviendra parfaitement à tes goûts. Tu es pire que ta fiche...

– L'autre soir, tu m'as joué la comédie totalement?

Imperceptiblement son regard se troubla.

– Non. J'avais reçu l'ordre de faire l'amour avec toi. Mais cela aurait pu être agréable. La nouveauté. Seulement je n'ai pas aimé que tu me traites comme un animal.

– Il y a des femmes qui apprécient.

– Pas moi. Je me sens rabaissée.

Malko n'insista pas. Il venait d'apercevoir Saïd Ghanari se lever en même temps que la grande fille brune. Celle-ci regagna les coulisses et lui se dirigea lentement vers la sortie du restaurant. Comme sa compagne ne bougeait pas, Malko en conclut qu'il allait aux toilettes. Avant de pousser la porte, le Tunisien s'arrêta un instant vérifiant probablement que Malko avait repéré son manège, puis disparut. Malko se pencha vers Swetlana.

– Où peut-on se laver les mains?

Elle haussa les épaules.

– Je ne sais pas. Mais dépêche-toi. Si tu mets trop de temps, tu pourrais ne pas me retrouver. J'en ai assez de cet endroit.

Malko s'adressa à un garçon qui lui indiqua les toilettes, à l'entrée. Là où avait disparu Saïd Ghanari. Il s'y dirigea rapidement. Du coin de l'œil, il vit un Ouzbek qui invitait Swetlana à danser. Il allait se faire arracher les yeux...

Malko s'engouffra dans la porte marquée « hommes ». Quelques chauffeurs de taxi bayaient aux corneilles devant l'entrée, bavardant avec le préposé de l'inévitable vestiaire gratuit et obligatoire. Saïd Ghanari était là, en train de se laver les mains. Il se rua sur Malko et dit à voix basse :

– Ali m'a téléphoné en fin de journée. Il voulait me voir. J'ai rendez-vous avec lui maintenant.

– Où?

– Pas loin d'ici, il m'attend dans l'allée. Qu'est-ce que je fais? Vous avez le temps de prévenir les autres?

Une belle carrière de délateur s'ouvrait devant lui. Parfois, il suffit de peu de chose pour éveiller une vocation. Malko hésita. C'était une décision cruciale. Il était certain que Swetlana, sur un coup de fil, pouvait ameuter le KGB en cinq minutes. Mais il contrevenait aux ordres. Après tout, il y avait peut-être une chance de retourner Ali Jafar. Il était obligé de la courir.

– Non, dit Malko, je viens avec vous, je vais lui parler. C'est loin?

Il ne fallait pas abandonner Swetlana trop longtemps...

– Non. Allons-y.

Au moment où ils sortaient, ils se heurtèrent à la belle fille brune qui adressa un sourire à Saïd Ghanari. Le Tunisien la présenta aussitôt à Malko.

– C'est Mirna, la meilleure danseuse du groupe! Elle était au Bolchoï avant.

Mirna expédia à Malko une œillade de braise avant de disparaître dans les toilettes. Saïd Ghanari la suivit d'un regard nostalgique.

– Elle est super, hein, ce n'est pas comme le pou avec qui je me trimballe ce soir...

– Qu'est-ce qui vous y force?

Le Tunisien frotta son pouce contre son index.

– Le business. Elle me file des roubles contre des dollars. A un taux vachement intéressant. Si je n'avais que ma bourse, je me nourrirais de choux et de lard, comme les Soviétiques. Mais je retournerai voir Mirna. Vous avez vu ce cul!

Seul un aveugle pouvait l'ignorer...

Le froid de la nuit fouetta Malko. Une douzaine de voitures étaient arrêtées devant le restaurant. Saïd Ghanari partit d'un pas vif vers la gauche, suivant une allée sombre qui longeait la Moskwa. Trente mètres plus loin, Malko aperçut la masse d'une voiture arrêtée tous feux éteints au milieu de l'allée.

– Il est là! souffla le Tunisien. Attendez-moi, je vais en avant, je ne veux pas qu'il prenne peur.

Malko s'immobilisa le long d'un arbre. Saïd Ghanari partit vers la voiture, coupant par la pelouse. Une portière s'ouvrit sur un homme qui vint à sa rencontre et le rejoignit. Malko sentit les battements de son pouls s'accélérer. Celui qui était sorti du véhicule était beaucoup plus grand qu'Ali Jafar. Maintenant, les deux silhouettes étaient toutes proches l'une de l'autre, semblant discuter. Soudain, il devina, plus qu'il ne vit, un geste de l'inconnu.

Un cri bref et horrible. Les deux hommes se séparèrent. Saïd Ghanari titubait, plié en deux, les mains crispées sur son ventre. L'homme sorti de la voiture le contourna et de nouveau le frappa de toutes ses forces, sur le flanc droit, avec ce qui paraissait être un couteau à très longue lame.

CHAPITRE XII

Malko bondit de derrière son arbre en direction du Tunisien. Après l'avoir frappé de nouveau, son agresseur s'était écarté de lui, regagnant la voiture. Saïd Ghanari fit encore deux pas avant de s'effondrer. Toute la scène n'avait pas duré dix secondes. Au moment où il venait de remonter dans le véhicule, l'assassin aperçut Malko. Aussitôt la voiture partit en marche arrière à travers la pelouse, coupant à Malko le chemin du restaurant. Elle s'arrêta et, cette fois, ce furent deux hommes qui en descendirent. A sa silhouette massive il reconnut Vladimir Timochek le Kirghise qui avait déjà voulu le tuer, dans le faux taxi. Il se maudit d'avoir laissé son pistolet extra-plat à l'hôtel...

Les deux tueurs venaient sur lui à toute vitesse, sans un mot, comme des loups. Le plus grand avait encore au poing le poignard avec lequel il venait d'éventrer Saïd Ghanari.

Malko se lança, courant le long du parapet dominant la Moskwa, mais les deux hommes furent plus rapides et lui coupèrent la route. Il regarda en-dessous de lui. Certes, il pouvait sauter, mais dans de l'eau à 2 degrés, il avait peu de chance de s'en sortir.

L'assassin de Saïd Ghanari arrivait sur lui, le poignard à l'horizontale. Il reconnut le chauffeur du faux taxi dont il avait vu la photo à la Milice. Il stoppa à un mètre, les yeux plissés, attendant que son complice se rapproche. Ce dernier longeait le parapet afin de prendre Malko à revers. Malko vit briller la lame du poignard. Trente centimètres d'acier. Avec un rictus haineux, le tueur avança encore un peu et se fendit, comme à l'escrime. Malko esquiva à la dernière seconde. Il sentit quand même un choc au côté gauche. La lame s'était enfoncée dans sa pelisse.

Occupé à anticiper la prochaine attaque, il ne vit pas arriver le Kirghise. Ce dernier surgit par-derrière et le ceintura, le soulevant de terre. Il cria aussitôt à son complice :

– Vas-y, plante-le.

L'autre assura sa prise sur le sol avec un sourire gourmand. Malko se débattait désespérément, ne voyant plus que cette lame énorme prête à l'éventrer. Ses ruades gênaient Alexandre Koulaguine qui tournait autour de lui, cherchant la faille. Tout à coup, son complice lui lança :

– Hé, fais gaffe derrière toi!

Le tueur se retourna. Une silhouette approchait en courant. Une femme. Le cœur de Malko fit un bond dans sa poitrine.

– Swetlana!

Elle ne répondit pas, se contentant d'accélérer. Alexandre Koulaguine se détourna aussitôt de Malko et marcha à sa rencontre. Salivant déjà à l'idée d'égorger une femme. Malko, toujours maintenu par la poigne surhumaine du Kirghise, l'entendit lui lancer :

– Viens ici, ma petite colombe! Je vais te crever les yeux et ensuite le ventre.

Swetlana s'arrêta. Malko la vit étendre le bras à l'horizontale. Il y eut un petit « plouf » imperceptible et Alexandre Koulaguine poussa un cri étouffé. Il porta la main gauche à son front, comme pris d'une subite migraine, puis tomba en avant d'un seul bloc. Aussitôt, Vladimir Timochek commença à se déplacer en crabe le long du parapet, se servant de Malko comme d'un bouclier.

Arrivé en face de la voiture, il le projeta en avant et plongea dans le véhicule dont le moteur tournait toujours. Malko se releva pour se ruer dans sa direction et Swetlana tenta de lui barrer la route. La voiture démarra brutalement, le bras de Vladimir Timochek sortit de la voiture, brandissant un pistolet et trois coups de feu claquèrent. Swetlana et Malko durent s'abriter. Il la rejoignit, lui demandant aussitôt :

– Pourquoi n'avez-vous pas tiré?

Elle sortit de son sac ce qui paraissait être un stylo et dit simplement :

– Je ne disposais que d'un seul coup.

L'acidité de sa voix monta d'un ton et elle ajouta :

– Si je n'en avais pas eu assez de t'attendre, tu serais mort.

– Comment m'as-tu retrouvé?

– Je partais, j'ai demandé au préposé du vestiaire s'il t'avait vu. Il m'a dit que tu étais sorti avec un autre client. Celui-là.

Ils avaient atteint le corps de Saïd Ghanari. Malko n'eut même pas à l'examiner pour voir qu'il était mort...

– Qui est cet homme? demanda Swetlana.

Malko se dit qu'il était inutile de biaiser. Saïd Ghanari allait être identifié, on saurait son adresse et sûrement que Malko était venu le voir.

– Saïd Ghanari, un Tunisien, ami de Ali Jafar, dit-il. J'avais rendez-vous avec lui. Pour qu'il me dise où se trouvait Jafar. Il m'a laissé un message après que je t'ai invitée à dîner.

Un milicien qui accourait les interrompit. Il apostropha Malko, pointant son Makarov dans sa direction. Swetlana le calma d'une voix sèche, exhibant son livret rouge du KGB, puis sortit une minuscule lampe-torche de son sac et entreprit de fouiller Saïd Ghanari. Enfournant tous les papiers dans une petite poche en plastique extraite également de son sac. Puis elle se releva. Une lueur dure flottait dans ses merveilleux yeux bleus.

– Ainsi, dit-elle, mes chefs avaient raison : tu nous mentais.

– Pas vraiment, dit Malko. Je pensais qu'il était plus prudent de prendre ce contact moi-même.

– Comment connaissais-tu cet homme?

– Par la CIA. Nous avions un dossier sur lui et sa

sœur est traitée à Tunis par un agent de notre station locale.

– Pourquoi ?

– C'était un intégriste, transporteur d'explosifs.

– Son lien avec Ali Jafar ?

– Ils ont travaillé ensemble. Nous pensions qu'il pouvait savoir où se trouvait Jafar s'il était à Moscou.

– Il t'a appris quelque chose ?

– Il était supposé avoir rendez-vous avec Jafar, dit Malko, ce qui était faux de toute évidence... Il n'y avait que deux hommes dans la voiture. Tu l'as constaté comme moi.

Swetlana Zorine secoua ses cheveux blonds.

– Bien sûr, mais ceux-là savaient sûrement où se cache Ali Jafar. Quel gâchis ! Si tu nous avais prévenus, nous aurions mis en place un dispositif pour remonter jusqu'à lui. Ce Tunisien ne serait pas mort et nous aurions une piste.

Que répondre ?... La Soviétique bouillait visiblement de fureur.

Les phares de plusieurs voitures dont l'une surmontée d'un gyrophare bleu apparurent dans le sentier. Elles stoppèrent devant le restaurant et, guidés par le milicien qui les avait alertés, une demi-douzaine d'hommes envahirent les lieux. Deux gradés en uniforme et des civils. Swetlana les mit au courant à voix basse, puis s'éloigna vers un des véhicules. Malko la vit s'y installer et décrocher le téléphone de bord, tandis que les autres s'affairaient autour du cadavre.

Elle ressortit quelques instants plus tard et lança à Malko :

– Il n'y a plus rien à faire ici. Viens, nous avons à rendre compte.

Il la suivit jusqu'à une Volga anonyme dont le chauffeur était resté à l'intérieur. Un autre Kagebiste prit place devant, laissant la banquette arrière à Swetlana et Malko.

Ils mirent dix bonnes minutes à sortir du parc Lénine, puis filèrent vers le nord de Moscou. Malko aperçut à un moment une plaque « Leningradskij

Prospekt ». Une grande avenue allant d'est en ouest qu'ils suivirent. A cette heure tardive, il n'y avait guère de monde dans les rues. Vingt minutes plus tard, la Volga s'engagea dans une impasse sombre bordée de bâtiments administratifs et stoppa devant une double porte en acier gris. Le chauffeur actionna un bip et les battants s'ouvrirent. Aussitôt une sentinelle en uniforme à parements verts des gardes-frontières, armée d'une carabine Kalashnikov, leur barra la route. Le chauffeur brandit à travers le pare-brise son livret rouge du KGB et l'autre s'effaça. Puis la voiture s'engouffra dans un parking souterrain où se trouvaient déjà une douzaine de véhicules.

– Où sommes-nous? demanda Malko.

– Dans une de nos permanences, lui répondit Swetlana Zorine. A cette heure-ci, la Centrale ne fonctionne pas.

Elle le guida le long d'un couloir de ciment nu éclairé par des ampoules protégées d'un grillage. Toutes les portes étaient en acier gris sombre avec un numéro à trois chiffres. Finalement, ils débouchèrent dans une petite pièce éclairée violemment par des spots encastrés dans le plafond, uniquement meublée d'une table de fer et de quatre sièges assortis. Le Kagebiste s'éclipsa, laissant Swetlana et Malko seuls. A son tour, la jeune femme s'excusa d'un sourire.

– Assieds-toi, je reviens.

Dix minutes plus tard, elle n'avait toujours pas réapparu. Malko fit le tour de la pièce. Aucune ouverture à part la porte par laquelle il était entré. Il réalisa avec une brutale inquiétude qu'elle ne comportait aucune poignée intérieure : impossible de l'ouvrir. Il allait frapper lorsqu'une voix sortit d'un haut-parleur encastré dans le plafond. Celle de Swetlana Zorine.

– Malko, vous vous trouvez maintenant dans un de nos centres d'interrogatoires du Septième Directorate, annonça-t-elle, reprenant le vouvoiement. Personne ne sait que vous y êtes. Officiellement, vous avez été kidnappé ce soir par des inconnus, à la sortie du restaurant *Olymp* après un rendez-vous avec un personnage suspect qui a été assassiné, Saïd Ghanari.

« Si on interroge les témoins, c'est ce qu'ils diront.

– Vous êtes folle! explosa Malko, je suis ici en mission officielle.

Le haut-parleur lui renvoya un rire métallique.

– Bien sûr! D'ailleurs seules trois personnes sont au courant de ce qui s'est réellement passé ce soir. Même le Second Directorate aura une autre version.

– Cela peut vous coûter cher, observa froidement Malko.

– Mes chefs savent ce qu'ils font, dit-elle sèchement. De toute façon, vous avez rompu l'accord qui vous liait au KGB en ne divulguant pas des informations de première importance pour la sécurité de l'Etat. Nous reprenons donc notre liberté.

– Ce qui veut dire?

– Vous allez être interrogé sur ce que vous savez. Je vous conseille vivement de le dire. Sans fioritures inutiles. Nos spécialistes ont tout le temps et la technique nécessaires pour vous faire avouer.

– John Packard va faire un scandale.

Un bref silence, puis la voix douce de Swetlana fit suavement :

– Vous vous souvenez de ce trafiquant arménien disparu à Moscou il y a six mois? Personne ne l'a encore retrouvé...

Clac. La conversation était interrompue. Malko s'assit sur une chaise pour réfléchir. Que pouvait-il dire au KGB? Tout à propos de Saïd Ghanari. Mais le reste? L'adresse de la rue Ruzakowskaya? C'était le seul fil conducteur qui lui restait et il ne l'abandonnerait qu'en tout dernier ressort. Il reconstitua ce qui avait dû se passer. Alona, candide, avait parlé de lui à quelqu'un – son copain peintre ou un autre – qui avait établi le lien entre le riche étranger amateur d'œufs laqués et l'agent de la CIA lancé aux trousses d'Ali Jafar.

Comme l'information ne pouvait venir que du Tunisien, on avait décidé de le faire taire définitivement... C'étaient les mêmes tueurs qui s'étaient déjà attaqués une fois à Malko.

Le haut-parleur grésilla. De nouveau la voix suave de Swetlana.

– *Tovaritch* Malko, demanda-t-elle doucement, êtes-vous décidé à nous dire où se trouve Ali Jafar?

– Je l'ignore, répliqua Malko au micro invisible.

Quelques secondes de grésillement puis la voix de la jeune Soviétique, toujours aussi suave :

– Dans ce cas, l'interrogatoire commencera dans une heure. Le temps de quelques préparatifs techniques. Bonne nuit.

Malgré tout, le picotement de la peur hérissa le dessus de ses mains. Son cauchemar de toujours se réalisait : être tombé aux mains du KGB. Pieds et poings liés. Dans le pays où le KGB *était* la Loi.

Igor Vartanian venait de se coucher dans une des chambres du *Rossiya* avec une des petites putes qui draguaient au bar lorsque son téléphone sonna. Peu de gens avaient ce numéro et cet appel en pleine nuit n'annonçait rien de bon... Il décrocha et reconnut aussitôt la voix rugueuse de Vladimir Timochek. Ce qu'il lui apprit le désintéressa instantanément du sexe, en dépit des efforts méritoires de sa partenaire.

– J'arrive, fit-il.

Il se rhabilla, posa un billet de cinquante dollars sur la table et fila. Un taxi le conduisit chez lui, dans une petite rue derrière l'Arbat. La vieille Volga qui avait servi un peu plus tôt à l'expédition du Parc Olympique était garée dans la cour, ses plaques déjà changées. Vladimir Timochek surgit de l'ombre, le bonnet de laine à la main, humble et inquiet. Ils gagnèrent le petit appartement de Vartanian, encombré de tableaux, d'objets d'art, de tapis, et même de bidons d'essence. L'ancien lutteur lui raconta alors l'échec de leur mission.

Igor Vartanian tiraillait sa moustache à l'arracher... C'était encore pire que ce qu'il imaginait. Pour la première fois de sa carrière, il avait le KGB à ses trousses et pas pour des broutilles qu'on pouvait arranger avec un bon backchich. Atteinte à la Sûreté de l'Etat socialiste, c'était, au mieux, le camp de travail à régime sévère pour plusieurs années, au pire le peloton d'exécution... Il maudit son ami Ter Petrossian qui l'avait entraîné dans cette galère en lui faisant miroiter un avenir radieux, lorsque *ses* amis auraient pris le pouvoir. Igor Vartanian deviendrait alors intouchable... Et ce salaud dormait dans la planque qu'il lui avait trouvée. Bien au chaud.

– *Karacho!* Va te faire oublier, dit-il d'une voix lasse à Timochek. Tu n'as pas fait de bêtises. Mais la prochaine fois, ne le rate pas.

Le lutteur kirghise grimaça un sourire affreux, faisant de ses deux mains énormes le geste de dévisser la tête d'un adversaire. Puis il s'éclipsa, en route pour une de ses innombrables planques. Pour l'instant, il partageait le studio d'un retraité qui n'avait que soixante-dix roubles pour vivre. Un cabane en bois sans chauffage au fond d'un jardin, mais cela valait mieux qu'une cellule au 38 de la rue Petrovka...

Igor Vartanian alluma une cigarette, la main posée machinalement sur le téléphone. Il possédait le numéro personnel de son contact au KGB, l'homme à qui il procurait des devises. Celui-ci, s'il se décidait à bavarder, le KGB ne mettrait que quelques minutes à arriver pour s'emparer des gens qu'il cachait. Mais ensuite? Vartanian serait forcément interrogé et même son copain ne pourrait pas le protéger dans une affaire aussi grave.

Donc, il était obligé de continuer jusqu'au bout, tout en se maudissant de s'être laissé entraîner dans cette galère. Seulement, sans sa logistique, cette opération n'aurait pas pu avoir lieu. Maintenant, il était temps qu'il pense à lui. Et un nouveau problème se posait! L'agent des Américains qui recherchait Ali Jafar était toujours vivant et avait parlé au Tunisien. On ignorait ce que ce dernier avait pu lui apprendre, mais au minimum, il connaissait l'adresse de la rue Ruzakowskaya.

Il y avait donc deux choses à faire : d'abord évacuer le Palestinien qui dormait dans la chambre voisine et lui trouver une autre planque. Ensuite, tendre un piège à l'Américain pour l'éliminer définitivement, si c'était nécessaire. Vartanian pensa à une des chambres du

Rossiya qu'il louait à l'année. Même s'il y avait des miliciens et des mouchards à l'hôtel, c'était encore l'endroit le plus sûr, à condition que son pensionnaire ne sorte pas de sa chambre. Il écrasa sa cigarette et se leva avec un soupir.

Sa nuit n'était pas terminée.

– Ne bougez pas!

Malko aurait bien été empêché de le faire. Deux énormes malabars le maintenaient sur une des chaises métalliques où on l'avait sanglé, pour qu'il ne puisse pas bouger d'un centimètre. On lui avait ôté sa veste et la manche gauche de sa chemise était relevée. La femme entre deux âges au visage indifférent qui tenait la seringue emplie d'un liquide jaunâtre lui pressa l'avant-bras pour faire saillir une veine et d'un coup sec enfonça l'aiguille en biais. Il en éprouva une légère brûlure puis immédiatement, une sensation plutôt agréable de chaleur tandis que le liquide pénétrait dans son sang.

La seringue vide, l'infirmière la retira avec le même geste professionnel et quitta la pièce sans un regard pour lui.

Déjà, il avait l'impression que son corps se consumait de l'intérieur. Que lui avait-on injecté? Il savait que le KGB avait depuis longtemps renoncé à des méthodes brutales d'interrogatoire pour des procédés beaucoup plus sophistiqués. La chaleur atteignit sa tête. Il avait du mal à la maintenir droite. En face, un homme, vêtu d'une blouse blanche, surveillait un chronomètre, indifférent. Malko luttait. Une pensée déprimante le traversa avant qu'il ne bascule dans l'inconscience.

Après un tel traitement, les Soviétiques n'oseraient jamais le rendre à la CIA. Dans le bâtiment qu'on lui avait fait traverser, il avait aperçu un four crématoire. C'est là qu'il allait terminer sa carrière, une fois que ses interrogateurs se seraient rendu compte qu'il ne savait rien.

CHAPITRE XIII

D'abord, Malko se demanda où il se trouvait, sans angoisse excessive. Il bougea les membres facilement, ouvrit les yeux, mais sur une obscurité totale. Il ne se sentait pas mal, simplement la tête légère. Il lui fallut un moment pour réaliser qu'un masque était posé sur son visage, englobant la bouche et le nez. Il le tâta, essaya de l'arracher. En vain, il était fixé par des sangles attachées sur sa nuque. Il étendit le bras, toucha une paroi souple, comme une peau. Une seconde, il se dit qu'il était dans le ventre d'une baleine. Il tenta de se redresser et l'espèce de poche dans laquelle il était enfermé se déplaça, doucement, de toute évidence immergée dans un liquide.

Il eut l'impression de couler, de s'enfoncer dans un abîme, dont il ne sortirait jamais. En se débattant, il voulut chercher une ouverture, ne la trouva pas, se cogna la tête. Ce mouvement déséquilibra la nacelle souple qui l'entourait et elle plongea vers un fond qu'il n'imaginait pas.

Cette sensation déclencha chez lui une panique irraisonnée. Il essaya de crier, mais le masque l'en empêcha. Roulant sur lui-même, il se débattit encore quand même sans savoir pourquoi. Il n'avait plus aucun point de repère et se sentait devenir fou. Peu à peu, les souvenirs lui revinrent. Ali Jafar, Swetlana, puis le long couteau taché de sang. Enfin, une voix qu'il n'identifiait pas et qui disait « Où est Ali Jafar? » Il ferma les yeux et immédiatement, un violent vertige le terrassa. Il avait envie de vomir, il se sentait horriblement mal. La nacelle recommença à tourner sur elle-même, puis à plonger vers un fond qu'elle n'atteignait jamais.

Il hurla, ce qui ne provoqua qu'un grognement à peine audible.

Des images multicolores et violentes se bousculaient devant lui. Des hallucinations horribles. Des monstres inimaginables qui se préparaient à le déchirer. Pris de panique, il se recroquevilla et rouvrit les yeux. Les images continuaient à imprégner sa rétine et dans le noir qui l'entourait, il lui sembla voir les dents terrifiantes d'un requin. Puis, quelque chose de doux et de visqueux le frôla. Sa peau nue en frissonna tandis que l'abominable sensation gagnait sa nuque... Il se prit le cou à deux mains, avec la sensation qu'un serpent était enroulé autour, froid et visqueux à la fois.

– Au secours!

Il déchirait le serpent, en jetait les lambeaux loin de lui. Puis il perçut une sensation de brûlure et réalisa que c'était son propre cou dont il arrachait la peau... Au même moment, les hallucinations disparurent. Il n'eut pas le temps de savourer son repos. Un froid glacial montait en lui. Il se mit à bouger les bras et les jambes, pour se réchauffer. Jusqu'à ce qu'il comprenne que le froid venait de lui, à l'intérieur.

Cette idée le paralysa. Il n'était pas enfermé dans un bloc de glace, il était en train de se transformer en glace lui-même. Il sentait le froid partir de ses pieds, gagner son bassin, puis sa poitrine. Quand cela arriva à la tête, il chercha désespérément une pensée réconfortante et, finalement, perdit connaissance, se disant qu'il mourait.

– Vous êtes certain d'arriver à un résultat?

Le visage sévère du général Alexei Fedorovitch Fanganov était encore plus glacial que d'habitude. Ses yeux noirs étaient plantés dans ceux du technicien du Département 8 comme des lasers. Ce dernier avala sa salive.

– *Tovaritch* général, nous avons toujours eu d'excellents résultats avec cette nouvelle méthode. Evidemment, c'est un peu fatigant pour le cœur et l'angoisse que nous provoquons artificiellement peut déclencher une accélération du rythme cardiaque telle que le cœur lâche...

« Jusqu'ici, nous ne sommes pas encore dans la zone rouge. Nous n'avons pas dépassé 140. Ce sujet-là est en excellente forme physique, un accident est peu probable.

L'officier du KGB regarda l'énorme cuve de dix mètres de diamètre qui ressemblait à une mini-piscine. Au milieu, flottait une nacelle en polyvynil transparent à travers les parois de laquelle on apercevait le prisonnier relié à la surface par le tuyau de son masque. Les murs de la cuve étaient peints en noir pour l'empêcher d'avoir des points de repère. Ces locaux du Département 8 étaient interdits à tous, même aux plus hauts gradés du KGB, sans une autorisation délivrée par le général commandant le Premier Directorate, uniquement accordée à ceux directement intéressés par un cas traité là-bas.

– Qu'est-ce que vous lui faites exactement? demanda-t-il.

Le jeune médecin se rengorgea.

– *Tovaritch* général, c'est un double concept, dit-il d'un ton doctoral. D'abord, à travers le masque respiratoire, nous injectons un certain nombre de substances hallucinogènes. Pour simplifier, disons que cela va d'un dérivé du LSD à la mescaline et à d'autres produits de synthèse. Chacun produit un effet spécifique. Le sujet se sent en proie à différents troubles de la personnalité et éprouve des hallucinations sensorielles tellement fortes qu'il les croit réelles.

– Mais la cuve?

– Un élément supplémentaire de déstabilisation. Le sujet ne sait plus où il se trouve. C'est la reproduction d'une poche fœtale dont nous pouvons graduer la température à volonté. Peu à peu, le sujet perd tout contact avec la réalité.

Le général Fanganov hocha la tête, impressionné. Il

savait que le KGB possédait de nouvelles techniques d'interrogatoire très sophistiquées, mais ne les avait jamais vues à l'œuvre.

– *Karacho, karacho!* apprécia-t-il. C'est très ingénieux. Mais comment obtenez-vous des aveux?

Le technicien sourit modestement.

– Dans un quart d'heure, je sortirai le sujet de la cuve. Il aura perdu la notion du temps mais gardé une perception horrible de ce qui vient de passer. Il fera n'importe quoi pour ne pas y retourner. Donc, répondra aux questions.

– Et s'il n'y répond pas?

– On recommence. Jusqu'à ce qu'il cède, devienne fou ou que son cœur lâche. Incident qui arrive très rarement. Malheureusement, on ne peut appliquer ce traitement qu'aux gens en bonne santé.

Regrettable lacune.

– Très bien, conclut le général Fanganov. Remontez-le.

De nouveau, la piqûre. Malko ouvrit les yeux, distingua des silhouettes floues qui, peu à peu, prirent consistance. La « piqueuse », un homme barbu assez jeune, en blouse blanche, et un troisième en civil, un bloc sur les genoux. Une caméra de télévision était braquée sur lui, comme un gros œil froid. Il avait un mal fou à mettre de l'ordre dans sa tête. Rien que de repenser à ce qu'il venait de subir lui donnait la chair de poule.

– *Gospodine* Linge, commença le civil d'une voix douce et mesurée, nous avons impérieusement besoin de bavarder avec vous. Etes-vous d'accord?

Malko essaya de répondre, mais sa langue semblait énorme dans sa bouche. Il se souvint du serpent visqueux et frissonna. L'interrogateur enchaîna.

– Il faut nous dire où se trouve un certain Ali Jafar. C'est très important pour l'Etat soviétique. Nous savons que vous détenez cette information. Donc, il est inutile de perdre du temps.

Sa vision était plus claire. Malko avala sa salive.

– Depuis combien de temps suis-je ici?

– Trois jours. Voulez-vous parler?

– Je ne sais pas où se trouve Ali Jafar.

L'interrogateur tapota son bloc avec l'extrémité de son crayon terminé par une gomme.

– Camarade, reprit-il d'un ton agacé, si vous êtes assez stupide pour ne pas répondre, nous allons être obligés de reprendre le traitement. Pour plus longtemps cette fois.

Malko eut l'impression que son cœur se recroquevillait dans sa poitrine. Il protesta d'une voix plus forte.

– Je vous dis que je ne le sais pas...

– Vous n'ignorez pas qui vous attend...

Et l'interrogatoire continua, avec les mêmes inlassables questions. Sur Ali Jafar, ses liens avec la CIA, sa planque à Moscou.

Malko souffrait mille morts. Répondant automatiquement les mêmes choses. Soudain, l'interrogateur rabattit sa feuille de papier, visiblement agacé par cette résistance inattendue.

– Bien! fit-il. Vous n'avez pas encore compris. Renvoyez-le au traitement.

Cette fois, il fallut trois hommes pour immobiliser Malko pendant que l'infirmière faisait la piqûre. On l'emmena, hurlant, se débattant, jusqu'à ce que la drogue commence à agir. En proie à une panique incontrôlable.

Le général Alexei Fanganov referma l'écran de télé à travers lequel il avait assisté à l'interrogatoire et consulta sa montre. Il avait juste le temps d'aller prendre son petit déjeuner comme prévu au ministère de la Défense. Avant de partir, il lança dans le micro :

– Il me faut absolument des résultats pour ce soir.

La secrétaire de John Packard refit pour la vingtième fois le numéro de la chambre de Malko au *Meshdunarodnaya*. Cela sonnait dans le vide. Le chef de station sentait l'angoisse l'envahir. A peine revenu de Paris, il avait appris en débarquant de l'Airbus d'Air France que Malko n'avait pas donné signe de vie de tout le week-end... Il rappela à son domicile, par acquit de conscience, sans plus de résultat.

– Je vais au *Meshdu,* annonça-t-il à sa secrétaire.

Dix minutes plus tard, il donnait un dollar à la baba de l'étage et se faisait ouvrir la porte de la chambre de Malko. Son cœur fit un bond dans sa poitrine : le lit n'était pas défait... Il inspecta rapidement la chambre, sans rien trouver et repartit, plus angoissé que jamais. A peine à l'ambassade, il demanda audience à l'ambassadeur qui le reçut entre deux portes. Le diplomate fut catastrophé par la disparition de Malko et, en même temps, fit remarquer judicieusement, avec un bon sens très diplomatique :

– Mr. Linge n'est pas américain, je ne peux même pas protester officiellement. Vous devriez utiliser vos propres canaux.

Tordu d'angoisse, John Packard s'empara du téléphone. D'abord le général Fanganov. Hors de Moscou. Puis deux autres contacts qu'il avait au KGB depuis la Perestroïka. Pas plus de résultat. Enfin, il se résigna à appeler le général Kotov, responsable des étrangers vivant à Moscou, qu'il ne connaissait pas personnellement, et à qui il expliqua le cas :

Un citoyen autrichien travaillant sur un problème intéressant à la fois le State Committee et la CIA avait disparu.

Le général Kotov se fit communiquer tous les éléments et promit de le rappeler.

John Packard annula un déjeuner et se fit monter des sandwiches de la cafétéria de l'ambassade. Le téléphone sonna à deux heures et demie. Le général Kotov en personne. Très aimable.

– J'ai fait procéder à une enquête approfondie, annonça-t-il. C'est mon homologue de la Milice, le général Bogdanov, qui m'a donné une information intéressante. Dimanche soir, il y a eu un incident inexpliqué près du restaurant *Olymp* dans le parc olympique. Une bagarre. Un étranger, un Tunisien, a été tué d'un coup de couteau, et d'après le milicien de garde devant le restaurant et d'autres témoins, un client du restaurant aurait été enlevé dans une Volga noire qui n'a pu être retrouvée. Si vous désirez en savoir plus, adressez-vous de ma part 38 rue Petrovka, au major Constantinov.

John Packard n'en revenait pas.

– Comment, il y a eu un étranger impliqué et vous, KGB, n'êtes pas intervenu...

Le général Kotov éclata de rire.

– Ça, c'est la théorie, *tovaritch* Packard... Un jour, si les bureaucrates le veulent bien, ce dossier atterrira sur mon bureau.

A peine eut-il raccroché, John Packard bondit vers l'ascenseur. L'estomac noué. Il ignorait tout de ce dîner à l'*Olymp*. Par contre, le meurtre d'un Tunisien ne pouvait pas être une coïncidence. Il mit à peine dix minutes à rejoindre la rue Petrovka, toujours encombrée. Le major Constantinov le reçut immédiatement et lui offrit du thé. Un gros dossier trônait devant lui.

– C'est une affaire curieuse, remarqua-t-il. Si vous pouviez nous apporter quelques éclaircissements?

Un comble! John Packard s'étranglait de rage muette. Complaisamment, son vis-à-vis lui offrit les pièces du dossier. Les témoignages du milicien, des chauffeurs de taxi, de clients du restaurant. Tout concordait. Malko avait été enlevé par deux individus qui avaient assassiné le Tunisien. Il rendit le dossier, laissa sa carte et sortit du QG de la Milice avec une quasi-certitude.

Malko avait été enlevé par le KGB. Sinon, étant donné les lenteurs de la bureaucratie soviétique, jamais le dossier n'aurait été aussi complet, rue Petrovka, quelques heures après les faits... Rongeant son frein, il regagna son bureau.

Deux heures plus tard, il tenta en vain de joindre le général Fanganov. Fou de rage, il rappela le général Kotov, qui se montra toujours aussi aimable.

– Général, prévint John Packard, cette conversation est purement officieuse. Je tiens à vous dire que je ne suis pas dupe de cette comédie. Un de vos services a kidnappé Mr. Malko Linge pour une raison que j'ignore encore. Je vous rends responsable de ce qui pourrait lui arriver. Et je vous rappelle que nous disposons d'importants moyens de rétorsion.

Il raccrocha, sans laisser au général soviétique le temps de répondre. Ensuite, il commença à dicter un mémo à Langley, concernant l'opération « Aigle à deux têtes ». Souhaitant sans trop y croire que ses menaces impressionnent le KGB. La Sécurité de l'Etat était en jeu et on ne plaisantait pas avec cela. On l'avait envoyé promener, mais il se dit que dans un cas semblable, lui-même, à la place des Soviétiques, aurait agi exactement de la même façon, ce qui n'était guère encourageant.

Ali Jafar avait beau avoir rasé sa moustache et se fondre dans la foule, il n'était pas rassuré. La ville grouillait de miliciens sans compter les indicateurs du KGB. Heureusement, à l'hôtel *Rossiya*, il y avait une flopée de « basanés » : Ouzbeks, Tadjiks, Azeris, Turkmines – et rien ne ressemblait plus à Ouzbek ou à un Tadjik qu'un Palestinien.

Il partit à pied, longeant la façade aveugle du Goum pour gagner la station de métro Marksa. C'était la première fois qu'il mettait le nez dehors, depuis son « transfert » en pleine nuit. Serré dans la foule d'un wagon de métro, il se sentit un peu plus confiant. Il changea une fois et descendit à la station Kourskaya desservant la gare de Koursk où arrivaient tous les trains du sud de l'Union soviétique : Tbilissi, Erevan, Bakou. Bien que l'avion ne soit pas cher, beaucoup de gens empruntaient encore le train, en dépit des soixante heures de trajet quand tout allait bien. Pour deux raisons : on pouvait emporter beaucoup plus de choses qu'en avion, et il n'y avait aucun contrôle de la Milice ou du KGB. Dans l'avion, il y avait des portiques magnétiques et on réclamait le passeport intérieur.

L'escalier mécanique le déposa dans l'énorme hall central encombré de marchands de beignets, de saucisses, de posters. Il continua jusqu'à la salle d'attente où des centaines de voyageurs patientaient passivement : les trains avaient habituellement entre quatre et huit heures de retard... Une foule abêtie et moutonnière. Ali Jafar consulta le tableau des arrivées. Le train d'Erevan était prévu à 14 h 30 avec seulement six heures de retard. Une neige fine tombait et il se réfugia sous l'auvent du quai 2. Quelqu'un lui frappa sur l'épaule et il décolla presque du sol. Ter Petrossian avec sa bonne boule d'Arménien.

– Tu es bien nerveux, Ali, remarqua l'Arménien avec un sourire en coin.

L'autre grommela une injure.

– Tu le serais aussi si tu avais au cul la rue Petrovka et la place Dzerzinski.

Ter Petrossian émit une sorte de gloussement.

– Il ne fallait pas déconner. Même dans ce pays de merde, ils n'aiment pas qu'on zigouille les putes. A propos, tu as l'argent?

– Oui.

– OK. Voilà notre train.

Le long convoi de wagons verts entrait en gare. Ter Petrossian se mit à guetter son cousin dans la foule qui coulait des wagons comme un fromage trop fait. Des hommes et des femmes surchargés de paquets, véritables baudets. Il se sentait quand même nerveux. Dans ce magma, il devait bien y avoir quelques indics de la Milice et du KGB. Instinctivement, il s'éloigna d'Ali Jafar. Si celui-ci se faisait piquer, il ne le connaissait pas. L'autre, abrité derrière un pilier, faisait peine à voir. Ter Petrossian commençait à être inquiet. Et s'il était arrivé quelque chose à son cousin pendant le trajet? Il y avait quand même quelques contrôles... Les miliciens étaient toujours à la recherche de vivres à confisquer. Soudain, il aperçut dans l'avant-dernier wagon un homme courtaud, massif, la bouille toute ronde, en train de faire passer deux énormes valises par la fenêtre. Il se retourna vers Ali Jafar.

– Viens, le voilà.

Ali Jafar avança de mauvaise grâce. Ter Petrossian serrait déjà son cousin dans ses bras. L'autre lui arrivait à l'épaule : aussi large que haut. Il soupira :

– Qu'est-ce que c'est lourd...

– Voilà mon copain Ali, présenta Petrossian. Mon cousin, Babkenovitch.

Ils se serrèrent mollement la main. Puis, Ter Petrossian empoigna une des deux valises et Ali Jafar aida le cousin à porter la sienne. Ils se mêlèrent à la foule. En théorie, il n'y avait pas de contrôle, mais les valises pouvaient toujours attirer l'attention... Ils traversèrent les salles d'attente bondées puis le hall, et s'engagèrent dans l'escalier roulant menant au sous-sol. Ali Jafar, essoufflé, demanda :

– On les laisse ici?

– Non, il peut y avoir des contrôles. A Komsomolskaya.

Ils respirèrent lorsqu'ils se retrouvèrent sur le quai du métro. Trois stations, puis les vertigineux escaliers de la station Komsomolskaya. Une vraie cathédrale. Ils débouchèrent enfin au niveau -1, là où se trouvaient quelques boutiques et les consignes. A gauche, manuelles, à droite, automatiques. Babkenovitch entra dans le second local et repéra un énorme casier où il enfourna d'abord une valise, puis dans le voisin la seconde.

Il retira soigneusement les clefs après avoir glissé deux pièces de 20 kopeks, puis les mit dans sa poche et se frotta les mains.

– Si on allait terminer tout ça autour d'un thé? proposa-t-il.

Ali Jafar lui jeta un coup d'œil inquiet.

– Tu laisses ça là?

L'autre le regarda, étonné.

– Oui, pourquoi? Personne ne va aller ouvrir, non...

Ils quittèrent la station de métro de la gare, gagnant en face un « café » où on dégustait debout des boissons infâmes, quasiment jetées à votre tête par une serveuse revêche. Ils se regroupèrent autour d'un tabouret. Le cousin de Ter Petrossian jeta un regard perçant à Ali Jafar.

– Tu as l'argent?

– Oui.

– Donne.

– Mais...

– Je te donne les clefs en échange. Pour moi c'est fini.

Ali Jafar se rebella.

– Non, mais cela ne va pas... Je n'ai rien vu! Qu'est-ce qui me dit que c'est en bon état?

– Moi, je te le dis, fit simplement Babkenovitch. Nous sommes des gens sérieux. J'ai tout vérifié avant le départ. Maintenant, si tu n'en veux plus, je trouverai des acheteurs. Quand je pense qu'une simple Kalach vaut six mille roubles... Alors mes trucs, c'est de l'or en barre.

– Tes trucs, personne n'en voudra! coupa Ali Jafar, furieux.

Le silence retomba. Puis, à contrecœur, il sortit de sa poche une grande enveloppe en papier kraft. Ter Petrossian s'en empara aussitôt et disparut en direction des toilettes. Il reparut, radieux, quelques instants plus tard.

– Tout est en ordre.

Son cousin sortit les deux clefs de consigne de sa poche et les poussa à travers la table.

– Voilà, bonne chance.

Ali Jafar se pencha, l'œil noir.

– Si jamais il y a une merde, fit-il, je te retrouverai et je te les couperai pour te les faire bouffer...

L'autre tapa joyeusement sur la poche où il avait mis l'argent.

– Elles auront le goût de l'or, camarade! Tu sais où me trouver. Ulica Gavrochka 43, Erevan. Je reprends le premier avion, avec mon bel argent. (Il se pencha en avant sur le ton de la confidence.) Mais si tu viens, fais gaffe! Nous les Arméniens, on coupe les couilles aux Arabes. Mais juste pour nourrir nos cochons...

Sur un grand éclat de rire, il quitta la table. Ali Jafar était blanc comme un linge. S'il avait pu, il lui aurait ouvert la gorge sur-le-champ. Penser qu'il avait besoin de salauds pareils! Ter Petrossian souriait jaune. Dans le business, il ne faut jamais faire état de ses opinions.

– Fais pas attention, dit-il, il aime bien plaisanter.

– J'espère que ses trucs sont en bon état, grommela

le Palestinien. Sinon, c'est à toi que je couperai les couilles.

Ali Jafar était quand même satisfait. Il ne restait plus comme ultime préparation que la mise en place du matériel.

Le jeune médecin barbu posa son stéthoscope sur la poitrine de Malko, inquiet. Le cœur, après que le pouls était monté à 170, donnait des signes de faiblesse. La seconde immersion s'était très mal passée. Dans des circonstances normales, il aurait arrêté immédiatement. Seulement, les ordres du général Fanganov étaient impératifs et il n'avait pas le choix. Pourtant, en son for intérieur, le technicien avait l'impression qu'il faisait fausse route. Si le torturé avait su ce qu'on lui demandait, il aurait avoué depuis longtemps.

Il échangea un coup d'œil avec l'infirmière qui souleva la paupière de leur victime. Son regard était éloquent. Même l'interrogateur semblait désemparé. Sa victime ne réagissait même plus. Sauf quand on parlait de le replonger dans l'horreur. Il se pencha vers lui et dit :

– Si tu ne parles pas cette fois, tu vas y rester.

Malko n'eut même pas le réflexe de répondre. Il bandait toute sa volonté pour combattre la panique qui l'envahissait déjà.

L'interrogateur regarda sa montre. Il avait faim. Si on ne commençait pas tout de suite, il n'y aurait plus de saucisse à la cantine.

– Allez-y, fit-il. Il l'a voulu.

L'infirmière remplit sa seringue, sachant très bien ce qu'il en était. L'inconnu qu'ils interrogeaient allait leur claquer entre les doigts.

CHAPITRE XIV

Depuis deux heures, John Packard travaillait sur un terminal d'ordinateur relié à Langley. Les messages n'avaient pas arrêté entre la Centrale et la station de Moscou depuis son retour de la rue Petrovka. L'évaluation finale de Langley était la même que la sienne : le KGB, pour une raison qu'ils ignoraient encore, avait pris le risque d'enlever Malko, persuadé qu'il en savait beaucoup plus que ce qu'il avait prétendu. C'est-à-dire le nom des Soviétiques impliqués dans le complot contre Mikhaïl Gorbatchev. A partir de là, il n'y avait pas beaucoup de bonnes hypothèses. Après l'avoir interrogé, il leur était difficile de le libérer. Il risquait donc de terminer dans une baignoire d'acide, ou comme Paul Wallengerg (1) de disparaître à jamais dans les derniers îlots de l'Archipel du Goulag.

La CIA, hélas, n'avait que peu de moyens de pression sur le KGB. Toute démarche diplomatique normale était inutile. Les menaces n'auraient pas grand effet, quant aux actions légales, c'était tout simplement du rêve.

C'est à force de ruminer ces sombres pensées que John Packard avait eu une idée. Ce n'était pas le succès assuré, mais cela méritait un essai. Et dans les plus brefs délais. Langley, consulté, avait donné son feu vert avec

(1) Diplomate suédois kidnappé par les Soviétiques en 1945 et jamais revu.

enthousiasme et débloqué le code d'accès des informations classées « eye only » au chef de station de Moscou.

En bras de chemise, celui-ci s'était attaqué à son travail de fourmi. Vérifiant et revérifiant ses éléments, après avoir affiné son résultat. Une seule erreur et sa manœuvre se retournerait contre lui et scellerait le sort de Malko...

Une ultime fois, il récapitula les faits en sa possession.

Ensuite, il appela Langley sur son téléphone protégé et leur dévoila son plan définitif. Cinq minutes plus tard, un message également codé lui donnait carte blanche. Il se servit un verre de Johnny Walker Carte noire, avec juste de la glace – toute eau minérale étant introuvable à Moscou –, laissa l'alcool le réchauffer et lui insuffler une certaine euphorie, puis décrocha son téléphone.

Le général Alexei Fanganov était toujours en déplacement...

La secrétaire du général Kotov s'excusa avec une politesse exquise : le général venait d'être appelé au Kremlin.

Deux autres contacts s'avérèrent tout aussi décevants. John Packard se mit à transpirer : il n'avait pas pensé à un tel barrage. Et pourtant, il fallait joindre ses homologues soviétiques de toute urgence. Faisant tourner les glaçons dans son verre vide, il réfléchissait à se faire péter le cerveau. Comment entrer en contact avec le KGB? Il ne pouvait quand même pas aller sonner place Dzerzinski.

Soudain, repensant à une coupure de presse récente, il eut une illumination.

– Rose, cria-t-il, trouvez-moi *les Nouvelles de Moscou* d'il y a quinze jours.

La secrétaire revint quelques instants plus tard avec le numéro demandé qu'il feuilleta fiévreusement, trouvant en page huit ce qu'il cherchait. Il ne restait plus qu'à téléphoner au 224 48484.

On répondit à la troisième sonnerie.

– Ici, le colonel Igor Proline.

– Colonel, interrogea John Packard, vous êtes bien l'officier en charge des relations publiques du KGB?
– *Da*, répondit le Soviétique. Qui êtes-vous?
– Je suis John Packard, annonça l'Américain. Chef de station – rezident – de la Central Intelligence Agency à Moscou.
Il y eut un blanc à l'autre bout du fil. Visiblement, l'officier soviétique ne s'attendait pas à un tel interlocuteur. Puis, il se reprit et demanda d'une voix plus respectueuse :
– Que puis-je faire pour vous, *gospodine* Packard?
– Je suis en possession d'une information extrêmement importante concernant la Sécurité de l'Etat et j'aimerais la communiquer à votre hiérarchie, annonça paisiblement l'Américain.
Silence. Le Soviétique se demandait s'il n'avait pas affaire à un fou ou à un plaisantin... Il se força pourtant à questionner d'une voix courtoise :
– Pouvez-vous me dire de quoi il s'agit exactement, *gospodine* Packard?
– Certainement. Un de vos services, le Directorate Sept, je crois, est en train d'enquêter sur un projet d'attentat contre Mikhaïl Sergueïevitch Gorbatchev. Préparé par des étrangers et des Soviétiques d'un très haut niveau, appartenant à vos Organes.
Il mettait volontairement les pieds dans le plat pour être certain que le colonel Proline répercuterait leur conversation.
L'officier du KGB s'étrangla.
– C'est une provocation, *gospodine*? Je ne peux continuer cette conversation. Qui êtes-vous? D'où appelez-vous?
– Je vous ai dit qui j'étais, répliqua l'Américain avec sécheresse. Voilà mon numéro, ma ligne directe privée : 205 8409. Vos services la connaissent d'ailleurs, c'est eux qui l'ont installée. Faites-moi rappeler par un responsable le plus vite possible. Il s'agit d'une question de vie ou de mort. Et je ne vous conseille pas de manger la consigne. Les conséquences pour vous risqueraient d'être très lourdes...
Il raccrocha sans laisser le temps à son interlocuteur

de placer un mot. Le colonel Igor Proline devait déjà être pendu à son *vatrouchka* (1).

Il se reversa sur ses glaçons une rasade de Johnny Walker et tenta de se plonger dans la lecture de *Sports Illustrated*, pour tuer le temps.

La ligne directe de John Packard sonna exactement douze minutes plus tard. La voix presque chaleureuse du général Alexei Fanganov lui annonça :

– Je reviens des environs de Moscou. On m'a fait part d'un appel de quelqu'un se faisant passer pour vous, qui racontait des choses bizarres...

– C'est moi qui ai appelé, confirma John Packard. Et il ne s'agit pas de choses bizarres. Nous avons effectivement découvert le « correspondant » soviétique d'Ali Jafar. Celui qui a passé la commande de l'attentat projeté contre Mikhaïl Gorbatchev.

– Ah bon! Et qui est-ce?

Il était quand même gonflé! John Packard conserva son calme.

– Je serais ravi de vous en dire plus, de vive voix.

Silence. Puis le général du KGB proposa :

– Voulez-vous venir place Dzerzinski?

– Et pourquoi pas ici?

– Cela... m'est difficile, avoua le Soviétique.

– Eh bien, un terrain neutre, proposa le chef de station de la CIA. Que diriez-vous du bar de l'hôtel *Savoy*?

– Quand?

– Le temps de vous y rendre.

Le général Alexei Fanganov était déjà dans le bar désert du *Savoy* lorsque John Packard y pénétra. Le Soviétique avait dû venir à pied de la place Dzerzinski. Il était accompagné d'un homme qu'il présenta comme Illitch Louvienko, sans préciser ce qu'il faisait. Pour une affaire aussi importante, il avait dû demander

(1) Téléphone gouvernemental.

l'assistance de quelqu'un de la ligne KR chargée du contre-espionnage. Les deux Soviétiques dissimulaient une grande nervosité sous un aspect bonhomme. Ils attendirent que le barman se soit éloigné avec leur commande pour entamer la conversation.

John Packard adressa à ses vis-à-vis un chaleureux sourire.

– Général, dit-il sans préambule, je vais vous proposer un deal. Je possède le nom du Soviétique qui a recruté Ali Jafar. Il s'agit d'un officier supérieur. Je vous en apporte en même temps les preuves. En échange de cette information, j'exige que vous relâchiez immédiatement Mr. Malko Linge.

Le général soviétique protesta :

– Mr. Linge n'a pas été arrêté par nos services. Ni d'ailleurs par aucun organe de sécurité.

John Packard sentait la moutarde lui monter au nez. Il se pencha vers les deux hommes, l'air mauvais.

– Non, il a été *kidnappé* et vous essayez de le faire parler. Seulement, l'information que je possède, il ne la connaît pas. Car Ali Jafar l'avait donnée à son officier traitant de la CIA à Vienne. C'est vrai, nous vous avions menti. Nous avions une piste pour retrouver Ali Jafar à Moscou. Piste qui a disparu avec le meurtre de Saïd Ghanari.

– Pourquoi avoir observé cette conduite? ne put s'empêcher de demander le colonel Fanganov.

– Ordres de ma Centrale, laissa tomber John Packard. Il fallait vous amener les deux bouts de l'histoire.

« Alors, est-ce que mes informations vous intéressent?

Le silence se prolongea plusieurs secondes.

Visiblement le général soviétique était pris à contre-pied. Il passa machinalement la main sur ses cheveux ras et lança d'une voix moins affirmative :

– Je dois téléphoner.

Il se leva et disparut vers le vestiaire. Laissant Illitch Louvienko et John Packard se regarder en chiens de faïence. Cinq minutes plus tard, il revint s'installer en face du chef de station américain.

– Je suis autorisé à traiter avec vous, dit-il sans commentaires superflus. Je vous écoute.

John Packard secoua la tête.

– *Tovaritch* général, vous me prenez vraiment pour un con! Il s'agit d'une *rançon* que je vous verse. Avant, je dois avoir récupéré Mr. Linge. Vivant et pas trop abîmé, j'espère.

Le Soviétique eut un léger haut-le-corps.

– Mr. Packard, vous ne...

– *Bullshit!* lui lança l'Américain. Nous sommes dans le même business et j'en aurais probablement fait autant à votre place. Mais je ne veux pas me faire baiser, OK?

– Alors, que proposez-vous?

– Faites ramener Mr. Linge à l'ambassade. Je reste avec vous. Dès que j'aurai la certitude qu'il est bien vivant, je vous livre les informations dont vous avez besoin.

Re-silence. Puis le général se leva à nouveau, de plus en plus raide.

– Je dois rendre compte.

Nouvelle attente, avec comme seule distraction la contemplation des tables vides du restaurant, et du plafond peint. John Packard en était à sa sixième cigarette. Illitch Louvienko regardait les moulures dorées des murs, comme si c'était le buste de Lénine. Le général Alexei Fanganov revint, toujours aussi impassible.

– Pas à l'ambassade, dit-il. Dans sa chambre au *Meshdunarodnaya.*

John Packard hocha la tête.

– D'accord. Je vais envoyer ma secrétaire là-bas. Dès qu'elle l'aura vu, nous commençons à bavarder. Doit-il subir un traitement médical?

Le Soviétique fit comme s'il n'avait pas entendu. John Packard alla à son tour à la cabine téléphonique.

Un silence pesant régnait entre les trois hommes. Près d'une demi-heure s'était écoulée depuis le dernier coup de fil de John Packard. Toutes les tentatives de conversation avaient fait long feu. Le barman qui surgit du vestiaire les fit presque sursauter.

– *Gospodine* Packard?

Le chef de station de la CIA se rua sur le taxiphone décroché en face du vestiaire. La voix rassurante de Rose Simpson, sa secrétaire, lui mit du baume au cœur.

– Il vient d'arriver, annonça-t-elle. Deux hommes l'ont ramené.

– Comment est-il?

– Heu, pas brillant, mais j'ai pris sur moi d'amener le médecin de l'ambassade; il l'a examiné rapidement et n'a rien décelé de grave sauf une ingestion de diverses drogues dont l'effet va aller en s'atténuant. Pas la moindre blessure, même pas un bleu. Seulement quelques traces de piqûres.

– Les enfoirés, grommela John Packard. Restez avec lui.

Il regagna le bar, dissimulant sa satisfaction et se rassit. Les deux Soviétiques se jetèrent sur lui comme des vautours.

– Nous vous écoutons.

John Packard ouvrit sa serviette et en sortit un mince dossier. Il chaussa ses lunettes et commença à lire.

– Ali Jafar a été traité dans un premier temps par un de vos officiers du Premier Directorate. Un certain Major Vadim Droujinine, originaire de Bakou. Qui parle parfaitement arabe. A Beyrouth, de 1982 à 1984.

– Quelle était la nature de leurs rapports?

C'était Illitch Louvienko qui avait posé la question.

– A travers Ali Jafar, Droujinine apprenait les opérations secrètes de certains groupes palestiniens. Mais ce n'est pas tout. Droujinine avait une maîtresse libanaise, une certaine Leila Fatwa. Celle-ci était très exigeante. Alors il a eu besoin d'argent.

Il leva la tête. Les deux Soviétiques buvaient ses paroles. Il continua.

– C'est grâce à Ali Jafar qu'il en a gagné. En détournant certaines livraisons d'armes destinées à l'OLP vers des milices libanaises. Il suffisait au départ de gonfler la commande. Voilà comment les deux hommes se sont retrouvés complices.

« Leur activité s'est étalée sur plusieurs mois. Je pourrai vous communiquer une partie des livraisons avec leurs véritables destinataires.

Le général Alexei Fanganov avala sa salive et demanda d'une voix dominée à grand-peine :

– Et ensuite?

– Vadim Droujinine a quitté Beyrouth pour être nommé à Téhéran. Il est toujours resté en contact avec Ali Jafar, sans en référer à ses supérieurs. Nous savons qu'ils se sont revus une fois à Téhéran où Ali Jafar était venu. Ces derniers mois, ce dernier s'est trouvé aux abois, réfugié à Vienne, pourchassé par des tueurs de l'OLP. Il a envoyé un SOS à Vadim Droujinine, qui, entre-temps, était rentré à Moscou.

– Comment? demanda Illitch Louvienko.

– Il possédait l'adresse personnelle de Droujinine, qui venait d'acheter un appartement coopératif, sur Prospekt Koutouzowski. Droujinine a réactivé son contact. Quand il est venu à Prague inspecter la *rezidentura*, il a rencontré Ali Jafar en secret. C'est là qu'il lui a proposé de s'installer en Union soviétique en échange de son aide pour organiser un attentat contre le Secrétaire général Mikhaïl Gorbatchev. Ali Jafar est entré en Union soviétique avec un faux passeport dont j'ignore les caractéristiques. Il a logé jusque il y a quatre jours chez son ami et complice Saïd Ghanari, dont vous connaissez l'adresse. Depuis, j'ignore où il se trouve. Cependant, Vadim Droujinine le sait *forcément*.

Il se tut. Pas un muscle du général soviétique ne bougeait, mais ses yeux noirs avaient une expression à la fois douloureuse et furibonde.

– Je vous remercie, fit-il d'une voix étranglée. Je vais tenter de vérifier ces informations.

– Tenez, fit John Packard en lui tendant son mémo, cela vous appartient.

Le général Fanganov plia le document et le mit dans sa poche.

Ils se levèrent et, après une courte poignée de main, se séparèrent dans le vestiaire.

John Packard se rua vers sa voiture, avec l'envie de sauter de joie. Cela n'arrivait pas souvent, mais il venait de baiser le KGB.

La glace du lavabo lui renvoyait l'image de ses yeux dorés avec un halo flou. Malko humecta ses lèvres sèches. Il y avait une sorte de ronronnement dans sa tête qui retentissait douloureusement dans sa boîte crânienne. Il se sentait bizarre, hors de la réalité. En dépit de tous ses efforts, il n'arrivait pas à se rappeler ce qu'il avait subi, à part les piqûres. Juste avant de le libérer, on lui avait fait une ultime injection. L'infirmière avait prétendu qu'il s'agissait d'un léger remontant. Il n'en était pas certain... Il baissa les yeux sur ses avant-bras et vit les petites taches rouges, seuls vestiges tangibles de sa torture. Le reste, c'était comme un cauchemar quand on se réveille. Des bribes de sensations décousues et des images incohérentes qui étaient en train de s'effacer de sa mémoire.

Le bruit des coups frappés à la porte mit un certain temps à parvenir à son cerveau. Il s'enveloppa dans une serviette et alla ouvrir. John Packard, qui n'était pourtant pas un expansif, le serra aussitôt sur son cœur.

– Malko! J'ai vraiment eu peur.

Ils s'assirent dans les deux fauteuils, face à la Moskwa; Malko fronça les sourcils.

– Quel jour sommes-nous?

– Lundi soir.

– Lundi! J'avais l'impression d'être resté huit jours là-bas!

– Racontez-moi tout ce qui s'est passé.

Discrètement, Rose Simpson avait posé un petit magnétophone sur le lit. Malko fit son récit. Succinct, puisqu'il ne comportait guère que son enlèvement, les piqûres et son retour. John Packard hocha la tête.

– La dernière piqûre, c'est une drogue qui déclenche une sorte d'amnésie, de l'aminazine. Ils l'ont déjà utilisée. Cela efface les souvenirs récents comme sur une bande de magnétophone...

– Comment avez-vous fait pour me récupérer? demanda Malko.

– Je les ai baisés, fit simplement John Packard. Sinon, ces enfoirés vous liquidaient. En leur donnant ce qu'ils cherchaient : le nom de l'officier soviétique impliqué dans le projet d'attentat.

– Vous le connaissiez? demanda Malko, stupéfait.

Le chef de la station de la CIA ricana.

– Non, bien sûr. Mais j'ai un peu farfouillé dans les ordinateurs de la Company et j'ai passé au peigne fin tout ce que nous savions des contacts entre Ali Jafar et le KGB ou le GRU. (Il ricana.) J'y ai découvert un coupable parfait. Un officier du KGB qui, à Beyrouth, avait un peu magouillé avec Ali Jafar, pour du fric. Un de nos informateurs dans l'OLP l'avait balancé. J'ai rajouté deux ou trois petits trucs invérifiables, je me suis assuré que mon type était à Moscou et j'ai servi chaud...

– Et ils ont marché!

Malko n'en revenait pas de la crédulité du KGB.

– Ils ont couru! fit simplement John Packard. Parce que ce nom c'est quelque chose de vital pour eux. En plus, ils avaient dû s'apercevoir que vous ne le connaissiez pas. Sinon, cela n'aurait pas marché.

– Bravo! dit Malko.

Avec quand même une pensée pour le malheureux officier du KGB qui allait se trouver broyé dans sa propre mécanique.

– Le KGB va finir par découvrir la supercherie, remarqua-t-il. Et, là, ils vont vraiment se déchaîner. Contre vous et contre moi...

– J'y ai pensé dit l'Américain, mais il fallait parer au plus pressé. Sauver votre peau. Pour la suite, nous en parlerons demain matin, quand vous aurez récupéré.

Un soleil radieux brillait sur Moscou. A part un vague vertige, Malko avait retrouvé tous ses moyens. Il descendit du taxi et pénétra dans l'ambassade américaine. John Packard l'attendait et ils prirent l'ascenseur ensemble.

– Vous avez des nouvelles? demanda Malko.

– Non, mais je vais en avoir.

A peine dans son bureau, il demanda à Rose de lui appeler le général Alexei Fanganov. Cette fois, il l'obtint en quelques secondes. Après les banalités d'usage, le chef de la station de la CIA demanda d'un ton neutre :

– Avez-vous pu vérifier les informations en votre possession?

A son silence, il crut que le général soviétique n'allait pas lui répondre, mais Fanganov laissa tomber d'une voix calme :

– En partie. La personne concernée a commencé à avouer.

Malko qui suivait la conversation par haut-parleur n'en crut pas ses oreilles. John Packard abrégea la communication, raccrocha et se tourna vers lui, triomphant :

– C'est fabuleux! Vous avez entendu?

– Est-ce que vous seriez tombé dessus par hasard?

– Peut-être, fit l'Américain, mais de toute façon, il a déjà dû avouer ce qu'il y avait de vrai dans mon histoire : les magouilles libanaises. Sans se rendre compte qu'il creuse sa tombe. En confirmant ce que j'ai dit sur ce point, il crédibilise tout le reste de notre histoire. Ils ne vont plus le lâcher. Et pour l'instant ils vont vous foutre la paix! Persuadés que vous ne savez rien de plus et qu'ils tiennent l'homme qui va les mener à Ali Jafar.

– Cela n'aura qu'un temps.

L'Américain plongea son regard dans celui de Malko.

– Bien sûr. Nous savons que le vrai coupable est toujours en liberté, et que la machine continue à faire « tic-tac ». Or, imaginez que cet attentat ait lieu. Le KGB nous en rendra forcément responsable, en expliquant qu'on l'a aiguillé sur une fausse piste. Donc, pendant qu'ils s'amusent avec ce leurre, nous devons, dare-dare, trouver la vraie filière.

– Nous, qui?

– Nous, vous! précisa John Packard, avec un sourire désarmant, il faut repartir au charbon. Sinon vous et moi, nous risquons de terminer notre séjour moscovite avec un « extrême préjudice (1) ».

(1) Expression américaine signifiant : se faire assassiner.

CHAPITRE XV

Comme toujours, l'Arbat était noire de monde. Les Moscovites adoraient flâner dans l'unique rue piétonnière de leur ville, qui partait du restaurant *Praga*, sur Kalinina Prospekt pour se terminer au Smolenskij Bul'var, traversant un des plus anciens quartiers de Moscou. C'était le rendez-vous permanent des caricaturistes, des portraitistes qui plantaient leurs chevalets un peu partout et de centaines de vendeurs de tableaux, de matriochkas, d'objets laqués soi-disant anciens. Ceux-ci proposaient leur marchandise le long des vitrines poussiéreuses et vides des magasins d'Etat bordant la rue.

Quelques *Komissioni* (1) ajoutaient un piment supplémentaire à cette faune, attirant les étrangers en quête d'objets rares, pratiquement introuvables. Proies faciles pour les pickpockets qui hantaient eux aussi l'Arbat en quête de devises facilement gagnées.

Malko se mêla aux badauds emmitouflés dans des parkas ou des manteaux informes, chapkas ou bonnets de laine enfoncés jusqu'aux oreilles. Le temps avait brutalement changé, le ciel bleu du matin faisant place à des nuages gris plombés, et de gros flocons de neige tombaient silencieusement sur la gadoue du dégel. L'humidité rendait encore plus tristes les façades décrépites des vieux immeubles à la peinture ocre délavée. Malko ralentit, examinant les marchands installés

(1) Magasin de dépôt-vente.

devant l'ancienne maison de Pouchkine transformée en modeste musée. Ceux-là offraient des miniatures naïves et des boîtes en laque.

Il remonta le col de sa pelisse et continua sa quête.

L'Arbat était le seul endroit où il avait une petite chance de tomber sur Alona ou sur son ami, le peintre Valeri. La plupart des artistes « libres » vendaient pendant le week-end à Ismaïlovo et en semaine dans l'Arbat. S'il remettait la main sur Alona, il avait une chance minuscule de remonter jusqu'à Ali Jafar. Saïd Ghanari avait été tué pour avoir mis Malko sur cette piste, c'est donc qu'elle était bonne...

Il continua, se frayant un passage à travers la foule épaisse. Des Japonais se faisaient photographier en compagnie d'un faux ours brun, une queue de vingt mètres s'allongeait devant une baraque offrant des saucisses à l'origine indéterminée. Mais dès qu'il s'agissait de nourriture, les Soviétiques accouraient. Malko balaya du regard une rangée d'icônes, toutes plus fausses les unes que les autres, aussitôt harponné par un jeune homme en bonnet de laine rouge qui murmura à son oreille :

– Cinq mille roubles. Ou bien *dollari*?

Zigzag jusqu'à l'autre côté de l'Arbat. La foule était si épaisse qu'il ne pouvait embrasser d'un seul coup d'œil les deux côtés de la rue. Il se demanda si quelques agents du KGB ne l'observaient pas; impossible de le savoir. D'après John Packard, les Soviétiques avaient cessé la surveillance à son égard.

Avant de partir, il avait voulu joindre Swetlana Zorine pour la « remercier », mais n'avait trouvé que son répondeur. Il n'avait même pas laissé de message. A quoi bon? Ils étaient de nouveau dans deux univers séparés par des années-lumière...

Il s'intéressa quelques secondes à la vitrine d'un Komissioni qui n'offrait guère que de vieux appareils photos puis reprit sa route. Il était à peu près à la moitié de l'Arbat. Soudain, son regard fut accroché par un grand tableau appuyé à la vitrine d'une charcuterie vide. Des oiseaux noirs pendus à des gibets. La foule lui cachait le bas du tableau. Le cœur battant, il s'approcha et découvrit la silhouette dégingandée de Valeri, l'ami peintre d'Alona. Un bonnet de ski enfoncé jusqu'aux oreilles, il mastiquait à belles dents un sandwich au fromage. Montant la garde devant trois de ses toiles.

Le groupe de Japonais surgit derrière Malko à ce moment précis, gesticulant et parlant fort, ce qui attira l'attention de Valeri. Et son regard tomba sur Malko!

Celui-ci le vit nettement déglutir un énorme morceau de pain et ouvrir la bouche avec un sourire un peu édenté.

– *Gospodine!*

C'est à Malko qu'il s'adressait. Il était trop tard pour se perdre dans la foule. Il fit un pas vers le peintre qui lui tendit la main avec un sourire et lui lança d'un ton plein de reproche :

– Vous n'êtes pas venu voir mes toiles!

Malko demeura une fraction de seconde muet. C'était inespéré : Valeri ignorait encore qui il était et ce qui se passait autour de lui! Jamais il n'aurait pu imaginer un tel coup de chance. Ragaillardi, il rendit son sourire au peintre.

– C'est la faute de votre amie Alona, dit-il. Elle ne se trouvait pas au rendez-vous et je n'ai pas pu entrer dans l'immeuble, à cause du code.

Valeri secoua la tête, l'air accablé et furieux.

– Ah oui! Alona ne sait pas ce que c'est que l'heure. Elle a dû oublier, faire autre chose ou venir avec deux heures de retard. Attendez, une minute...

Les Japonais s'intéressaient aux oiseaux pendus, avec des gloussements ravis. Une discussion difficile s'engagea. La neige était en train de gagner contre les marchands. Les flocons tombaient de plus en plus dru et les peintres pliaient bagage les uns après les autres. Du coin de l'œil, Malko vit un Valeri ravi compter des billets de cent dollars et les Japonais s'éloignèrent avec le tableau. Euphorique, le Soviétique enfourna les billets dans sa poche et tourna vers Malko son regard de myope.

– J'en ai assez, il neige trop. Vous avez le temps de venir voir mes autres toiles maintenant?

Malko s'offrit le luxe de regarder sa montre.

– Oui, accepta-t-il. Je vais me débrouiller.

Encore émerveillé de sa chance, Valeri était en train d'envelopper les deux autres toiles dans du papier kraft.

– Vous allez pouvoir faire des reproches à Alona, annonça-t-il. Elle m'attend à l'atelier parce qu'elle doit poser pour moi. Allons-y.

Ils se dirigèrent vers Smolenskij Bul'var et Valeri s'apprêta à traverser pour gagner la station de métro Smolenskaya.

– Cherchez un taxi, suggéra Malko.

– Avec ce temps, ils sont tous pris, objecta le peintre.

Malko ne tint pas compte de sa réponse et avança un peu sur la chaussée, en brandissant un paquet de Marlboro sorti de sa pelisse. Trente secondes plus tard, une Volga coupa Smolenskij Bul'var en biais, éclaboussa au passage une douzaine de Soviétiques frigorifiés et s'arrêta devant Malko. Le paquet blanc et rouge était le sésame absolu. Devant les regards résignés des autres clients potentiels, ils prirent place dans la Volga.

Le taxi mit une demi-heure à gagner la rue Ruzakowskaya, dérapant parfois sur le sol verglacé. Valeri Smirnoff tapa le code que Malko mémorisa immédiatement et ils pénétrèrent dans l'immeuble vieillot. Un ascenseur antédiluvien les hissa jusqu'au sixième.

Deux femmes de ménage, le fichu sur la tête, balayaient mollement une cage d'escalier d'une saleté repoussante. Valeri Smirnoff s'engagea dans un escalier étroit et sombre aboutissant à une porte à côté de laquelle s'alignaient une douzaine de sonnettes, plantées à même le mur. Le peintre sourit gaiement.

– Elles ne marchent pas!

Lui et Malko suivirent un couloir zigzaguant et crasseux, desservant ce qui avait dû être un siècle plus tôt les chambres du personnel. Cela empestait l'urine, et le chou à l'ail... Enfin, Valeri Smirnoff mit la clef dans une serrure et s'effaça pour laisser passer Malko.

Ce dernier dut se faufiler dans une minuscule entrée encombrée d'un incroyable bric-à-brac, donnant sur un grand atelier au plafond très haut éclairé par une large baie.

Malko photographia la scène d'un coup d'œil. Un désordre inouï, des meubles entassés les uns sur les autres, des tableaux empilés contre les murs, partout, d'autres accrochés à côté de posters, des objets pendant du plafond. Au milieu de l'atelier un petit réchaud était posé sur deux briques et de l'eau bouillait dans une théière cabossée. Tournant le dos à Malko, assise sur une caisse retournée, Alona, reconnaissable à ses cheveux roux, en slip et soutien-gorge, était en train de peindre un œuf posé sur une assiette avec un pinceau hyperfin. A côté d'elle, un homme faisait la sieste sur un lit de camp.

Entendant du bruit, Alona se retourna et resta figée, le pinceau en l'air, en reconnaissant Malko. Valeri parvint à trouver un espace disponible pour poser ses toiles, et secoua la neige de son bonnet de laine.

– Je l'ai rencontré sur l'Arbat, annonça-t-il. Tu ne m'avais pas dit que tu lui avais posé un lapin, dimanche.

Alona ouvrit la bouche et la referma sans répondre. Le sang avait quitté son visage. Elle posa son pinceau et s'enveloppa dans une robe de chambre molletonnée avant de retrouver la parole avec un sourire grimaçant.

– Ah oui, c'est vrai! Je suis désolée.

Son regard fuyait Malko. L'homme allongé sur le lit de camp s'ébroua, tourna la tête et, à son tour, aperçut Malko.

– Qui est ce type? grommela-t-il en russe.

Avec ses cheveux très noirs et son teint mat, il venait sûrement du sud de la Russie. Alona se tourna instantanément vers lui.

– C'est un acheteur étranger, Ter, mais il parle très bien notre langue.

Elle l'avait nettement mis en garde. Malko réussit à

demeurer impassible. « Ter » c'était le prénom du mystérieux Arménien qui téléphonait à Ali Jafar, Petrossian. Pas un prénom courant. Il avait touché le jackpot! L'homme se redressa, enfila ses bottes et jeta un regard prolongé à Malko qui le salua d'un signe de tête. Ce dernier trouva un vieux canapé défoncé et s'y assit. Les choses ne se passaient pas exactement comme il l'aurait souhaité. L'homme qu'Alona avait appelé « Ter » était différent des deux autres. Il émanait de lui quelque chose de dur, de dangereux. L'irruption de Malko dans l'atelier l'avait absolument stupéfié, mais il n'en montrait rien. Pour détendre l'atmosphère, Malko lança à Alona :

– Alors, je vais enfin pouvoir admirer ce que vous faites.

La jeune Soviétique se troubla, serrant son peignoir comme pour s'en faire une armure.

– J'ai pratiquement tout vendu, dit-elle. C'est pour cela que je ne suis pas venue au rendez-vous. Il faudrait repasser dans un mois, c'est très long à faire. J'ai beaucoup de commandes, déjà.

– Et ça? demanda Malko.

Il venait d'apercevoir, derrière le divan, une rangée d'œufs superbes, bien alignés sur des socles.

Alona s'empourpra et balbutia :

– C'est ma collection personnelle, je ne les vends pas. Maintenant, il faut que je pose pour Valeri.

– J'aime beaucoup ce qu'il fait, affirma Malko.

Flatté, le jeune peintre dit aussitôt :

– Vous pouvez rester pendant que je travaille, si ça vous amuse.

– Valeri, ce n'est pas convenable, protesta aussitôt Alona.

Le jeune peintre émit une sorte de ricanement cynique.

– Tu n'es pas une *staroukha* (1) quand même!

Sans se préoccuper de l'air furibond de la jeune femme, il disposa une toile vierge sur son chevalet. Alona maugréa encore quelques instants, puis ôta son

(1) Vieille fille.

peignoir et s'assit sur un tabouret, retirant ensuite son soutien-gorge. Malko ne put s'empêcher de regarder. Ses seins ne tombèrent pas d'un millimètre. C'était beau la jeunesse... Ses yeux verts fixés sur la neige qui tombait devant la grande baie, elle croisa les jambes, l'air maussade. Valeri barbouillait déjà sa toile à grands coups de pinceau...

Ter enfila une canadienne, fit un signe de tête à la cantonade et sortit. Malko attendit qu'il soit parti pour demander innocemment :

– C'est un peintre aussi?

– Oui, répliqua Alona, avant que Valeri ait le temps d'ouvrir la bouche, il vient d'Arménie pour vendre ses toiles. Comme il n'a pas d'appartement à Moscou, nous l'hébergeons dans cet atelier pour quelques jours.

Elle avait répondu trop vite, confirmant la quasi-certitude de Malko. Il s'agissait d'un des complices d'Ali Jafar.

La chaleur dans l'atelier était suffocante. De la transpiration coulait entre les seins d'Alona, qui se tortillait, mal à l'aise, tandis que Valeri peignait avec furie. Malko se demanda où tout cela allait le mener. Il fallait qu'il se retrouve seul avec Alona. Qu'il comprenne le rôle qu'elle jouait. A qui avait-elle parlé de Malko? Timochek et Koulaguine n'étaient que des hommes de main. L'homme qu'elle connaissait était, lui, sans doute plus proche du complot.

– Il faut faire quelque chose!

Penché en avant, Ter Petrossian, les yeux noirs flamboyant de fureur, semblait vouloir hypnotiser Igor Vartanian chez qui il avait déboulé dix minutes plus tôt.

– Quoi? demanda calmement Vartanian en train de siroter un thé très noir.

– Envoie-lui Vladimir.

En même temps, il passa son pouce sur sa gorge d'un geste expressif. La tasse de thé devant lui était intacte. Il était encore essoufflé d'avoir couru jusqu'au petit appartement situé au-dessus d'un Komissioni, dans une *pereulok* (1) donnant dans l'Arbat.

– Je ne sais pas où il est pour le moment, prétendit Igor Vartanian. Il avait la tournée des restaurants à faire.

Vladimir Timochek allait encaisser chaque mois l'argent du racket des restaurants coopératifs. Et comme il aimait bien la vodka, il rentrait fin saoul en fin de journée, mais encore plus dangereux. Ter Petrossian remonta à l'assaut.

– C'est ce salaud de Tunisien qui nous a balancés ! Maintenant, ce type m'a vu. Il sait où j'habite. On ne peut pas le laisser ressortir. Où est Ali ?

– A côté.

– Va le chercher.

De mauvaise grâce, Vartanian alla secouer Ali Jafar qui apparut les yeux châssieux, nerveux et agressif. Depuis qu'il avait été obligé de fuir la chambre de Saïd Ghanari, il se terrait tantôt dans une minuscule pièce de l'appartement de Vartanian avec les dépouilles des cambriolages, tantôt au *Rossiya*.

Il écouta le récit de Ter Petrossian avec une horreur grandissante.

– Il a raison, explosa-t-il, on ne peut pas le laisser repartir. Il faut le liquider.

Igor Vartanian but un peu de thé. Il n'aimait pas du tout la tournure que prenaient les événements. Au départ, il s'agissait seulement de fournir des planques à des « illégaux ». Et puis, on lui avait demandé un petit coup de main pour se débarrasser d'un gêneur, maintenant on en était au massacre organisé. Ter Petrossian, en qui il avait confiance, lui avait juré qu'en aidant leur projet, il s'ouvrait un avenir radieux. D'ailleurs, il s'était bien gardé de poser trop de questions, se contentant de fournir un peu de logistique.

Mais peu à peu, grâce à des bouts de conversation, il avait mieux réalisé dans quoi il s'était embringué. Ter Petrossian avait été obligé de lui avouer qu'un officier supérieur soviétique était le moteur de leur histoire et

(1) Impasse.

que lui-même avait des complices ou des commanditaires encore plus haut placés... Toutes choses qui effrayaient Igor Vartanian, le dépassaient. La mort d'Alexandre Koulaguine l'avait modérément affecté, mais il pensait qu'il n'y aurait pas d'autres problèmes. Or, voilà que l'indestructible agent de la CIA reparaissait. Et cette fois, il se rapprochait encore un peu plus de lui. Alona le connaissait et pouvait faire des révélations fâcheuses.

– Si ce *amerikanski* travaille pour les Américains, remarqua-t-il, on s'en fout. Ici, ils ne peuvent rien faire.

– Il travaille *aussi* pour le KGB, coupa Ali Jafar. Et eux peuvent nous faire beaucoup de mal...

Igor Vartanian ne se laissa pas entamer.

– Si c'est vrai, remarqua-t-il, il n'est pas venu seul ulica Ruzakowskaya. Ça doit déjà grouiller de miliciens...

– Non, fit Ter Petrossian. Il ne pensait pas me trouver, je l'ai bien vu. C'est ce connard de Valeri qui l'a amené. Seulement, s'il ressort de là, il ira directement au KGB ou rue Petrovka. Envoie Timochek. Qu'il les liquide tous les trois.

Vartanian tiqua.

– Alona aussi?

Ter Petrossian lui jeta un regard noir.

– Tu veux garder le témoin d'un meurtre avec toi?... Elle sait trop de choses; elle risque de prendre peur et d'aller tout raconter. Si tu as envie de terminer devant un peloton d'exécution à Lefortovo (1)...

C'était d'une implacable logique. Igor Vartanian tiraillait sa moustache grise, ébranlé. Il n'avait pas pensé que l'aide apportée à son ami se terminerait dans un bain de sang. Et puis, Alona et sa poitrine inouïe lui manqueraient. Pourtant, il sentait bien que l'autre avait raison.

– Et les corps? objecta-t-il. Si cet *amerikanski* est branché sur le KGB, ses copains vont se mettre à sa recherche. Il leur a peut-être déjà parlé de l'atelier.

(1) Prison de Moscou.

– J'irai avec Timochek les glisser sous la glace de la patinoire du parc Gorki, proposa Ter Petrossian. On les retrouvera au printemps... La glace fait trente centimètres. Ils ne risquent pas de sentir.

Le silence retomba. Lourd. Igor Vartanian pesait le pour et le contre. Ali Jafar intervint.

– C'est moi qui vais y aller.

– Non, non, fit Vartanian. Attendons Timochek.

Ter Petrossian, soulagé, remarqua seulement.

– *Karacho.* Il faut qu'on soit sûr qu'il reste là-bas. J'ai une idée.

Le portrait nu d'Alona prenait forme. Cela ressemblait vaguement à un Renoir... Malko commençait à s'ennuyer sérieusement, mais il tenait à se retrouver seul avec Alona. Le téléphone sonna, aussitôt décroché par Valeri. Il tendit le combiné à Alona.

– C'est pour toi.

La jeune Soviétique écouta pas mal de temps puis raccrocha et reprit sa pose. Malko observa immédiatement chez elle un changement d'attitude. Cessant de l'ignorer, elle se mit à lui adresser des œillades brûlantes. Avec une lenteur voulue, elle décroisa les jambes, révélant l'entrejambe de son slip de dentelle blanche, ses yeux verts rivés dans ceux de Malko. Un peu plus tard, elle bâilla et soupira.

– Valiochka! Je suis fatiguée, si on s'arrêtait un peu?

Déjà, elle descendait de son tabouret. Valeri posa ses pinceaux. Alona remit son peignoir et demanda gentiment :

– Valiochka, tu ne veux pas aller me chercher du pain frais à la boulangerie. Après, il n'y en aura plus... Je meurs de faim.

Visiblement, Valeri Smirnoff avait envie d'y aller comme de se pendre... Pourtant, il enfila son bonnet de laine, sa canadienne et sortit. La neige redoublait. A peine fut-elle seule avec Malko qu'Alona s'étira de la façon la plus sensuelle possible. Si fort que son peignoir s'entrouvrit, faisant jaillir les bouts roses de ses seins à quelques centimètres de Malko.

– La vérité, fit-elle sur le ton de la confidence, c'est que je ne suis pas venue dimanche, parce que Valeri est très jaloux. Il m'en a empêchée.

– Il n'en a pas l'air, remarqua Malko.

Inquiet de ce numéro de vamp. Alona se laissa tomber sur le divan défoncé à côté de lui.

– Nous pourrions aller dîner quelque part ce soir? proposa-t-elle. Je connais plusieurs endroits très gais.

– Pourquoi pas? dit Malko. J'aimerais bien bavarder avec vous. Je vais vous laisser maintenant. Venez me chercher au *Meshdunarodnaya* vers huit heures.

– Restez, dit-elle, sinon Valeri va croire des choses. Vous n'êtes pas bien ici?

Ses yeux verts le fixaient, pleins de provocation. Comme ses seins hors du peignoir. Une ravissante petite garce.

– Vous connaissez un certain Saïd Ghanari? demanda-t-il.

– Non, pourquoi?

– Et Ali Jafar?

Là, elle se troubla, détourna le regard.

– Je ne crois pas, dit-elle.

– Lui vous connaît, dit Malko. Et je le connais aussi. D'ailleurs, je cherche à le joindre...

– Ah bon! dit-elle. Tu ne sais pas où il se trouve?

– Non, dit Malko. Je pensais que vous auriez pu le savoir.

Brusquement, elle se leva du canapé et fit glisser le peignoir de ses épaules, révélant son corps plein de courbes.

– Qu'est-ce qu'il fait chaud, soupira-t-elle. Tu devrais te mettre à l'aise, toi aussi.

Les seins en avant, un peu déhanchée, elle le fixait avec une attitude sans équivoque. Prête à tout pour changer de conversation. Voyant que Malko ne se jetait pas sur elle, un sourire salace éclaira son visage triangulaire.

– Tu veux voir d'autres portraits de moi? demanda-t-elle. Avant que Valeri ne revienne.

– Avec plaisir, dit Malko.

Elle se dirigea vers des tableaux empilés contre le mur, déplaça plusieurs toiles et en aligna une demi-douzaine dans la lumière. Toutes la représentaient dans des poses d'une obscénité flamboyante, en train de faire l'amour avec une silhouette masculine sans visage. Malko était étonné : les Slaves n'avaient pas de tradition érotique. Sur tous les tableaux, Alona avait des seins énormes, encore plus qu'au naturel.

– Superbe. C'est Valeri qui a peint cela?

– Oui.

Elle s'était rapprochée de lui et il sentit tout à coup les pointes de ses seins s'écraser dans son dos, tandis qu'une main effleurait son bas-ventre.

Malko se retourna et croisa le regard luisant des yeux verts. Déjà, Alona appuyait son ventre contre le sien. Il la repoussa gentiment avec un sourire.

– Nous aurons tout le temps ce soir, fit-il.

Elle sembla déçue.

– Je ne te plais pas?

– Si, beaucoup. Mais votre ami Valeri va revenir... Vous voulez toujours dîner avec moi?

– Bien sûr.

Malko remit sa pelisse.

– Alors, à huit heures au *Meshdunarodnaya*. Et à votre place, je ne dirais à personne que nous dînons ensemble.

– Pourquoi?

– C'est un secret, fit Malko. Mais sachez que je suis prêt à payer cinq mille dollars pour savoir où se trouve Ali Jafar.

Les yeux verts demeurèrent fixes.

– Cinq mille dollars, répéta Alona. Cent mille roubles...

– Oui, dit Malko. A tout à l'heure.

Cette fois, il était sûr qu'Alona s'intéressait *vraiment* à lui. Pourtant, son revirement brutal suite au coup de fil l'inquiétait. Il avait nettement l'impression qu'elle avait tout fait pour le retenir. Il descendit sans se presser l'escalier poussiéreux. L'appât était lancé. Il possédait le code de l'immeuble et pouvait retrouver

Alona si elle lui posait un nouveau lapin. Avec un peu de chance, il allait enfin mettre la main sur Ali Jafar.

Alona était en train de composer un numéro lorsqu'elle entendit le bruit de la serrure. D'autres sons bizarres suivirent, venant de la petite entrée. Comme des soupirs très forts. Inquiète, Alona raccrocha et appela :

– Valeri?

Le jeune peintre surgit dans la pièce quelques instants plus tard. Il avait perdu son bonnet de laine et titubait, comme en état d'ébriété. Ses lunettes pendaient de travers, accrochées à une oreille. Il eut une sorte de hoquet et un flot de sang sortit de sa bouche. Il s'effondra sur le côté, écrasant plusieurs toiles. Avec un hurlement, Alona se précipita vers lui. Une large tache de sang grandissait sur sa parka. Il y eut un bruit dans le couloir et une nouvelle silhouette surgit de l'ombre. La masse imposante et terrifiante de Vladimir Timochek. Le lutteur kirghise tenait un long poignard effilé à la main, ses yeux étaient injectés de sang, comme la lame de son arme. Alona se redressa, de l'horreur plein les yeux.

– Vladimir!

Le Kirghise, sans un mot, balaya de sa lame l'espace devant lui. Alona ne dut qu'à un saut en arrière de ne pas être éventrée. Avec un hurlement dément, elle battit en retraite. Vladimir Timochek fit une pause, la fixant de ses petits yeux porcins. Le peignoir s'était ouvert, dévoilant tout son corps. Il se dit qu'avant de l'égorger, un petit viol ne lui ferait pas de mal. Posément, il se remit en marche. Alona regarda derrière elle : la seule issue était la grande baie vitrée dominant la rue de six étages...

Fiévreusement, elle se rua sur le téléphone et se mit à composer un numéro.

CHAPITRE XVI

Vladimir Timochek saisit Alona par la nuque, perturbé par ce qu'il venait de découvrir. Son cerveau, embrumé par une dose massive de Samogod (1), fonctionnait encore plus mal que d'habitude. Il savait seulement qu'Igor Vartanian allait être furieux. On lui avait dit de liquider les trois personnes qui se trouvaient dans l'atelier. Et, surtout, l'homme, un indicateur du KGB, à la recherche de *valuta*. Or ce dernier n'était pas là. Il balaya l'atelier des yeux. Aucune cachette possible. Alona était en train de téléphoner d'une voix pressée, les yeux agrandis de terreur. Elle poussa un cri, décolla l'appareil de son oreille et hurla :

– Tiens, parle à Igor ! Qu'il te dise qu'il ne faut rien me faire.

Vladimir Timochek allongea le bras gauche. Sa poigne de fer arracha Alona du téléphone et le récepteur tomba à terre. Sans même se baisser, il trancha le fil d'un coup sec.

Il lâcha la nuque de la jeune femme pour saisir sa gorge, Alona frémit sous son regard cruel. Il ressemblait à un portrait peint par un fou, à une gargouille de Notre-Dame. Elle ouvrit la bouche pour hurler, mais aussitôt, la pointe du couteau s'enfonça de quelques millimètres dans son flanc et Vladimir Timochek souffla de son haleine empestée de vodka.

(1) Alcool de fabrication clandestine.

– Tais-toi, *goloubtchika* (1)!

C'était inutile, aucun son ne sortait de sa gorge, tant sa terreur était absolue. La main qui la serrait s'éloigna, saisit un pan de la robe de chambre et tira. Morceau par morceau, il l'arracha comme on dépouille un lapin. Puis son regard avide se posa sur ses seins gonflés, sur son ventre et sur son sexe. Il rota, respirant avec force, les yeux pleins de bestialité. Alona demeurait immobile, comme un lapin fasciné, reliée à lui par la pointe d'acier qui faisait un petit trou dans sa chair. Avec une seule idée en tête : qu'il ne la tue pas.

Elle sentit des doigts malaxer ses seins, elle entendit ses grognements, et ferma les yeux. D'un effort suprême, elle prit sa voix la plus douce.

– Vladimir...

Il la jeta à terre sans effort, dans l'espace entre le mur et le canapé. Elle cria et il lui frappa le visage de toutes ses forces, plusieurs fois. Le sang se mit à couler de ses narines. Vladimir lui posa la main sur son vieux jean et ricana.

– Sers-toi, petite conne!

Rien qu'à l'idée de ce qu'il allait lui faire, il en bandait déjà... Elle l'avait toujours méprisé, traité comme on traite les moujiks, avec ce mépris sidéral pour les *neculturny* (2). Les doigts d'Alona se crispèrent sur la bosse qui gonflait le tissu bleu. Monstrueuse, comme Vladimir Timochek.

– Déboutonne-moi, ordonna le Kirghise. Et vite.

Quel pied de se faire faire cela par cette petite pute orgueilleuse, à la peau blanche! Il en salivait d'avance. Comme elle hésitait, il s'amusa à zébrer son flanc d'une estafilade. Aussitôt, Alona défit la grosse ceinture d'une main tremblante, puis les boutons, un à un. Il ne portait rien sous son jean et le membre jaillit comme un ressort, repoussant sa main. Veiné, brun, presque noir, massif avec un bout violacé, plus gros que tout ce qu'Alona s'était jamais mis dans le corps.

(1) Petite colombe.
(2) Les gens incultes.

– Suce! ordonna-t-il. Comme tu suces les *Amerikanski...*

Tétanisée, elle engloutit le bout entre ses lèvres. D'une tape sur la nuque, Vladimir Timochek fit pénétrer son membre jusqu'à sa luette, lui arrachant des larmes et un hoquet. Il gronda et le couteau dessina une nouvelle arabesque sur sa peau blanche.

– Si tu vomis, je te tue tout de suite!

De toute façon, dès qu'il aurait fini, il la clouerait au plancher comme un papillon.

D'un effort surhumain, Alona maîtrisa sa nausée et commença une fellation maladroite qui arrachait pourtant des grognements extasiés au Kirghise. Les putes qu'il se tapait dans des voitures se contentaient de le masturber en trente secondes, d'un air dégoûté. Il avait toujours rêvé de la peau blanche et des seins énormes d'Alona. Il sentit qu'il allait jouir et arracha son sexe de sa bouche. Avec une souplesse inattendue chez une telle brute il tomba à genoux devant Alona et rabattit ses jambes vers le haut, dégageant son sexe. Son couteau toujours à la main, il prit de l'autre son membre massif et la pénétra d'une seule poussée.

– Hah!

Alona avait hurlé de douleur. Elle tenta de se débattre, mais, arc-bouté sur son ventre, Vladimir la pilonnait en respirant lourdement. Pour mieux l'écarteler, il piqua son couteau dans le plancher, saisit ses chevilles à deux mains, replia ses jambes sur sa poitrine, de façon à ce que l'ouverture du sexe d'Alona soit horizontale. Dans cette position, il pouvait encore mieux la défoncer, arrachant à chaque fois un cri rauque à la jeune femme.

En d'autres circonstances, elle eut peut-être apprécié ce membre énorme qui la remplissait comme personne ne l'avait jamais fait. Mais elle savait qu'il allait la tuer ensuite.

Lâchant ses chevilles, Vladimir Timochek empoigna ses seins à deux mains et lui mordit sauvagement la bouche. Alona eut l'impression de boire de la vodka au goulot. Il pompait furieusement son vagin à grands coups de reins et elle sentit que le sexe plongé en elle grossissait encore.

Dès qu'il aurait joui, il la tuerait, comme Valeri, pensa-t-elle. Il lui restait peu de temps. Déjà, les premières contractions montées de ses reins arrachaient à Vladimir des soupirs rauques. Un jaillissement inonda Alona et il gémit.

– Ah! Aaah!

Les doigts de la jeune femme se refermèrent sur le manche du couteau. Elle l'arracha du plancher au moment où Vladimir Timochek s'effondrait sur elle, les mains crispées sur ses seins. Elle leva le bras et abattit de toutes ses forces le couteau dans le dos de l'homme qui la violait, avec un cri horrible pour se donner du courage.

Vladimir Timochek poussa un grognement inhumain, elle vit ses yeux basculer, puis devenir tout blancs. Il tenta de se redresser, enfonçant encore plus la lame fichée dans son cœur. Il retomba enfin comme une masse, écrasant la jeune femme sous son poids.

Alona demeura immobile, reprenant son souffle, les jambes écartelées par la masse du lutteur mort. Son cœur battait si fort qu'elle avait l'impression qu'il allait jaillir de sa poitrine. Quelque chose de chaud se mit à couler le long de sa hanche : le sang de Vladimir Timochek. Elle cria, sanglota, en proie à une véritable crise de nerfs. De toutes ses forces, elle repoussa le cadavre, mais il semblait encore vivant et elle dut se glisser latéralement pour lui échapper. Debout, elle tituba, les dents claquant de peur. Elle se rua sur le téléphone, se souvint, en voyant le fil coupé, qu'il l'avait rendu inutilisable.

Comme une folle, elle se rhabilla, évitant délibérément de regarder les deux cadavres et dévala l'escalier. La neige la calma. Elle courut jusqu'au taxiphone le plus proche, y glissa une pièce de deux kopeks et composa le numéro d'Igor Vartanian.

La sonnerie avait déjà retenti deux fois lorsqu'elle raccrocha impulsivement, en proie à une nouvelle terreur. Timochek travaillait pour Vartanian. Or, il avait d'abord assassiné Valeri, et il se préparait à en faire autant avec elle. Elle commençait à comprendre pourquoi... A partir de cette minute, sa vie était en danger. Igor Vartanian avait le bras long, des dizaines de tueurs à sa botte et il la traquerait sans merci.

Il fallait qu'elle quitte Moscou, qu'elle aille se cacher chez sa mère, près de Volgograd.

Seulement, pour cela, elle avait besoin d'argent. Elle se souvint de l'offre de l'étranger concernant Ali Jafar. Il y avait peut-être des dollars à gagner. Les risques lui semblaient négligeables et elle n'avait pas le choix.

Igor Vartanian attendait au volant de sa Volga, en face des grilles majestueuses du parc Gorki, dans Leninski Prospekt, fumant nerveusement. C'était le dernier voyage de Ter Petrossian et d'Ali Jafar. Maintenant les corps de Valeri Smirnoff et de Vladimir Timochek flottaient dans l'eau glacée du lac, sous la glace de la patinoire où personne ne les découvrirait avant le printemps. Il regarda autour de lui, brusquement nerveux. Une voiture de la Milice, avec deux gros gyrophares sur le toit, avait ralenti à sa hauteur. Elle continua pourtant vers le tunnel passant sous la rue Dimitrova, où elle disparut. Deux silhouettes surgirent de la pénombre : Ali et Ter. Ce dernier prit place à l'avant, à côté de son ami, qui démarra aussitôt, grimpant la rampe qui le ramenait sur Dimitrova.

Ter Petrossian rompit le silence.

– Où peut bien être cette petite salope?

C'était la question qu'ils se posaient tous les trois. Ne voyant pas revenir Timochek, Vartanian avait été à l'atelier de la rue Ruzakowskaya Ce qu'il y avait découvert l'avait horrifié. Qui avait liquidé Vladimir? L'état de ses vêtements semblait prouver qu'il avait violé Alona. Mais celle-ci n'aurait jamais eu la force de tuer ce colosse. C'était donc l'*Amerikanski* qui l'avait poignardé et s'était enfui avec elle! Igor Vartanian en avait des sueurs froides. Alona connaissait l'appartement de l'Arbat, les chambres du *Rossiya* et beaucoup d'autres choses. Il n'arrivait pas à comprendre ce que voulait cet agent des Américains et pourquoi il travaillait en liaison avec le KGB. De l'arrière, la voix d'Ali Jafar demanda.

– Où va-t-on?

Dans le rétroviseur Igor Vartanian lui jeta un regard noir.

– Qu'est-ce que tu préfères? La rue Petrovka ou la place Dzerzinski?

Ali cracha une injure en arabe et lui lança :

– Si ton gros porc de Kirghise avait été moins con, on serait tranquilles!

– Et si je n'avais pas accepté de me foutre dans la merde, pour vous et vos combines, *moi,* je serais tranquille, gronda Vartanian. Si vous n'êtes pas contents tous les deux, vous pouvez descendre. Ici.

Il braqua et rangea la Volga en face d'un arrêt de bus, rue Dimitrova. Ter Petrossian lui mit la main sur le bras, conciliant, et dit en arménien :

– Calme-toi, Igor. Nous sommes tous à cran. Ecoute, je suis désolé, mais quand ce coup sera réussi, je te promets que les gens pour qui on travaille sauront te récompenser.

– Si nous ne sommes pas fusillés d'ici là, remarqua amèrement Vartanian.

La neige commençait à obscurcir le pare-brise. Le silence se prolongea, rompu enfin par Ter Petrossian.

– Il faut retrouver Alona dare-dare et la faire taire.

– Où? hurla Vartanian, à bout de nerfs.

– Repars, dit Ali, on est mal garés, on va se faire repérer.

Igor Vartanian obéit. Il roulait au hasard. Se demandant où pouvait se trouver Alona. Soudain, il pensa au frère du peintre qui avait un appartement rue Babouskaskaya, tout au nord de Moscou, près du périphérique. Elle était peut-être allée se réfugier là-bas... Mais avant il voulait vérifier quelque chose. Il chercha un taxiphone et stoppa à côté.

L'homme qui gardait son appartement répondit aussitôt. Non, il n'avait pas vu Alona et personne n'avait téléphoné. Igor Vartanian regagna la Volga, pas rassuré. Ce silence signifiait qu'Alona avait compris qu'il avait voulu la faire assassiner.

Il reprit le volant, récapitulant les dégâts. La seule information vraiment dangereuse détenue par Alona concernait la planque d'Ali Jafar. Il suffisait d'évacuer ce dernier ainsi que Ter Petrossian, dans un endroit sûr, jusqu'au début de l'opération. Igor Vartanian ne croyait pas que l'*Amerikanski* allait prévenir le KGB.

– Nous allons rue Babouskaskaya, annonça-t-il.

Le coq en cuivre dominant l'atrium du *Meshdunarodnaya* se mit à battre des ailes et ses cocorico enroués annoncèrent neuf heures. Pour la centième fois, Malko inspecta le hall du regard. Toujours pas d'Alona. A perte de vue, il ne voyait que des businessmen esseulés qui survivaient en circuit fermé entre le restaurant japonais, le bar et les putes de l'hôtel. Sur une des banquettes rouges, non loin de lui, se trouvait Claude Dalle, le décorateur, en transit pour Tokyo, en train d'expliquer à un groupe de Japonais béats comment il allait redécorer le yacht *Southern Star* racheté par un richissime industriel au milliardaire australien Alan Bond, l'homme qui s'était offert « Les Iris » de Van Gogh pour une poignée de millions de dollars.

Malko se leva, se dirigeant vers l'entrée. Est-ce qu'Alona lui avait fait faux bond une fois de plus? Au moins, maintenant, il avait un point de chute pour la retrouver.

Décidant de ne plus attendre, il franchit le sas où piétinaient les chauffeurs de taxi plus ou moins clandestins. Ceux-ci étaient si nombreux qu'il faillit ne pas voir la fine silhouette d'Alona parmi la masse des hommes en blousons de cuir.

Blanche de froid.

Avec sa lèvre supérieure tuméfiée et enflée, son visage ravagé et son regard affolé, elle n'avait pas l'air de venir à un rendez-vous galant. D'ailleurs, dès qu'elle le vit, elle s'accrocha à lui comme un naufragé à une bouée et dit à voix basse :

– Partons vite! Partons vite!

CHAPITRE XVII

Malko entraîna aussitôt la jeune Soviétique quelques mètres plus loin, suivi par les plus accrocheurs des taxis. Le coin devait être bourré d'indics de la Milice et du KGB. Le chauffeur d'une Volga flambant neuve accepta pour deux paquets de Marlboro de les conduire à l'*Olymp* où Malko avait réservé à tout hasard, dans l'idée de reprendre contact avec Mirna, la danseuse amie de Saïd Ghanari. Au cas où Alona ne parlerait pas. A peine dans le véhicule, Alona s'effondra en tremblant contre Malko.

– Cela fait plus d'une heure que j'attends! expliqua-t-elle. Comme je ne suis pas une des *interdevitchi* qui travaillent à l'hôtel et que je n'avais pas d'argent pour donner 25 roubles au Swetzar, ils ne me laissaient pas entrer. Le maquereau d'une des filles m'a même menacée de me marquer au rasoir si je restais là.

– Que s'est-il passé? demanda Malko.

Alona mit un doigt devant sa bouche, l'air effrayée, désignant le chauffeur, un vieux à cheveux blancs qui conduisait à tombeau ouvert. Ils se turent jusqu'au restaurant. A cause du vestiaire obligatoire, Malko avait gardé son pistolet extra-plat glissé dans sa ceinture. La salle de l'*Olymp* était encore presque vide. On les conduisit à la table déjà dressée et Alona regarda avec surprise les deux couverts.

– Vous êtes avec quelqu'un?

– Comment! Vous ne vous souvenez plus que nous devions dîner ensemble?

– Ah si! soupira-t-elle, mais ce qui est arrivé depuis que vous êtes parti est tellement horrible...

Il lui versa de la vodka qu'elle but d'un trait. Deux verres de suite. En reposant son verre, elle dit à voix basse :

– J'ai tué quelqu'un.

La musique tonitruante empêcha Malko de répondre immédiatement. Un chanteur ouzbek hurlait à gorge déployée « Hello Dolly ».

– Qui? demanda-t-il.

– Oh, un type horrible. Vladimir Timochek. Vous ne le connaissez pas.

– Expliquez-moi, dit Malko. Toute cette affaire est trop mystérieuse...

Alona le fixait de ses grands yeux bleus. Visiblement terrifiée.

– Qui êtes-vous? demanda-t-elle. Vous parlez bien notre langue, vous êtes étranger et mêlé à une histoire avec Igor. Je pense que c'est vous que Vladimir voulait tuer, principalement. Mais je ne comprends pas pourquoi. Il vous a volé ou vous l'avez volé? Vous n'êtes pas du KGB?

Malko risqua un sourire.

– Non, dit-il, je vous le promets. Je suis autrichien. Et je n'ai volé personne. Commençons par le début. Qui est Igor?

La jeune Soviétique le fixait, soudain fermée.

– Qu'est-ce qui va m'arriver si je réponds à vos questions? demanda-t-elle. Et si vous êtes un flic? Moi, je n'ai rien fait, je ne veux de mal à personne.

– Vous avez tué ce Vladimir, objecta Malko, et si vous êtes venue me trouver, vous aviez une raison...

Elle se décomposa et avoua d'une voix imperceptible.

– Oui. J'ai peur. Parce que Vladimir travaillait pour Igor. Et je suis sûre qu'Igor va vouloir se débarrasser de moi, comme il a fait pour Valeri.

– Qui est Igor? répéta-t-il.

Alona le fixa longuement avant de se décider à

répondre. Malko dissimulait son impatience. Enfin, il allait obtenir une autre pièce du puzzle, peut-être la principale...

– Igor Vartanian, finit-elle par dire. C'est un Arménien, un trafiquant très riche qui fait des affaires clandestines, des affaires de l'ombre, corrigea-t-elle, employant la terminologie soviétique. Du trafic de dollars et d'objets d'art, du racket. Il a beaucoup de gens comme Vladimir qui travaillent pour lui.

– Qu'est-il pour vous?

– Il m'achète les dollars que je me procure en vendant mes matriochkas aux touristes. En plus, il « protégeait » Valeri, pour qu'il ait un emplacement où vendre ses toiles dans l'Arbat. Ça aussi, c'est un racket. Parfois, il m'emmène dans des restaurants chers et je couche avec lui, ajouta-t-elle simplement. Il a toujours été très gentil.

Apparemment, cela avait changé.

– Pourquoi a-t-il voulu vous tuer?

Alona grignotait tous les concombres des zakuskis. Elle but une nouvelle rasade de vodka avant de répondre piteusement :

– Je ne sais pas vraiment! Je crois que c'est à cause de vous...

– De moi? Pourquoi?

– Vous vous souvenez quand je vous ai rencontré à Ismaïlovo samedi? J'étais très contente. J'ai passé la soirée avec Igor et je lui ai parlé de notre rencontre. En lui disant que j'avais pris rendez-vous. D'habitude, il est ravi que je vende à des étrangers. Cela fait des dollars. Là, il a eu une attitude différente. Il m'a demandé de vous décrire. Ensuite, il m'a expliqué qu'il vous connaissait et que vous étiez un provocateur du KGB. Que dès que j'aurais accepté vos dollars, je serais arrêtée, qu'il ne fallait jamais vous revoir. Vous savez, en Union soviétique, un simple citoyen ne peut pas détenir plus de vingt-cinq dollars sans aller en prison.

– Je comprends, dit Malko. Donc, vous l'avez cru.

– Bien sûr.

– Et ensuite?

Elle le regarda, étonnée.

– Rien, jusqu'à aujourd'hui. Quand vous êtes arrivé avec Valeri j'ai été surprise et j'avais très peur. Cependant, je n'osais pas lui parler devant vous. Ensuite, il y a eu un coup de téléphone d'Igor. Il m'a dit qu'il fallait que je vous retienne à tout prix, et que je fasse semblant de vouloir coucher avec vous après m'être débarrassé de Valeri. Ensuite, Vladimir débarquerait et prétendrait être mon mari. Afin de pouvoir vous administrer une bonne correction pour que vous ne reveniez plus.

« Seulement, vous êtes parti avant. Vladimir est arrivé en même temps que Valeri et l'a tué immédiatement. Il a failli me faire la même chose.

Elle lui raconta son viol et son sursaut qui lui avait sauvé la vie.

– Mais comment Igor savait-il que j'étais chez vous? interrogea Malko.

– C'est sûrement Ter qui l'a prévenu. Celui qui se trouvait là quand vous êtes arrivé.

– Qui est-ce?

– Un ami d'Igor. Il est arrivé d'Erevan il y a quelques jours et Igor m'a demandé de le loger dans mon atelier. Il semblait se cacher, mais Igor voit souvent des gens bizarres. Des trafiquants recherchés par la Milice, des éléments asociaux comme ils disent. D'habitude, il les installe dans une des chambres qu'il contrôle à l'hôtel *Rossiya*.

Malko commençait à rassembler les pièces du puzzle. Vladimir Timochek travaillait pour Igor Vartanian et avait voulu le tuer. Or, il ne connaissait pas Vartanian et la seule personne à vouloir lui nuire était Ali Jafar. Quel était le lien entre Ali Jafar et le trafiquant arménien?

– Vous n'avez jamais rencontré un Arabe qui s'appelle Ali Jafar? demanda-t-il.

– Pourquoi?

– C'est lui qui est à la source de tout cela. Il connaît Vartanian.

– Il me semble, une fois, qu'Igor est passé dans l'Arbat avec un type qui avait l'air d'un Ouzbek, mais qui parlait mal le russe. Avec une grosse moustache très noire. Il ne l'a pas présenté, comme il fait toujours. Il y avait Ter aussi.

– Et Alexandre Koulaguine, vous le connaissez?

– Oui, bien sûr. Il faisait équipe avec Vladimir. Un salaud qui crevait les yeux des filles qui ne voulaient pas travailler dans le réseau Vartanian. Il a été tué dans une rixe l'autre jour.

Visiblement, elle ignorait beaucoup de choses. Seul le fameux Igor Vartanian détenait les clefs de l'affaire...

– Où habite Igor Vartanian?

Alona but un peu de champagne de Crimée avant de répondre.

– Dans une *pereulok* qui donne en face du 36 de l'Arbat. Au numéro 4, au premier étage. Mais il n'est pas toujours là. Il séjourne souvent au *Rossiya* ou au *Cosmos*. Il possède un restaurant coopératif aussi.

Il y eut un roulement de tambour : le show commençait. Les filles déguisées en miliciennes déboulèrent sur scène.

De leur table, placée en bordure de piste, Malko voyait parfaitement les danseuses. Mirna, l'amie de feu Saïd Ghanari, levait la jambe juste en face de lui. Elle le reconnut et lui adressa un sourire éclatant. Ses jambes, gainées de cuissardes noires, étaient vraiment magnifiques et sa lourde poitrine contrastait avec sa taille étranglée par le large ceinturon de cuir. La casquette rejetée en arrière, elle promenait sur la salle un regard luisant de provocation.

– Vous la connaissez? demanda Alona.

– Vaguement, dit Malko. C'est l'amie d'un ami.

– Elle est très belle.

Il attaquait son poulet à la Kiev où il n'y avait guère que des os à sucer. Alona se pencha sur lui, les traits tirés par l'angoisse.

– Où est-ce que je vais coucher ce soir? J'ai peur, je ne peux pas retourner à l'atelier.

Malko avait déjà pensé à cela. Emmener Alona à l'hôtel était automatiquement attirer l'attention du KGB. Ses informateurs le rapporteraient et la jeune femme risquait de se retrouver place Dzerzinski pour interrogatoire. Etant donné le système soviétique, pas question non plus de lui trouver une chambre d'hôtel. Il fallait tout louer quinze jours à l'avance, par l'Intourist. Or, il ne voulait pas qu'Alona tombe entre les mains du KGB.

– Vous n'avez pas un ami sûr?

Elle secoua la tête avec tristesse.

– Mon frère, mais j'ai téléphoné : Igor est déjà passé là-bas. Il a peut-être laissé quelqu'un en bas. Je ne peux pas venir avec vous au *Meshdunarodnaya*?

– C'est difficile, dit Malko, sans s'expliquer plus.

Il n'eut pas le temps de s'étendre davantage. L'amie de Saïd Ghanari se dirigeait vers la table. Gainée de cuir noir, presque comme sur scène. Une veste presque bien coupée, couvrant un T-shirt moulant, un pantalon ajusté qui rendait sa croupe encore plus inouïe et des bottes souples. Avec son maquillage de scène qui étirait encore plus ses immenses yeux noirs, elle était somptueuse. Son regard balaya Malko et Alona avec la même chaleur.

– *Dobredin!* lança-t-elle. Je suis contente que tu sois revenu me voir. Ce salaud de Saïd ne me donne plus de nouvelles.

Un ange passa en se tordant de rire. Le Tunisien ne risquait pas d'en donner...

Malko fit les présentations. Elle s'appelait Mirna Devjatniski, avait dansé au Bolchoï et adorait le champagne de Crimée. En une demi-heure, elle en but une bouteille. Quant à Alona, elle carburait toujours à la vodka. Autour d'eux, les Ouzbeks s'en donnaient à cœur joie. Comme l'orchestre attaquait une danse à la fois langoureuse et rythmée au tempo très oriental, Mirna qui ondulait sur sa chaise invita Malko à danser. Un vrai brûlot qui lui donna des envies de viol immédiates.

– Elle est mignonne ton amie Alona, murmura-t-elle à son oreille, mais il aurait mieux valu être seul pour venir me retrouver...

On ne pouvait pas être plus explicite... D'autant que ses seins libres sous le T-shirt s'écrasaient contre la veste de Malko. Le rythme se transforma en slow et elle se mit à se frotter contre lui latéralement comme un pendule, surveillant du coin de l'œil l'effet qu'elle produisait... Autour d'eux, d'ailleurs, les Ouzbeks se conduisaient à peu près comme des singes en rut.

– Où habitez-vous? demanda Malko.

Mirna lui lança une œillade qui ressemblait à une coulée de lave.

– Tu vas pouvoir te débarrasser d'Alonichka?... Je fais du théâtre avec une bande de copains. Nous dormons dans les coulisses que nous avons aménagées en chambres. On trouvera toujours un petit coin.

Malko se hâta de la détromper.

– Alona ne sait pas où dormir ce soir, dit-il. Ce n'est pas pour moi.

Mirna Devjatniski lui jeta un regard aussi grivois qu'étonné.

– Eh bien, qu'elle vienne. Et toi aussi.

– Je vais vous accompagner, mais je ne resterai pas.

Quand ils retournèrent à la table, Malko annonça la bonne nouvelle à Alona. Il paya et ils s'engouffrèrent dans un taxi. Dans le noir, Mirna, coquine, posa une main sur la cuisse de Malko et l'autre entre celles d'Alona. Eclectique... Le taxi les débarqua devant ce qui semblait être un théâtre désaffecté rue Pianitzkaya. Ils entrèrent par-derrière, montèrent des escaliers majestueux pour gagner une enfilade de pièces au dernier étage. Dans la dernière, très grande, des jeunes gens des deux sexes buvaient et bavardaient dans la pénombre, en écoutant des vieux disques des Beatles. Partout des tableaux d'avant-garde. Une caméra trônait au milieu.

Mirna lança quelques *Dobredin*, entraîna Malko et Alona dans un couloir sombre et leur ouvrit une porte, allumant une ampoule nue. Il y avait un lit, des livres entassés un peu partout et un matelas à même le sol.

– Je vous laisse, fit espièglement Mirna, avant de refermer la porte.

Alona regarda autour d'elle. Sa lèvre avait encore enflé et elle avait de grands cernes sous les yeux.

– J'ai mal partout, gémit-elle.

– Je vais vous laisser dormir, dit Malko. Je viendrai demain matin.

– Vous ne voulez pas rester avec moi? demanda Alona. J'ai peur.

– Ici, vous ne risquez rien, affirma Malko.

Disparaître du *Meshdunarodnaya* risquait d'alerter le KGB. Personne ne pouvait retrouver Alona dans cet endroit perdu. Il devait absolument se concerter avec John Packard avant d'aller plus loin. Certes, il avait remonté une piste, mais un homme comme Igor Vartanian avait déjà dû prendre des précautions. L'affronter sans biscuits, c'était aller à l'échec. Livrer son nom au KGB était frustrant à ce stade. Alona interrompit la réflexion de Malko. Elle s'était déjà allongée sur le lit.

– Vous allez vraiment revenir? demanda-t-elle.

– Je vous le promets, dit Malko.

– Pourquoi?

Il lui adressa un sourire encourageant.

– Vous avez besoin de moi et j'ai besoin de vous. Pour le moment, reposez-vous. Je serai là dans la matinée.

Elle ferma les yeux et il eut l'impression qu'elle dormait déjà. Il referma doucement la porte, traversa le couloir et la grande pièce où les discussions continuaient. Mirna leva joyeusement un verre dans sa direction lorsqu'il passa.

– *Dosvidania.* A demain, j'espère.

Le garçon barbu en train de lui peloter les seins lança un regard noir à Malko. On flirtait et on buvait dans tous les coins et cela ressemblait fort au départ d'une petite orgie... Malko gagna la sortie et dut marcher presque un kilomètre avant de trouver un taxi. John Packard allait être content.

Le chef de station de la CIA termina sa troisième tasse de café au moment où Malko en faisant autant de son récit.

– Je crois qu'on brûle, fit l'Américain d'une voix gourmande. Ce Vartanian sait sûrement où sont Ali Jafar et Ter Petrossian. La férocité avec laquelle il les protège est la meilleure preuve que nous avons vraiment soulevé un *très* gros lièvre. Ses méthodes rappellent celles de la mafia. Seulement, je ne vois pas comment vous pouvez progresser plus. Même si vous mettez la main dessus. Je pense que le mieux est que je vous prenne un rendez-vous avec notre ami le général Fanganov pour que cette Alona lui raconte ce qu'elle sait.

– C'est dommage, remarqua Malko.

– Bien sûr, reconnut John Packard. Seulement, je ne voudrais pas avoir un infarctus... Nos copains du KGB vont probablement découvrir le tour que je leur ai joué et devenir fous furieux. Au mieux, vous en aurez quarante à vos basques. Et de l'autre côté, pratiquement sûrs qu'il y a bien un attentat en préparation, nous ignorons à quel stade ils en sont. Si cela nous pète dans la gueule...

Malko regarda la neige qui tombait dehors puis sa montre.

– Vous avez raison, mais nous perdons le bénéfice de nos efforts, objecta-t-il. Je vais aller récupérer Alona. Nous prendrons une décision finale à ce moment-là.

L'entrée du théâtre désaffecté de la rue Pianitzkaya ne payait pas de mine au grand jour. Malko entra par la porte de derrière et s'orienta facilement. La grande pièce sentait le tabac froid et le saucisson à l'ail, avec des bouteilles vides partout. Il frappa à la porte de la chambre où il avait laissé Alona et, n'obtenant pas de réponse, entra.

Alona était là, mais pas seule. Mirna était allongée à côté d'elle, à plat ventre, un bras en travers de la poitrine de la petite rousse, offrant involontairement à Malko le spectacle d'une chute de reins absolument fabuleuse. Du marbre de Carrare taillé par un esthète. Il dut lutter de toutes ses forces contre lui-même pour ne pas se jeter dessus sur-le-champ et donner libre cours à ses mauvais instincts... Il régnait dans la petite pièce une chaleur de sauna, et les deux femmes avaient rejeté loin toutes les couvertures. Alona ouvrit les yeux, le vit et se dressa aussitôt sur le lit, les yeux encore bouffis de sommeil.

Des marques rouges parsemaient son corps. Sur la poitrine, le cou, l'intérieur des cuisses. Elle détourna le regard, gênée. Apparemment, la pulpeuse Mirna mangeait à tous les râteliers.

– Je vous attends à côté, dit Malko, habillez-vous.

Le son de sa voix réveilla Mirna qui s'étira, et se tourna vers la porte. Un sourire sensuel allongea encore plus sa grande bouche et elle tendit les bras vers Malko. Celui-ci lui sourit à son tour, puis sentit une présence derrière lui. Il se retourna. Un grand type tout nu, incroyablement maigre avec une tignasse ébouriffée et des petites lunettes rondes à la Trotsky, était appuyé au chambranle de la porte. De la main gauche, il masturbait distraitement un très long sexe mince, rigide comme une barre de fer, un sourire béat sur ses traits plats.

Poliment, il s'excusa, contourna Malko, pénétra dans la pièce et alla droit au lit. Sans se préoccuper d'Alona ou de Malko, il s'agenouilla derrière Mirna et, sans la moindre hésitation, s'apprêta visiblement à faire ce dont Malko aurait rêvé. Alona enfila son jeans à toute vitesse. Elle acheva pratiquement de s'habiller dans le couloir où attendaient deux autres jeunes gens, dans le même état que le premier. Au moment où ils commençaient à descendre l'escalier, ils entendirent Mirna hurler, sans savoir si c'était de plaisir ou de douleur.

– C'est un drôle d'endroit, fit Alona. Ils ont fait ça toute la nuit.

Apparemment, elle ne s'en plaignait pas.

– J'ai faim, dit-elle en sortant dans la rue, je connais un endroit où ils ont toujours de la saucisse et du fromage.

– Qu'est-ce que vous comptez faire? demanda Malko à Alona.

Ils se trouvaient dans un petit café de la Kalinina, au milieu d'une foule terne et silencieuse, debout autour d'un guéridon. Le café était infâme, le pain et la saucisse aussi. Alona avait un peu récupéré. Malko ne lui avait pas encore annoncé qu'il comptait la remettre au KGB...

– Je ne sais pas, dit la jeune peintre. Je n'ai pas d'argent. Je venais de donner tout ce que j'avais à Igor. Tous mes dollars. Il devait me rendre des roubles aujourd'hui. Chaque mercredi, il va au cimetière arménien, soi-disant sur la tombe de sa mère. C'est une blague, sa mère est enterrée à Erevan, d'où il est venu. Seulement, c'est là qu'il planque ses dollars, dans une tombe abandonnée.

– Ah bon, pourquoi?

– A cause des descentes de la Milice. On sait qu'il trafique, alors, ils font de temps en temps des raids chez lui. Une fois, ils lui ont pris quarante mille dollars! Depuis, il se méfie.

– Et comment savez-vous cela?

– J'ai surpris une conversation quand il me croyait endormie.

Malko entrevoyait soudain une possibilité amusante. Igor Vartanian étant la clef de l'affaire, cette information pouvait mettre un peu d'huile dans la serrure.

– Vous pourriez me conduire au cimetière arménien?

Alona le regarda, surprise.

– Maintenant?

– Au moment où Igor Vartanian s'y rend.

– Alors, c'est en fin de journée. Quand il a reçu les dollars de tous ceux qui travaillent pour lui. Vous voulez les lui prendre? C'est très dangereux, il va vous tuer.

– Ce n'est pas exactement cela, corrigea Malko. Mais j'ai un compte à régler avec Mr. Vartanian. Si vous m'aidez, je vous donne cinq cents dollars et vous pourrez retourner à Volgograd.

Alona ouvrit de grands yeux.

– Cinq cents dollars! Cela fait 10 000 roubles. C'est énorme.

– Vous acceptez?

Elle hésita à peine avant de dire oui.

Malko ne montra pas son soulagement. Sans elle, impossible d'identifier Igor Vartanian. Si le plan qu'il venait de mettre au point dans sa tête fonctionnait, il pouvait à la fois doubler le KGB et stopper l'attentat contre Mikhaïl Gorbatchev.

CHAPITRE XVIII

Le colonel Igor Nicolaïevitch Chamirov était en train de se raser à l'eau froide, faute de mieux, dans le cabinet de toilette de la chambre qu'il partageait avec un de ses camarades lorsqu'un sous-officier frappa à la porte et cria qu'on le demandait au téléphone. Il essuya la mousse et sortit dans le couloir. Un petit frisson dans la colonne vertébrale lorsqu'il reconnut la voix autoritaire du général Vladimir Ivanovitch Sokolov.

– Igor Nicolaïevitch, annonça son supérieur, il faudrait que vous fassiez un saut rue Frunzé aujourd'hui. Je vous attends dans mon bureau à seize heures.

– Parfait, *tovaritch* général, lança d'une voix de stentor l'officier du GRU.

Il retourna se raser, quand même inquiet. Depuis le début de l'affaire, il n'avait pas eu de nouvelles de Sokolov. Bien sûr, il avait appris par un camarade du KGB l'arrestation du major du Premier Directorate, inculpé de tentative de déstabilisation de l'Etat socialiste. Les rumeurs les plus folles avaient couru au GRU expliquant que c'était un défecteur de la CIA qui avait dénoncé le coupable. Cependant rien d'autre n'avait transpiré. Depuis l'affaire Penkowski (1), le KGB se méfiait du GRU qu'il considérait à tort comme une pépinière de traîtres. Tous les grands services du GRU étaient supervisés par un officier supérieur du KGB et

(1) Le colonel Penkowski avait été retourné par les Britanniques.

même un homme aussi puissant – un *Viking* dans la terminologie du GRU – que Sokolov devait rendre des comptes.

Igor Chamirov avait été entendu à trois reprises, deux semaines plus tôt, à propos d'Ali Jafar. Le général-lieutenant qui menait l'interrogatoire avait servi dans le même coin que lui en Afghanistan, du côté de Mazar-Sharif et cela avait facilité les choses. Il avait pourtant posé ses questions avec beaucoup de précision, mais Igor Chamirov ne s'était pas laissé démonter. Rien de ses accords secrets avec le Palestinien n'avait filtré dans son dossier. D'autre part, il était noté comme officier intègre, bon communiste et avait été décoré de l'Ordre des Héros de l'Union soviétique pour sa conduite en Afghanistan. Toutes choses qui comptaient. D'ailleurs, l'interrogateur lui avait fait comprendre à demi-mot, avec une pointe de mépris, qu'au lieu de perdre du temps à interroger de bons serviteurs de la *Rodina* comme lui, il aurait mieux valu s'attaquer aux membres pourris de la Nomenklatura et en fusiller quelques paquets... Depuis, il n'avait plus eu aucun écho de l'enquête.

Normalement, il ne devait retrouver Ali Jafar que deux jours plus tard, juste après l'attentat. Leurs contacts téléphoniques, via les cabines publiques, s'étaient poursuivis sans problème. Tout était en place. Bien sûr, Jafar s'était plaint de la pression que mettait sur lui l'agent de la CIA qui s'acharnait sur cette enquête, mais ils gardaient une longueur d'avance.

Volontairement, Igor Chamirov se refusait à envisager les conséquences politiques de son acte. C'était le rôle du général Sokolov. Il n'était pas assez naïf pour imaginer que son chef se soit lancé seul dans une histoire pareille. Il y avait forcément une vaste conspiration au plus haut niveau. Mais, comme dans une opération militaire, Igor Chamirov ne s'intéressait qu'à son secteur.

Avant de quitter sa chambre, il mit dans sa serviette une chemise propre et un nécessaire de toilette. Vieille habitude de beaucoup d'officiers, du temps des purges.

Lorsqu'on était convoqué rue Frunzé ou place Dzerzinski, cela pouvait durer une heure ou dix ans.

Volodia, son fidèle chauffeur, attendait près de la Volga noire. Le colonel Chamirov prit place à l'arrière, annonça la destination et déplia *Krasnoia Swezda* (1), à la page du courrier des lecteurs.

Heureusement que la petite église plantée au milieu du cimetière arménien était ouverte. Depuis une heure, de brutales rafales de vent glacé – un véritable blizzard – soufflaient sur Moscou. Malko et Alona en étaient à se réchauffer les mains aux cierges entre chaque sortie dans le cimetière. Celui-ci, dans le quartier Gruzinskij, ne payait pas de mine. Un petit quadrilatère abritant quelques centaines de tombes. Dispersés dans Moscou, les Arméniens se regroupaient là après la mort...

Juste en face se trouvait un énorme cimetière russe, beaucoup plus fréquenté. Même sans parler du froid, Alona et Malko n'osaient pas rester trop en vue dans le cimetière désert. Ils se relayaient pour aller jeter un œil par la porte entrebâillée, revenant ensuite s'agenouiller devant les prie-Dieu – les seuls sièges en vue – en face d'un tableau représentant saint Georges terrassant le Dragon. La vendeuse de cierges, seule autre occupante de la nef, ne leur prêtait aucune attention. Abreuvée de roubles par Malko, elle somnolait derrière son fond de commerce. La nuit était quasiment tombée et Malko commençait à se demander si Igor Vartanian allait venir lorsque Alona, partie jusqu'à la porte, revint en toute hâte.

– Je crois que le voilà, annonça-t-elle.

Il quitta aussitôt son prie-Dieu et rejoignit la jeune Soviétique. Celle-ci lui désigna une silhouette qui arpentait lentement une des allées. Un homme de haute taille coiffé d'une toque en astrakan. Il se trouvait à droite de l'église, bien en vue, non loin d'une clôture séparant le cimetière d'un petit bois. Il s'arrêta, regarda autour de lui, puis se baissa, disparaissant du champ visuel de

(1) L'Etoile Rouge.

Malko. Celui-ci prit immédiatement des points de repère. Une stèle verticale, à gauche, et un gros caveau, à droite. Igor Vartanian demeura moins d'une minute accroupi. Il se redressa et repartit du même pas tranquille. Malko laissa s'écouler dix minutes après son départ du cimetière et gagna la tombe devant laquelle l'Arménien s'était arrêté. Il examina la dalle de marbre noirâtre, mal entretenue, ne différant en rien de ses voisines. Celle d'un certain Serguei Balkanian, décédé le 17 juillet 1957. Il se replaça dans la même position que l'Arménien. De la porte de l'église, Alona le guidait par gestes. Lorsqu'il fut exactement au même endroit qu'Igor Vartanian, il s'accroupit en face de la stèle. D'abord, sa torche électrique n'éclaira que la neige, le sol boueux, le marbre et quelques fleurs artificielles.

Il tâta de la main le rebord inférieur du marbre et, soudain, découvrit une cavité. Une sorte de soupirail minuscule au ras du sol. Il y enfonça la main jusqu'au poignet et sentit très vite sous ses doigts le contact d'un sac en plastique qu'il sortit à l'extérieur. Il l'examina à la lueur de la torche et aperçut à travers le plastique transparent le vert caractéristique des billets américains.

Il le posa sur le sol et replongea le bras à l'intérieur de la cache, ramenant plusieurs autres sacs identiques tous pleins de billets de cent dollars. De quoi remplir toutes les poches de sa pelisse! A vue de nez, il y en avait pour 25 000 dollars. Une fortune en roubles : plus de 500 000! Le sol, sous la dalle de marbre, avait été creusé habilement pour ménager ce macabre coffre-fort. L'ayant vidé, Malko regagna le porche de l'église où Alona le guettait anxieusement.

– Vous avez trouvé? demanda-t-elle.

– Oui.

– Qu'allez-vous faire?

– Je ne veux pas vous mêler à cela, dit-il. Maintenant, vous pouvez quitter Moscou.

Il tira de sa poche ses propres dollars et en compta cinq cents. La jeune femme les fit disparaître dans la poche de son jeans. Ravie.

– Finalement, je crois que je vais rester à Moscou,

annonça-t-elle. Avec ces dollars, je peux vivre un bon moment.

– Où?

– Mirna m'a offert de rester avec elle, il y a de la place. C'est une bande sympa. Je pourrai reprendre mon travail et vendre moi-même à Ismaïlovo. J'espère que dans quelque temps, je n'aurai plus rien à craindre d'Igor.

– Pourquoi?

– Vous n'allez pas le tuer? demanda-t-elle candidement. Sinon, c'est lui qui vous tuera à cause des dollars.

Malko ne put s'empêcher de sourire.

– C'est un peu plus compliqué que cela, corrigea-t-il, mais effectivement, je pense que bientôt, vous n'aurez plus rien à craindre d'Igor Vartanian. A propos, où puis-je le joindre?

– Vous voulez vraiment? demanda-t-elle, d'une toute petite voix.

– Bien sûr.

– Voilà le téléphone de chez lui, où on lui fait part des messages. Je vous ai dit où était son appartement. Il déjeune aussi très souvent au restaurant *Skazka,* dans Tovaritcheskij Pereulok et il est presque tous les soirs au bar du *Meshdunarodnaya* ou à celui du *Rossiya.*

Avec ça, Malko était sûr de le retrouver. Intérieurement, il jubilait. Ils sortirent du cimetière, pataugeant dans la gadoue du trottoir jusqu'à la place où se trouvait l'entrée de l'autre cimetière, et se séparèrent.

Le parking de la rue Frunzé réservé aux voitures du ministère de la Défense et à l'état-major était sans cesse encombré en dépit des efforts de l'unique milicien de service. Igor Chamirov et le général Sokolov émergèrent de l'entrée latérale de l'état-major devant une mer de voitures. Le général du GRU eut un rire joyeux.

– Dépose-moi, Igor Nicolaïevitch, sinon, je ne retrouverai jamais une place.

Il renvoya son chauffeur qui accourait déjà et monta dans la vieille Volga conduite par Volodia Kovalev.

Igor Chamirov se sentait plus léger. L'entretien avait porté sur la clôture de l'enquête lancée à son sujet par le KGB sur l'affaire Ali Jafar. Il était désormais officiellement hors de cause, nouvelle que le général Sokolov lui avait communiquée après quelques considérations sur le temps. La voiture remonta la rue Frunzé en direction de la Kalinina. Le général Sokolov poussa un profond soupir.

– Enfin, nous pouvons parler, Igor Nicolaïevitch! Est-ce que tout se passe selon les plans?

– Absolument, *tovaritch* général, affirma le colonel. Je n'ai eu aucune nouvelle alarmante, donc l'opération est toujours fixée à après-demain. Pourtant cet agent de la CIA maintient la pression sur Ali Jafar. Il a déjoué deux tentatives de neutralisation, mais nous avons réussi à le maintenir sur une position périphérique où il n'est pas dangereux.

– C'est curieux, fit pensivement le général Sokolov. J'ai vu cet homme une fois et il prétendait ne rien savoir. Depuis, nos *sosedi* (1) n'ont pas daigné me tenir au courant de l'enquête.

– Il y a eu autre chose? demanda le colonel Chamirov, inquiet malgré tout.

– Une drôle d'histoire, dit le général Sokolov. La CIA a communiqué à nos *sosedi* le nom d'un suspect ayant eu des contacts suspects avec Ali Jafar. Un homme de chez eux.

Ce fut au tour du colonel de sursauter.

– Mais comment savent-ils...?

Le général lissa sa casquette plate, posée sur ses genoux.

– Jafar avait eu des contacts avec la CIA. Il n'est pas sûr. Il est indispensable, tout de suite après l'action, de l'éliminer.

– C'est ce que j'avais prévu, fit d'une voix calme le colonel. Ainsi qu'un deuxième personnage.

Le général lui donna une grande tape sur la cuisse.

– Encore bravo, Igor Nicolaïevitch. Tu sais que nous avons eu de la chance! Ces imbéciles du KGB ont

(1) « Voisins » (gens du KGB).

plongé comme des vautours sur le suspect apporté par les Américains. Il a commencé à avouer quelques petites conneries et cela les a mis en appétit. Ils sont persuadés qu'ils tiennent le responsable d'un complot.

– Et alors?

Le général Sokolov éclata d'un rire heureux.

– Ils ont mis sur lui une telle pression qu'il leur a claqué entre les doigts... Et maintenant, ils se posent des questions. Un peu tard. Pendant ce temps-là, ils ne s'occupent pas des autres pistes...

La Volga était en train de franchir le pont sur la Moskwa menant à Kutouzowski Prospekt. Le général reprit un ton plus sérieux pour annoncer :

– Si tout se passe normalement, le Soviet Suprême se réunira dès la fin de la semaine prochaine pour élire un nouveau président. Nous avons un excellent candidat.

– Un militaire?

– Mais non! Un civil. Mais qui nous mange dans la main. En attendant, un groupe de plusieurs généraux de nos amis prendra les décisions urgentes. Et ensuite... (il tapota la poche de sa vareuse)... j'ai là une liste de gens qui vont se retrouver avec de nouvelles affectations. Nous n'avons pas assez développé l'*Okroug* (1) d'Arkhangelsk... Ceux qui ont joué avec ce pantin de la Perestroïka vont aller réfléchir au fond des steppes. Ils reviendront, j'espère, avec des idées neuves.

Igor Chamirov hocha la tête avec approbation. Le général Sokolov, tourné vers lui, lui enfonça son index dans le flanc.

– Quant à toi, Igor Nicolaïevitch, je pense que tu ne tarderas pas à avoir de belles étoiles brodées sur tes épaules et une vraie maison pour ta famille. Pour commencer.

– Merci, *tovaritch* général, dit le colonel.

– Appelle-moi Vladimir Ivanovitch, idiot! Maintenant nous sommes doublement frères d'armes.

– *Karacho*, Vladimir Ivanovitch, répondit le colonel Chamirov d'une voix encore hésitante. Quand tout sera réglé est-ce que tu pourrais faire obtenir un petit

(1) Région militaire.

appartement à ce bon Volodia? Cela fait douze ans qu'il est inscrit sur une liste.

– Bien sûr! Tous ces gens qui vont aller défricher notre beau pays à l'Est, cela va faire des appartements libres...

« Maintenant, dis à Volodia de faire un demi-tour et ramenez-moi.

Vingt minutes plus tard, après avoir déposé le général Sokolov, le colonel Chamirov demanda à Volodia de stopper devant un « Gastronom ». Il voulait rapporter une bouteille de champagne de Crimée à sa femme pour un *polyana* (1). Elle allait enfin pouvoir obtenir un logement décent.

John Packard acheva de ranger les 24 000 dollars d'Igor Vartanian dans son coffre et le referma. Le chef de station rejoignit Malko sur le grand canapé de son bureau et alluma une cigarette.

– Ce que vous allez tenter est fichtrement dangereux, lança-t-il. Ce Vartanian est un tueur, il risque de réagir brutalement.

– Je suis armé, fit remarquer Malko, et c'est notre dernière chance. Sinon, c'est la confession au KGB.

– Je me demande si nous n'allons pas entendre parler d'eux, remarqua l'Américain. C'est bizarre qu'ils ne me tiennent pas au courant de leurs interrogatoires, ne serait-ce que pour des recoupements. Ou alors, ils ont compris qu'on les avait baisés et ils sont mauvais...

Malko se leva.

– Souhaitez-moi bonne chance. Je vais faire la tournée des Grands Ducs.

Pour un prince authentique, c'était la moindre des choses... Malko commençait à avoir la nostalgie de son château de Liezen, de l'Autriche et de la pulpeuse Alexandra.

(1) Dîner d'amoureux.

Les habituels Japonais traînaient dans le hall, après avoir dîné au restaurant nippon du *Meshdunarodnaya.* Malko avait fait comme eux. En quittant l'ambassade US, il s'était rendu à l'adresse d'Igor Vartanian, trouvant facilement son appartement. Mais personne n'avait répondu à son coup de sonnette. Il était revenu à l'hôtel, avait dîné, regardé la télé pour tuer le temps et maintenant se lançait à l'assaut. Il se dirigea directement vers le bar du rez-de-chaussée d'où s'échappait de la musique. A peine fut-il entré qu'il aperçut Igor Vartanian. Celui-ci avait gardé sa toque d'astrakan vissée sur la tête. Il était assis au bar à côté d'une brune aux cheveux longs, de dos par rapport à Malko. Deux armoires à glace, à une table voisine, le couvaient des yeux. Des « gorilles ». La brune tourna la tête et Malko eut le choc de sa vie : c'était Mirna Devjatniski la « milicienne ». Elle le reconnut aussi, dégringola de son tabouret et fonça vers lui. Impressionnante avec son chemisier épaulé blanc sous lequel ses seins lourds jouaient librement et un pantalon de cuir noir hyper-ajusté coulé dans ses bottes de cosaque. Elle avait sûrement pas mal bu car ses yeux noirs brillaient comme des phares. Tranquillement, elle planta sa grosse bouche sur celle de Malko.

– Quelle bonne surprise ! Viens, je vais te présenter à mes amis.

Il n'eut pas le temps de résister. Déjà, elle le tirait par le bras. Igor Vartanian, visiblement euphorique, lui adressa d'abord un sourire chaleureux.

– C'est un ami, Malko ! lança Mirna.

Les traits de l'Arménien se figèrent et ses yeux ressemblèrent soudain à deux morceaux de glace, scrutant Malko. Au bout de quelques instants, son sourire réapparut et il proposa chaleureusement :

– Prenez donc un verre avec nous, il y a de la vodka pour tout le monde.

Le barman servit aussitôt Malko, à partir d'une bouteille posée sur le bar. Il n'eut même pas le temps de toucher à son verre que les musiciens s'étaient remis à jouer et Mirna l'entraîna sur la petite piste, pour un slow torride. Elle se pencha à son oreille.

– Tu sais que j'ai recueilli ta protégée! Elle est très mignonne.

– Merci, dit Malko, je ne savais pas que tu fréquentais Igor Vartanian.

– Tu as entendu parler de lui! C'est vrai, tout le monde le connaît à Moscou. Il aime faire la fête et dépenser beaucoup d'argent. Et, en plus, il a une queue énorme et il est divinement poilu.

– Tu le connais bien?

Elle eut un rire joyeux.

– On baise de temps en temps, on boit de la vodka, il m'emmène au Bolchoï et ensuite chez lui.

Du coin de l'œil, Malko regarda Vartanian. Visiblement, l'Arménien se posait beaucoup de questions. Il échangea quelques mots avec ses deux gorilles qui se levèrent. Au moment où la danse se terminait, Igor lança à Mirna :

– Viens, mon petit pigeon, nous allons faire un tour au *Leningradskaya.*

Mirna filait déjà vers le vestiaire. Malko n'avait pas eu le temps de la mettre en garde à propos d'Alona : il espérait qu'elle ne parlerait pas de la jeune femme à Vartanian. Il avait d'ailleurs plus urgent à faire. Igor Vartanian avait presque atteint la porte lorsque Malko l'intercepta.

– *Gospodine* Vartanian, dit-il, j'aimerais vous dire un mot.

L'Arménien se retourna, encadré de ses deux gorilles et fixa Malko d'un regard froid :

– Qui êtes-vous?

Malko lui jeta un œil glacial.

– Comment? Vous avez voulu me faire assassiner trois fois et vous ne savez pas qui je suis?...

Une lueur dangereuse passa dans les yeux sombres d'Igor Vartanian. Il se préparait à bousculer Malko lorsque ce dernier dit d'une voix sans réplique :

– *Gospodine* Vartanian. Il faut *vraiment* que nous ayons une petite conversation.

L'Arménien eut un haussement d'épaules insouciant.

– Demain! Ce soir, je m'amuse.

– Ce soir, insista Malko, sinon, vous ne vous amuserez pas demain.

Les deux hommes s'affrontèrent du regard puis l'Arménien fit demi-tour et se laissa tomber avec un soupir excédé à une table voisine d'où deux putes s'envolèrent aussitôt. Malko prit place en face de lui sur la banquette, dans le coin le plus sombre. Son interlocuteur jeta :

– Que voulez-vous?

– Ter Petrossian et Ali Jafar.

Cette fois, Igor Vartanian perdit son sang froid. Les yeux injectés de sang, il se pencha sur la table et gronda à voix basse :

– Je ne sais pas ce que vous voulez dire, mais si vous continuez, Micha et Arkadi vont vous briser tous les os du corps et vous foutre dans la Moskwa.

Malko sortit la main de sa pelisse, serrant son pistolet extra-plat au long canon; il le posa sur la table, le canon dirigé vers l'Arménien, et dit :

– Si vous ne m'écoutez pas, je vous tire une balle dans le genou et j'appelle le KGB. Eux sauront vous réclamer ces informations d'une autre façon que moi.

Igor Vartanian blêmit.

– Qu'est-ce que vous voulez?

– Vous faire une proposition. Contre ces deux hommes, je vous offre vingt-quatre mille dollars. En billets de cent...

Igor Vartanian fronça les sourcils, surpris et ne put s'empêcher de demander :

– Pourquoi vingt-quatre mille dollars?

Malko lui décocha son sourire le plus charmant.

– Cela vous permettra de retrouver *votre* argent, Mr. Vartanian. Celui du cimetière.

Malko crut que l'Arménien allait soulever la table et la lui jeter à la figure. Il avait viré au blanc et lança entre ses dents :

– Petit salaud! je vais te crever les yeux avant de te couper les couilles. Rends-moi mon fric.

Ses phalanges étaient livides à force de serrer la table. Malko ne se troubla pas.

– Votre argent est en sûreté dans un coffre, Mr. Vartanian, continua-t-il. Et vous avez une minute pour me dire si vous êtes d'accord. Ensuite, ce sera le KGB qui vous posera la même question, mais eux ne vous rendront pas vos vingt-quatre mille dollars.

Les musiciens qui avaient recommencé à jouer s'approchèrent de la table, balalaïka en tête, mais Vartanian les chassa d'un geste brutal. Ses yeux sondaient Malko comme des lasers. Il avait repris partiellement son sang-froid. C'est d'une voix plus calme qu'il demanda :

– Qui êtes-vous, *vraiment*? Pourquoi vous intéressez-vous à ces deux hommes?

– C'est une trop longue histoire, *gospodine* Vartanian, répliqua Malko. Je n'ignore pas que beaucoup d'éléments vous échappent. Vous vivez bien à Moscou, pourquoi ne pas continuer? Je suis prêt à oublier que vous avez voulu me tuer. A condition que vous collaboriez avec moi. Sinon...

Il laissa sa phrase en suspens.

L'Arménien blêmit encore, son regard vacillait. Malko le sentait en proie à un combat intérieur difficile. Enfin, du bout des lèvres, Igor Vartanian demanda :

– Qu'attendez-vous de moi?

CHAPITRE XIX

Les mots avaient du mal à franchir la gorge d'Igor Vartanian. Ses yeux fusillaient Malko avec une rage froide. Si l'Arménien avait été libre de ses faits et gestes, il l'aurait sûrement écorché vif... Il attendait, les mains crispées sur la table, le visage haineux.

– Je veux ces deux hommes, répéta calmement Malko. Maintenant. Où se trouvent-ils?

Un rictus sardonique tordit le visage de l'Arménien.

– *Ne pizdi, tovaritch* (1). C'est donnant, donnant. Mon pognon contre ces deux types et je ne te dirai sûrement pas où ils se trouvent. Je n'ai pas envie de voir débarquer tes copains du KGB.

– Alors, comment faisons-nous?

– Il faut que je réfléchisse, je te rappellerai demain.

– Non, dit Malko, nous pouvons traiter ce soir.

Il lui était possible d'alerter John Packard et de récupérer les dollars.

Igor Vartanian lui jeta un regard plein de haine.

– Non, je te dis, ce soir c'est impossible, je ne sais pas où ils sont. Alors tu peux faire ce que tu veux, ça ne changera rien. Mais, crois-moi, je veux récupérer mon pognon. Alors, je te rappelle demain matin, entre onze heures et midi. Tu as un numéro?

Malko ne répondit pas immédiatement. Ça pouvait

(1) Ne joue pas au con, camarade.

être la stricte vérité ou une astuce pour gagner du temps. Comment en être sûr? Sans se soucier du pistolet, Vartanian se leva. Raide de fureur. Il se pencha vers Malko.

– Maintenant, je me tire. Tu me donnes ton numéro?

De mauvaise grâce, Malko lui donna celui de sa chambre. L'Arménien ne se laisserait pas intimider plus, il le sentait. Le suivre n'aurait servi à rien. Il le regarda sortir du bar, escorté de ses deux gorilles. Pas entièrement satisfait.

Il était tellement absorbé par ses pensées qu'il remarqua à peine une femme qui s'approchait de la table. Dans la pénombre, il ne distinguait pas ses traits. Il la prit pour une des putes draguant dans l'établissement et allait se lever, quand elle le tira par la manche. Il tourna alors la tête et reconnut Swetlana Zorine.

Hyper-provocante avec son pull de fine laine blanche et sa jupe noire et courte très moulante. Les yeux étirés et maquillés en vert, la bouche pulpeuse à souhait, sa longue natte blonde lui battant le dos. Il pesta intérieurement : avait-elle assisté à sa conversation avec Igor Vartanian? La bouche épaisse de la jeune femme s'ouvrit sur un sourire carnassier et tendre à la fois, tandis qu'elle se penchait à son oreille et murmurait dans un halo de parfum :

– Je suis contente de retrouver l'as de la CIA! J'ai pensé que vous cherchiez une compagnie. Ici, il n'y a guère que des hommes seuls, n'est-ce pas...

Elle avait repris le vouvoiement. Malko la regarda froidement.

– Vous voulez m'emmener où cette fois?

Le sourire de Swetlana s'accentua. Ses ongles effilés se posèrent sur la cuisse de Malko, le griffant légèrement à travers l'alpaga du pantalon. Un chaton en train de jouer.

– Allons, ne soyez pas amer! Nous sommes là, tous les deux en bonne santé. Moi aussi, j'aurais pu avoir de gros problèmes... Un homme de sang princier comme vous sait oublier les moments difficiles. Il paraît que vous avez un magnifique château, en Autriche. Liezen.

J'ai vu des photos dans nos archives. Vous m'y emmènerez?

– Certainement, dit Malko, dès que j'ouvre un zoo d'animaux venimeux.

Les ongles s'enfoncèrent d'un coup dans sa cuisse et il sursauta. Swetlana Zorine n'avait pas cessé de sourire.

– Il ne fallait pas tricher, *tovaritch*, dit-elle d'une voix glaciale.

– C'est-à-dire?

Le regard bleu ressemblait de plus en plus à une banquise sous une aurore boréale. Swetlana se pencha encore plus près.

– Vous nous avez baisés, vous et vos camarades de la CIA! Vous nous avez fait torturer et tuer un des nôtres, un officier soviétique qui n'avait rien à se reprocher. Cela vaut bien quelques instants difficiles, n'est-ce pas...

Malko éprouva brutalement une sensation de gêne. Certes, dans ce genre de vie, tous les coups étaient permis, mais son éthique posait quand même des bornes aux débordements.

– Vous voulez dire que...

– Oui. Le major Droujinine est mort pendant son dernier interrogatoire. Et maintenant, ajouta-t-elle amèrement, nous savons qu'il était innocent! Pour sa famille, il est tombé en service commandé pour l'Union soviétique, a été élevé au rang de colonel à titre posthume, et fait héros de l'Union soviétique.

– Nous n'avons pas voulu cela, protesta Malko. Si vos méthodes étaient moins barbares...

Swetlana eut un geste fataliste.

– *Nitchevo*, c'est la vie! Mais n'essayez plus de nous mener en bateau. Pendant que nous faisions les imbéciles, vous protégiez le véritable complot. Alors que le président des Etats-Unis assure Mikhaïl Sergueïevitch de toute son amitié...

– Vous vous trompez, coupa Malko. Nous ne patronnons aucun complot.

– Alors que faites-vous à Moscou? La CIA vous offre des vacances? Maintenant, nous savons des tas de choses, mais nous les apprenons toujours trop tard. Où en est votre enquête?

Malko hésita. Sans l'accord de John Packard, il n'avait pas le droit de dire un mot à Swetlana. Il ne voulait pas non plus rouvrir les hostilités. Ce serait un formidable gage de réconciliation d'apporter au KGB sur un plateau d'argent les deux hommes qu'il cherchait. Mais il fallait gagner un peu de temps. Apparemment, l'agent du KGB était arrivée dans le bar *après* sa conversation avec Igor Vartanian. Sinon, elle lui en aurait déjà parlé.

– Swetlana, dit Malko, je répondrai à vos questions demain, si vous acceptez de déjeuner avec moi.

Le regard de la jeune femme le scruta longuement.

– Si vous nous mentez encore, cela ira très mal, avertit-elle. Nous sommes patients, mais il y a des limites. Oui ou non, avez-vous retrouvé la trace d'Ali Jafar?

Il hésita avant de répondre « Oui ». C'est d'une voix plus douce que Swetlana continua :

– Pour nous, il s'agit d'une affaire de la plus haute importance. L'atmosphère est empoisonnée. Les gens du GRU ricanent et mon chef vient d'être muté à la suite de cette bavure.

– Sans cette ruse, je serais mort, remarqua Malko au passage.

La Soviétique haussa les épaules puis appela le garçon.

– Buvons à notre mort. Ou à la mienne, comme vous voudrez. Pour sceller notre réconciliation.

Ça recommençait... Malko commanda un Cointreau et une vodka, furieux de réaliser qu'en dépit de ce qu'elle lui avait fait, il avait encore envie de cette épouvantable garce! Il s'accrocha au fantôme d'Alexandra pour ne pas perdre pied... Comme si elle avait deviné ses pensées, Swetlana se pencha et dit à son oreille :

– Même si vous m'en voulez, souvenez-vous que je vous avais payé d'avance. Le dernier homme qui a voulu me faire ce que vous m'avez fait subir, je lui ai arraché les testicules.

– Pourquoi ai-je eu droit à un traitement de faveur? Vous étiez en service commandé?

Le sourire se fit narquois.

– En partie. Et aussi, parce que vous êtes un salaud avec les femmes et que cela m'excite.

Une heure plus tard, ils quittèrent le bar ensemble sous les regards envieux des businessmen esseulés. Mais, dans le hall, Swetlana se contenta de tendre la main à Malko.

– J'attends de vos nouvelles demain. Je serai chez moi.

Ali Jafar, allongé sur un matelas posé à même le sol, comptait les heures. Réalisant trop tard dans quel piège il s'était fourré. C'est vrai que lorsqu'il avait quitté Vienne pour Moscou, il n'avait guère le choix. Le commando exterminateur lancé à ses trousses ne lui aurait pas laissé la moindre chance... Ici, au moins, il en avait une minuscule. Cependant, il ne se faisait guère d'illusions : même si tout se passait bien, ses espérances de survie étaient extrêmement minimes... L'homme qui avait abattu le mari de Corazon Aquino, sur l'ordre du général Ver, le chef des Forces armées aux Philippines, avait été liquidé dans la minute qui suivait; Ali Agça croupissait dans une prison romaine, après sa tentative de meurtre contre le Pape. Et tant d'autres, morts presque aussi vite que leurs victimes. Il se raccrocha à l'idée que le colonel Chamirov était un militaire digne de parole...

Il restait à peine plus de quarante-huit heures à courir... Il n'en pouvait plus de cette cavale... Son dernier refuge était un réduit fermé de l'extérieur, qui servait de réserve à un restaurant coopératif, propriété d'Igor Vartanian. On lui apportait à manger deux fois par jour et c'était tout.

La clef tourna dans la serrure et il se redressa : sa charcuterie du soir arrivait. Il fut étonné en voyant Vartanian ouvrir la porte. L'Arménien, le regard sombre, préoccupé, referma et s'assit sur des cartons de boîtes de sardines, avec un sourire de commande.

– Tout va bien?

– Si on peut dire, fit amèrement le Palestinien.

Vartanian secoua la tête.

– Ter t'attend demain soir à la station de métro Komsomolskaya à cinq heures, au niveau de la ligne Kirovsko-Frunzenskaya, devant les taxiphones. C'est tout ce qu'il m'a dit. Cela te suffit?

– Parfaitement. Il a trouvé un véhicule?

– Sûrement.

Igor Vartanian se leva.

– Bonne chance et bonne nuit.

Igor Vartanian, appuyé sur ses avant-bras, comme pour faire des tractions, ne tenait en équilibre que grâce à son sexe enfoncé verticalement dans la croupe de Mirna Devgatniski. Après sa halte dans le réduit d'Ali Jafar, il avait été faire un tour au *Leningradskaya*, mais ne s'y était pas attardé, tant il avait envie de Mirna qui l'attendait chez lui. Il s'épancha en elle avec un rugissement de soulagement et les fesses somptueuses vinrent au-devant de lui, en une offrande muette. Mirna aimait faire l'amour, et plus l'homme qui la prenait était puissant, plus elle appréciait. Surtout lorsqu'elle avait bu beaucoup de vodka...

Ils retombèrent sur le côté et elle embrassa l'Arménien.

– Tu m'as bien baisée, dit-elle simplement.

Son regard tomba sur un fouet de cosaque enroulé, fixé à une patère dans le mur et il sourit.

– La prochaine fois, je te fouetterai avant! annonça-t-il. Je t'attacherai nue et je te ferai crier.

Mirna soutint son regard.

– Si tu veux, fit-elle avec une lueur trouble dans ses grands yeux noirs, mais il faudra bien me faire jouir.

Il n'écoutait déjà plus : le plaisir évanoui, il était repris par ses soucis.

– Tu connais bien le type blond que tu m'as présenté au bar, tout à l'heure? demanda-t-il.

Mirna lui jeta un regard provocant et amusé.

– Tu es déjà jaloux? Non, je l'ai vu trois fois. Il m'a

amené une de ses copines qui ne savait pas où coucher, une jolie petite rousse avec des seins énormes.

Igor Vartanian crut qu'il recevait un coup de poing dans l'estomac. Son changement d'expression fut tel que Mirna en fut effrayée.

– Qu'est-ce qu'il y a, tu la connais?

Igor Vartanian arriva à sourire.

– Oui. Nous sommes ensemble, mais nous nous sommes disputés. Elle s'est sauvée mais je ne savais pas où elle était. Tu peux m'emmener la voir?

– Maintenant?

– Oui.

Mirna scruta son regard et se méprit sur l'expression de ses yeux.

– Tu es vachement mordu, hein! fit-elle avec philosophie. Moi qui croyais t'avoir séduit... Enfin, allons-y.

Elle se leva et commença à se rhabiller, imitée aussitôt par Igor Vartanian. Ce dernier demanda en mettant sa toque d'astrakan :

– Tu ne lui diras pas que je suis avec toi. Je vais lui faire la surprise...

– *Karacho*...

Le regard de Mirna tomba sur le fouet et s'alluma.

– Si tu la fouettes, tu me laisseras regarder.

Alona n'eut pas le temps de réagir. Mirna était soi-disant venue la chercher pour l'emmener à une soirée sympa. Mais à peine fut-elle montée dans la Volga qu'une poigne de fer la saisit à la gorge et qu'elle se trouva nez à nez avec le visage grimaçant de haine d'Igor Vartanian. L'homme qui se trouvait au volant, un des « Borzois » de Vartanian, démarra brutalement, laissant Mirna au bord du trottoir.

– Alors, petite salope! lança Igor Vartanian, serrant le cou d'Alona, tu croyais t'en tirer comme ça!

La jeune peintre chercha de l'air, terrifiée, assommée, ne comprenant pas ce qui lui arrivait. Elle n'avait aucune chance d'échapper à l'Arménien, et elle connaissait sa cruauté.

– Je n'ai rien fait de mal, protesta-t-elle. Je me suis

sauvée parce que j'ai eu peur. Tu as envoyé ce porc de Vladimir pour me tuer. Il m'a violée et je me suis défendue.

Igor Vartanian serra les mâchoires et la gifla à toute volée.

– Tu mens ! Tu travailles avec cet *Amerikanski* ! Tu l'as mené au cimetière, pour qu'il me vole mon argent. Mais tu vas regretter que Vladimir ne t'ait pas tuée.

– Je t'en prie, supplia Alona, il m'a forcée. Je t'aiderai à reprendre cet argent.

– Je n'ai pas besoin de toi, coupa Vartanian.

Ils arrivaient à son appartement. Le « Borzoi » la força à descendre, en lui tordant un bras derrière le dos et la poussa dans l'escalier. Ensuite, il la mena directement dans la chambre d'Igor Vartanian et se retira discrètement. L'Arménien ôta sa pelisse, sa chapka et sa veste.

– Déshabille-toi ! jeta-t-il à Alona.

Comme elle ne bougeait pas, tassée dans un coin, il alla décrocher le fouet de cosaque et lui en cingla le dos à toute volée. Elle poussa un hurlement de douleur et commença fébrilement à ôter ses vêtements. Quand elle fut nue, elle leva un regard implorant sur Vartanian, une lueur trouble dans ses yeux verts. Peut-être voulait-il la punir simplement par un jeu sexuel un peu cruel. Dans ce cas, il fallait le laisser faire.

– A genoux, lança-t-il, et tiens-toi bien droite.

Alona obéit. Vartanian abattit le fouet à toute volée sur les seins de la jeune femme, faisant éclater la peau fragile. Alona hurla, comprenant en une fraction de seconde que ce n'était pas un jeu. Elle se redressa, cherchant à lui échapper.

Les yeux fous, Igor Vartanian leva à nouveau le bras et le fouet siffla, s'abattant sur son dos, laissant une estafilade sanglante. Roulée en boule, Alona tentait de protéger les parties les plus fragiles de son anatomie. Vicieusement, l'Arménien se mit à tourner autour d'elle. Sifflement ! Hurlement atroce. Cette fois, la mèche du fouet avait frappé entre les cuisses, cinglant le sexe sans défense.

Sous l'atroce douleur, Alona roula sur le dos et,

aussitôt, le fouet s'abattit sur son ventre, sa poitrine, son visage même. Elle hurlait sans interruption, rampant autour de la pièce, poursuivie par le fouet qui claquait, enlevant à chaque fois un peu de chair, laissant des boursouflures aux endroits les plus délicats. Vartanian ne se lassait pas, frappant comme un sourd, avec une hargne renouvelée. Le corps d'Alona n'était plus qu'une plaie et il avait du mal à trouver un endroit qui ne fût pas déjà atteint. Une estafilade lui avait ouvert le visage en biais, fendant les lèvres, déchirant les joues, et le sang coulait jusque dans son cou.

Un dernier coup qui cingla le bas-ventre lui fit perdre connaissance. Igor Vartanian mania encore le fouet quelques minutes puis le jeta dans un coin. Ça ne l'amusait plus.

– Iouri ! appela-t-il.

Le voyou massif qui avait conduit la Volga pénétra aussitôt dans la pièce.

– Crève-lui les yeux, fit simplement Igor Vartanian.

Le « Borzoi » prit Alona inanimée par les cheveux et la traîna hors de la pièce. Vartanian se versa un grand verre de vodka et s'assit sur le lit, un peu calmé. Une partie des comptes venait de se régler. Il restait à récupérer ses dollars et à tuer l'homme qui l'avait humilié.

CHAPITRE XX

Malko attendait près du téléphone dans sa chambre. Certain que sa ligne était de nouveau sur écoute. Cela allait être délicat à jouer... Il avait mal dormi, cherchant à deviner quel piège Igor Vartanian allait lui tendre. La rentrée de scène du KGB n'arrangeait pas les choses. Il n'avait pas encore prévenu John Packard de sa rencontre avec Swetlana. Le téléphone sonna.

– *Gospodine* Linge?

La voix d'Igor Vartanian. Comment le mettre en garde? Malko n'en eut pas le temps. L'Arménien dit simplement :

– Venez déjeuner au *Skazka.* Votre réservation est faite.

Il avait déjà raccroché. Dix minutes plus tard, Malko roulait vers l'ambassade US. John Packard le reçut immédiatement et Malko le mit au courant.

– Ça devient compliqué. Comment allez-vous pouvoir agir sous le nez du KGB?

– Je n'en sais rien, avoua Malko, mais je n'ai guère le choix. J'improviserai.

John Packard demeura silencieux. Au terme d'une véritable course d'obstacle, il touchait au but : remettre au KGB les auteurs d'un projet d'attentat contre Mikhaïl Gorbatchev. Ce qui aurait un poids politique considérable pour les USA. Mais le KGB les talonnait!

– Attention, avertit l'Américain, je ne vous sortirai pas une seconde fois de leurs griffes.

– Je sais, dit Malko. Je vais quand même tenter le coup.

En quittant l'ambassade, Malko retourna au *Meshdunarodnaya.* Il récupéra son pistolet extra-plat et fit monter une balle dans le canon, puis mit le cran de sûreté. Entre Vartanian et le KGB, la route était étroite... Dix minutes plus tard, on frappa à la porte de sa chambre. Swetlana Zorine, en tailleur de cuir noir sanglé à la taille, ses longs cheveux blonds en natte.

– Où déjeunons-nous? demanda-t-elle.

– Vous connaissez le *Skazka*?

– Oui, c'est un des premiers restaurants coopératifs. C'est assez bon et il y a d'excellents ice-creams.

Les Japonais du hall se tordirent le cou, tentant d'infiltrer leurs regards sous la jupe ultra-courte, tandis qu'ils descendaient dans un ascenseur transparent.

– Vous avez du nouveau? demanda Swetlana.

– Je dois recevoir un coup de fil, expliqua Malko. Au restaurant. Mon téléphone est sur écoute, vous le savez bien...

Swetlana eut un sourire caustique.

– Il paraît que vous avez de curieuses fréquentations.

– Qui?

– Une certaine Mirna Devjatniski. Une ancienne danseuse du Bolchoï renvoyée pour conduite antisociale. Devenue *interdevitchi...* Et un trafiquant notoire, Igor Vartanian. On vous a vus ensemble au bar du *Meshdunarodnaya.*

– Lui, je l'ai seulement croisé, corrigea Malko parce qu'il se trouvait avec cette Mirna, maîtresse de Saïd Ghanari. Mais elle n'est en rien mêlée à notre histoire.

Swetlana eut un sourire sardonique.

– Evidemment. Elle préfère gagner des dollars avec son cul. C'est moins dangereux.

Ils ne s'adressèrent plus la parole jusqu'au restaurant. La salle se trouvait au premier. Assez sombre avec de petites tables et un éclairage tamisé. Malko laissa sa pelisse au vestiaire et ils s'installèrent à une table en face du bar où une télé diffusait des clips de musique pop made in USA. Une ambiance agréable, mais Malko n'aurait pas avalé un petit pois... Igor Vartanian risquait de surgir à chaque seconde et les choses se gâteraient...

Les inévitables zakuskis arrosés de vodka ne détendirent pas l'atmosphère. Malko assis en face de l'escalier ne cessait de faire le guet. Swetlana non plus ne paraissait pas à l'aise. Elle se pencha par-dessus la table et dit à voix basse :

– Si quelque chose arrivait à Mikhaïl Sergueïevitch, vous savez que vous ne quitterez pas ce pays...

Le déjeuner se termina dans une nervosité grandissante. Igor Vartanian avait-il identifié Swetlana ? La jeune femme semblait folle de rage. Le bleu de ses yeux avait foncé comme un ciel d'orage. Tout en buvant son thé, elle jeta à Malko :

– Je crois que vous m'avez une fois de plus menée en bateau ! Mais je crains que cela ne soit la dernière. Nous avons été trop gentils avec vous.

Elle se leva de table et, sans un mot, disparut dans l'escalier. Malko attendit encore un quart d'heure, puis, comme le restaurant se vidait, se décida aussi à partir à son tour. A la recherche d'Igor Vartanian. Il connaissait son adresse et cette fois, l'Arménien ne lui échapperait pas. La seule question était : y aller avec ou sans le KGB ? Le préposé du vestiaire lui rendit sa pelisse. En mettant les mains dans les poches, il sentit un papier qui ne s'y trouvait pas auparavant.

Il le déplia. C'était tapé à la machine, en russe, un très court message : « Cinq heures à la station de métro Komsomolskaya, sur le passage qui domine la ligne Kirovsko-Frunzenskaya. Direction Fruzenskaya. Venez avec l'argent. »

Il n'y avait pas besoin de signature... Cette fois, Malko touchait au but. Un taxi accepta de le mener à l'ambassade américaine pour deux paquets de Marlboro.

– Je vais prévenir le KGB, décida John Packard après l'avoir écouté. On ne peut pas faire mieux. On leur livre toute l'équipe. Allez au rendez-vous et ne vous occupez de rien.

– J'espère que Vartanian tiendra parole, soupira Malko. Sinon, nous allons passer une fois de plus pour des traîtres...

Il regarda l'Américain sortir les dollars de l'Arménien du coffre et les mettre dans un attaché-case. Si tout se passait bien il prendrait le 747 d'Air France venant de Tokyo, équipé du nouveau fauteuil Espace 2000 au confort révolutionnaire dès le lendemain afin de passer par Paris acheter un cadeau à Alexandra. Ensuite, ce serait la chasse et les réceptions en Autriche et en Allemagne du sud. La Russie commençait à lui sortir par les yeux et son interrogatoire lui avait laissé comme séquelles de brusques migraines et des hallucinations répétitives qui le réveillaient avec des sueurs froides.

John Packard lui serra longuement la main.

– Bonne chance.

La longue rame bleue de sept wagons stoppa dans un chuintement et Malko se leva. *Komsomolskaya*, le nom s'étalait en lettres de céramique sur le mur de la station, une des plus grandes de Moscou. Deux voies séparées par un large quai avec des escaliers à chaque extrémité menant à deux galeries dominant les voies. Déjà la rame repartait. Il regarda autour de lui, cherchant à identifier les agents du KGB qui pullulaient certainement.

Il alla au bout du quai et gagna la galerie courant au-dessus de la station, reliant des couloirs partant dans toutes les directions, vers les deux autres lignes, enterrées encore plus profond. Quelques marchands de fleurs, dont un vieux tirant un petit traîneau plein d'œillets. Un jeune barbu offrait des posters de Michael Jackson. Une femme attendait dans un coin avec deux énormes paniers pleins de carottes. Une kolkhosienne.

La foule passait, indifférente. Les gens se hâtaient, le regard vide. Pourtant, le métro était une des rares choses fonctionnant correctement en URSS. Pour cinq kopeks, on faisait le tour de Moscou. Malko regarda sa montre. Cinq heures moins cinq. Accoudé à la rambarde dominant la voie de droite, il surveillait les deux quais et la galerie d'en face. Dans la poche droite de sa pelisse il avait son pistolet extra-plat, une balle dans le canon.

Igor Vartanian déboucha d'un couloir à l'autre extrémité de la galerie où il se trouvait à cinq heures pile. Vêtu d'un trench-coat marron et de son habituelle toque d'astrakan. Les mains dans les poches, il s'avança vers Malko. Un sourire mauvais tordait sa bouche. Sans même dire bonjour, il demanda :

– Où est l'argent?

– Il est là, répondit Malko désignant l'attaché-case.

– Faites voir!

Malko entrouvrit rapidement l'attaché-case, laissant apercevoir les liasses de billets verts.

– Où sont Jafar et Petrossian? demanda-t-il.

– Ils vont arriver dans quelques minutes, répondit Vartanian. Ils ont rendez-vous devant les taxiphones, là-bas. Dès qu'ils sont là, vous me donnez l'argent et vous vous débrouillez avec eux. *Karacho*?

– *Karacho*.

Ils restèrent immobiles, appuyés à la rambarde dominant les voies et attendirent. Malko se dit que cela donnait le temps au KGB d'installer son dispositif.

Soudain, Igor Vartanian annonça :

– Voilà Ter.

Un homme venait de déboucher d'un couloir, avec une chapka, une canadienne et un jeans. Ter Petrossian, celui que Malko avait croisé dans l'atelier de la rue Ruzakowskaya. Il portait deux valises qui paraissaient très lourdes. Il s'approcha d'un taxiphone et y glissa une pièce de deux kopeks, tout en surveillant le couloir. Les deux grosses valises à ses pieds. Quelques minutes s'écoulèrent, puis, à son tour, Ali Jafar déboucha d'un autre couloir de correspondance et rejoignit Ter Petrossian. Les deux hommes échangèrent quelques mots, bien entendu inaudibles dans le brouhaha de la station.

Igor Vartanian laissa quelques secondes s'écouler avant de lancer à Malko.

– J'ai tenu mon engagement. Donnez l'argent.

De la main gauche, Malko tendit l'attaché-case plein de dollars, la droite crispée sur son pistolet extra-plat. Réalisant soudain que si le KGB n'était pas encore intervenu, c'est qu'ils n'avaient peut-être pas identifié les deux hommes! En plus, les agents planqués dans la station devaient se concentrer sur Malko, alors que Jafar et Petrossian se trouvaient à une vingtaine de mètres.

Du coin de l'œil, il aperçut le marchand d'œillets qui s'approchait d'eux, tirant son petit traîneau. Igor Vartanian souriait. Il se pencha vers Malko et lui glissa à l'oreille :

– Cette petite salope d'Alona, je l'ai battue à mort et je lui ai crevé les yeux. *Dosvidania.*

Malko n'eut pas le temps de réagir. Quelqu'un le ceintura par-derrière, le soulevant du sol. Le marchand d'œillets abandonna son traîneau et se rua vers lui puis lui saisit les chevilles. Les deux hommes le hissèrent d'un seul élan sur la rambarde dominant les rails. Malko entendit au-dessous de lui un grondement de tonnerre et vit surgir du tunnel la rame qui entrait en gare, roulant encore à bonne vitesse. D'un seul élan, les deux hommes qui le tenaient le firent basculer par-dessus la rambarde, en direction des rails d'acier luisant juste devant la motrice.

Mais les deux hommes avaient lâché Malko trop tôt. D'un geste désespéré, il eut le temps de saisir la rambarde de cuivre. Ses doigts crispés n'arrivèrent à le tenir que quelques précieuses fractions de secondes, puis il lâcha prise, et tomba dans le vide. Il sentit en-dessous de lui le déplacement d'air du convoi qui freinait pour s'arrêter à la station. Il atterrit lourdement sur le toit de la motrice, sa tête heurta le métal et il resta étendu sur le toit, assommé. Plusieurs coups de feu lui parvinrent, étouffés. Quand il reprit vraiment conscience, la rame s'ébranlait à nouveau.

Hébété, il vit approcher l'entrée du tunnel, à peine

plus haut que les wagons et réalisa en un éclair qu'il allait s'écraser contre la paroi de pierre.

Il s'aplatit au maximum sur le toit de la motrice au moment où elle s'engouffrait dans le tunnel. Son dos frottait presque contre les pierres humides de la voûte. Le grondement de la rame lancée à toute allure était terrifiant, la motrice tanguait, son mouvement menaçait à chaque instant de l'arracher à sa position précaire.

Pendant d'interminables secondes Malko demeura soudé au toit, priant pour qu'une aspérité ne lui fasse pas éclater la tête ou qu'un cahot ne le précipite pas sur les rails. Enfin, les lumières de la station suivante apparurent. Malko se laissa glisser jusqu'au bord du toit de la motrice et sauta sur le quai, au milieu des passagers ébahis. Une seule idée l'obsédait : le KGB avait-il mis la main sur Ali Jafar et Ter Petrossian?

– Ils se sont enfuis, annonça platement un agent du KGB. Nous ne les avons même pas repérés.

Malko avait un goût de cendres dans la bouche, mais au moins, la situation était claire : en dépit de sa mobilisation, le KGB avait subi un échec. Deux corps gisaient sous des draps gris, gardés par des miliciens, l'un dans l'escalier du fond, l'autre sur le sol de la galerie. Les deux hommes qui avaient précipité Malko sur les voies. Igor Vartanian avait réussi à s'enfuir par l'escalier monumental desservant la ligne Kolcevaya, au niveau inférieur, tirant sur les agents du KGB et se protégeant dans la foule compacte. Il avait pu monter dans une rame et disparaître. Le KGB avait surtout pris position à l'extérieur de la station Komsomolskaya, pensant que les deux hommes s'enfuiraient en voiture.

Le général Alexei Fanganov, les mains dans les poches de son manteau de cuir, dévisageait Malko, l'air furieux.

– Vous voyez où nous ont menés vos mensonges! gronda-t-il.

Malko affronta son regard, sans ciller.

– J'ai fait ce que j'ai pu. Maintenant il faut remettre

la main sur Igor Vartanian. Lui sait où se trouvent les deux hommes...

Tandis qu'ils discutaient, un officier de la Milice arriva en courant. Depuis l'attentat, des dizaines de policiers passaient la station au peigne fin. Le milicien traînait une employée du métro terrifiée coiffée d'une sorte de « bombe » rouge qui expliqua avoir vu un homme répondant au signalement de Ter Petrossian retirer deux valises d'une consigne automatique... Alexei Fanganov secoua la tête.

– Ils vont commettre un attentat! Ils ont attendu le dernier moment pour récupérer leur matériel.

C'était évidemment aussi l'opinion de Malko.

– Vous avez l'adresse de Vartanian? demanda-t-il.

Court conciliabule, puis le général du KGB avoua de mauvaise grâce.

– Non, mais nous avons plusieurs indices.

– Très bien, dit Malko, je vais vous y emmener.

Laissant les miliciens à la garde des cadavres, ils regagnèrent l'air libre. Plusieurs voitures du KGB stationnaient devant la place des Trois Gares. Malko s'installa avec le général Fanganov dans une Tchaika noire équipée d'un gyrophare. Ils ne mirent que dix minutes pour atteindre l'Arbat, suivis de trois Volga bourrées d'agents du KGB, continuant ensuite à pied, fendant la foule des badauds et des peintres. Malko s'arrêta devant la maison que lui avait désignée Alona, avec le Komissioni au rez-de-chaussée.

– C'est ici, dit-il, au premier étage.

Une nuée d'agents du KGB se rua dans l'escalier. Armes au poing. Un des agents redescendit très vite et annonça :

– *Tovaritch* général, nous avons trouvé quelque chose.

Malko et l'officier du KGB se précipitèrent dans le vieil escalier. L'appartement était en désordre et, dans une pièce du fond, il y avait une forme recroquevillée à même un vieux tapis, les mains liées derrière le dos. Sans les cheveux roux, Malko n'aurait pas reconnu Alona. Son corps n'était qu'une plaie et son visage une plaque de sang séché.

– Qu'est-ce qu'on lui a fait? demanda-t-il, horrifié.

– Ils lui ont crevé les yeux, dit un des agents du KGB et, avant, ils l'ont battue avec cela... Mais elle est encore vivante.

Il montrait un fouet de cosaque au cuir imbibé de sang.

Malko étouffait de rage. Bien entendu, Igor Vartanian avait disparu. Où chercher un homme comme lui dans une ville de onze millions d'habitants... Le regard du général Fanganov était posé sur lui, noir de haine. Il se souvint soudain d'une précision que lui avait donnée Alona. Le *Rossiya.* Où se cacher mieux que dans un hôtel de quatre mille chambres?

– Pouvez-vous perquisitionner au *Rossiya*? demanda-t-il.

– Pourquoi?

– Igor Vartanian y a plusieurs chambres sous des faux noms. Il a acheté les employées de la réception. Il peut se cacher là-bas.

– Allons-y, fit simplement le général Fanganov.

Il avait fallu moins d'une demi-heure aux troupes du KGB venues d'une unité stationnée dans une des casernes du Kremlin, renforcées par des miliciens, pour bloquer toutes les issues de l'hôtel *Rossiya.* Comme le jour allait tomber, d'énormes projecteurs avaient été disposés tout autour de l'énorme quadrilatère du *Rossiya.* Malko regarda le gigantesque bâtiment avec inquiétude : quatre mille chambres! Deux cents hommes commençaient à ratisser le rez-de-chaussée, les autobus de touristes qui stationnaient d'habitude en face de Saint-Basile étaient remplacés par des fourgons grillagés de la Milice.

– Venez, fit le général Fanganov à Malko.

Les deux hommes se dirigèrent droit vers la réception de l'hôtel. La fouille des chambres avait commencé, sans résultat jusqu'alors. Un groupe de kagebistes interrogeait les employées du desk, les unes après les autres, les menaçant des pires représailles si elles leur cachaient quelque chose. Malko s'arrêta et dévisagea attentivement ceux qui attendaient leur tour. Son attention fut attirée par une grosse femme brune très maquillée qui semblait extrêmement nerveuse.

Malko prit le général Fanganov à part.

– Cette femme a une attitude bizarre, lui signala-t-il.

Trente secondes plus tard, la grosse brune était emmenée dans un bureau par deux agents du KGB. Le général Fanganov et Malko entrèrent sur leurs talons. L'officier soviétique vint se planter devant la suspecte.

– Je suis le général Alexei Fedorovitch Fanganov du Comité d'Etat pour la Sécurité, annonça-t-il solennellement. Nous recherchons un homme qui se cache dans cet hôtel sous un faux nom. Sa véritable identité est Igor Vartanian, grand, avec une moustache et une toque d'astrakan. Est-ce que cela te dit quelque chose?

La grosse femme passa sa langue sur ses lèvres presque violettes et dit d'une voix mal assurée :

– *Tovaritch* général, toutes nos chambres sont louées par l'intermédiaire de l'Intourist. C'est à eux qu'il faudrait s'adresser.

Le général Fanganov la regarda sans sourciller quelques secondes puis son poing s'abattit avec une violence inouïe sur le bureau, faisant tomber la lampe à terre.

– Tu te moques de moi! hurla-t-il. Nous savons que cet hôtel est un repaire de *prestoutniki* (1). Parce que des gens comme toi leur louent des chambres.

La grosse femme se décomposa, mais resta muette. Le général Fanganov, soudain, se précipita sur son sac et le renversa sur le bureau. Il vomit divers objets dont un rouleau de billets verts. Un des kagebistes le déplia lentement. Des billets de dix dollars. Il y en avait quinze... Le général les prit et les promena sous le nez de la femme.

– C'est l'Intourist qui t'a donné cela, suka? Tu sais que selon le code pénal de notre pays, tu es passible de cinq ans de prison pour possession de devises étrangères non déclarées.

(1) Criminels.

L'employée du *Rossiya* fondit en larmes, se lançant dans une explication vaseuse et reniflante. Fanganov l'interrompit :

– Tatiana Ivanovna, tu as une minute pour te décider. Ou tu collabores avec nous et je me contente de confisquer tes dollars. Ou tu vas directement à Lefortovo et je veillerai à ce que le Procureur de l'Etat réclame la peine maximum pour toi. Peut-être dix ans de camp de travail. Cela te fera maigrir...

Malko commençait à regretter son initiative. Tatiana Ivanovna bredouilla.

– Il y a un homme qui ressemble à ce signalement dans une chambre au troisième étage. Mais il est venu avec un « voucher » d'Intourist.

– Quelle chambre?

– 3056.

– Quand est-il arrivé?

– Cette nuit, je crois. Je n'étais pas de service.

– Très bien, conduis-nous.

Le petit groupe sortit du bureau et le général Fanganov rameuta une douzaine de ses sbires. Ils prirent l'ascenseur. Les couloirs grouillaient de miliciens et de civils sortant brutalement les gens de leurs chambres. Le troisième étage n'avait pas été fouillé et était encore calme. La grosse femme les mena jusqu'à la porte de la chambre 3056, donnant sur le Kremlin, et dit à voix basse :

– C'est ici.

Le général Fanganov colla son oreille à la serrure, se retourna et dit à un de ses hommes :

– Faites ouvrir la chambre par une employée.

Une grosse *dipournaya* d'étage fut amenée, tremblante, avec un énorme trousseau de clefs et en glissa une dans la serrure. Elle n'eut pas le temps de l'y tourner. Une détonation claqua et elle tomba en arrière avec un cri, une balle dans l'épaule. Un des kagebistes sortit un gros Makarov et arrosa immédiatement la porte dans un fracas de tonnerre.

– Arrête! hurla le général Fanganov. Il ne faut pas le tuer.

Les portes voisines commençaient à s'ouvrir, des

miliciens accouraient, appelés par talkie-walkie. Plaqué contre la cloison du couloir, le général Fanganov cria de toute sa voix :

– Igor Vartanian, rends-toi. Je suis le général Alexei Fanganov du KGB de l'Union soviétique. Tout l'hôtel est cerné. Tu ne peux pas nous échapper.

Aucune réponse... Fanganov fit un signe et un de ses hommes avança à quatre pattes jusqu'à la porte. Aussitôt, deux coups de feu claquèrent et il ne dut son salut qu'à un retrait rapide.

– Allez chercher des gaz lacrymogènes, ordonna Fanganov.

– Laissez-moi lui parler, demanda Malko.

– Si vous voulez.

A son tour, il s'approcha de la porte et cria :

– Vartanian, c'est Malko Linge. Votre seule chance, c'est de nous aider. Sinon, vous allez mourir.

– Je vais sortir! cria la voix d'Igor Vartanian. Reculez.

Sur un signe de leur chef, les hommes de Fanganov obéirent. La porte s'ouvrit. Ils virent d'abord le corps superbe d'une femme nue, de longs cheveux noirs tombant sur ses épaules, puis Igor Vartanian collé à elle, le canon d'un Makarov enfoncé dans l'oreille droite de la jeune femme.

– Si vous m'empêchez de sortir, cria Vartanian, je la tue.

Il y eut un moment de flottement. Le regard du général Fanganov s'était encore assombri.

– Vous ne sortirez pas, Igor Vartanian, dit-il d'une voix ferme. Rendez-moi votre arme.

Il se retourna et lança à ses hommes l'ordre de boucler le couloir. L'Arménien avait des yeux de fou. Il les promena sur ceux qui l'entouraient et jeta d'une voix méprisante :

– Demain, vous serez moins fiers. Laissez-moi passer.

Il fit un pas en avant et les kalachnikovs se relevèrent dans un cliquetis de métal. La tension était à son comble. Fanganov leva le bras.

– Igor Vassilievitch, répéta-t-il, je ne veux pas vous

tuer. Lâchez cette femme et rendez-vous. Vous aurez droit à un procès équitable.

– Et à un peloton d'exécution ensuite, ricana le trafiquant.

Quelques secondes de silence. Puis l'enfer se déchaîna. Malko ne sut pas qui avait tiré le premier. Mais, horrifié, il vit l'index de Vartanian appuyer sur la détente du pistolet, il entendit la détonation du Makarov qui se confondit avec le hurlement de la jeune femme. La balle lui traversa le crâne, la jetant à terre. Plusieurs autres coups de feu claquèrent. Vartanian vacilla, riposta, vidant son chargeur aveuglément, déclenchant une fusillade massive. Son corps tressautait sous les impacts.

Quand le silence retomba, il gisait à terre, criblé de projectiles. La femme râlait à ses côtés.

Beau gâchis. Le général Fanganov rengaina son pistolet en secouant la tête et fixa Malko.

– S'il arrive quelque chose demain, ce sera de votre faute, dit-il. Vous saviez ce qui se tramait et vous nous avez menti. Je vous interdis de quitter le pays. Il faut retrouver ces deux assassins.

Où chercher Ter Petrossian et Ali Jafar? Cette fois, il n'avait plus aucune piste. Le compte à rebours était presque terminé et, aussi bien le KGB que lui avaient échoué dans leurs tentatives pour retrouver ceux qui tiraient les ficelles. Jafar et Petrossian n'étaient que des marionnettes.

– Vous avez quelque chose à dire? insista le général Fanganov.

Malko se retourna vers lui.

– Oui, *tovaritch* général. La CIA vous a peut-être aiguillé sur une fausse piste, mais vous n'avez jamais découvert la vraie. Il y a dans vos rangs un ou plusieurs hommes qui veulent tuer Mikhaïl Gorbatchev. Alors, nos responsabilités sont partagées.

« Puisque nous n'avons pas réussi, essayons d'empêcher cet attentat avec les armes qu'il nous reste.

CHAPITRE XXI

Le milicien planté au milieu d'un chemin forestier, à la sortie du village de Youcovka, avança au milieu de la chaussée principale et leva son disque rouge, bloquant la circulation. Le seul véhicule en vue, un cycliste, s'arrêta docilement et mit pied à terre. Quelques instants plus tard, un petit convoi surgit de la forêt, roulant à vive allure : une Volga noire, puis trois longues limousines Zil noires, au coffre hérissé d'antennes, enfin, une Lada grise de la Milice, avec deux gros gyrophares sur le toit. Les glaces de la première Zil étaient baissées en dépit du froid cinglant et le cycliste put apercevoir les armes des gardes du corps de Mikhaïl Sergueïevitch Gorbatchev, Président de l'Union soviétique.

Déjà, le convoi filait à 100 à l'heure en direction de Moscou, distant d'une trentaine de kilomètres, sur la petite route sinueuse entre les bois de bouleaux et de sapins. Un milicien, dans la voiture de tête, établissait, au fur et à mesure, le contact avec les postes routiers de l'itinéraire afin de bloquer la circulation et de faire passer tous les feux au vert.

Comme tous les jours, le président de l'URSS gagnait son bureau du Kremlin. Il avait quitté sa datcha à huit heures quarante-cinq. Le convoi avalé par un virage, le milicien recula et le cycliste reprit sa route, déçu de n'avoir pu apercevoir le visage de Mikhaïl Sergueïevitch, protégé par les glaces teintées de la Zil. D'ailleurs, on ne savait jamais dans quelle Zil il se trouvait.

Quelques minutes plus tard, le convoi émergea de la région boisée et emprunta une des bretelles d'accès à l'autoroute de Minsk qu'il suivit jusqu'au périphérique extérieur de Moscou, prenant ensuite Mozajskoe Prospekt, une interminable avenue bordée d'immenses bâtiments collectifs neufs émergeant à peine de terrains vagues, s'enfonçant vers le cœur de la ville. Ensuite, ce serait Kutouzowski Prospekt, nettement plus élégant, le pont Kalinskij et Kalinina Prospekt. Avant d'arriver à l'immeuble de marbre blanc abritant le ministère de la Défense, le convoi bifurquait pour reprendre la rue Frunzé qui descendait jusqu'à la place en face de la porte Borovitzka du Kremlin. Jamais Mikhaïl Gorbatchev n'utilisait d'hélicoptère ou changeait de trajet. Le KGB lui avait assuré que les chances d'attentat étaient nulles : le système soviétique était trop verrouillé pour cela et l'Armée rouge n'avait pas une mentalité bonapartiste. Quant à ses gardes du corps, ils se connaissaient tous et étaient terriblement fiers de leur mission.

A l'arrière de sa Zil, le nouveau président de l'URSS prenait connaissance des dossiers urgents. Trois téléphones étaient fixés devant lui, dont un relié directement au KGB et un autre à un satellite lui permettant d'atteindre le président des Etats-Unis.

Pour une fois, malgré le froid persistant, un soleil radieux brillait sur Moscou. En débouchant dans Kalinina Prospekt, la Volga de tête donna quelques brefs coups de sirène pour forcer un car d'Intourist à se rabattre plus vite.

Le colonel Igor Chamirov, en civil, était assis à côté de son fidèle chauffeur Volodia. Il n'avait pas pris sa Volga de service, mais un camion militaire qui ressemblait à ceux des convoyeurs de fond, sans la moindre ouverture, sauf d'étroites meurtrières dans les portières. Ces véhicules étaient utilisés aussi bien par l'armée que par les civils, seule l'immatriculation révélait leur origine.

– Arrête-toi là, ordonna le colonel Chamirov à Volodia.

Ils suivaient le quai Pouchkine, entre la Moskwa et le parc Gorki. Le véhicule arrêté, il gagna le trottoir où se trouvait un taxiphone. Son correspondant mit assez longtemps à répondre. Chamirov donna simplement son nom et son grade et son interlocuteur annonça : « Seconde voiture », avant de raccrocher.

Le colonel Chamirov prit alors une nouvelle pièce de deux kopecks et la glissa dans la fente de l'appareil, puis composa soigneusement un second numéro. Cette fois, on décrocha tout de suite, sans parler.

– C'est Igor Nicolaïevitch, annonça le colonel. C'est la seconde voiture. Ils arrivent dans dix minutes environ. Bonne chance. Je serai à l'endroit indiqué.

Il raccrocha sans laisser à son correspondant le temps de placer un mot puis regagna le fourgon. Les dés étaient jetés. Volodia redémarra aussitôt, connaissant leur destination. Il n'éprouvait aucune émotion, ignorant ce qui se passait, habitué à obéir aveuglément aux ordres de son chef. Pour lui, ce n'était qu'une mission « spéciale » de plus. Comme en Afghanistan, dans les zones dangereuses, il éprouvait bien un très vague malaise mais il mit cela sur le compte du thé qui, au réfectoire, était encore plus mauvais que d'habitude. Le fourgon gagna par une rampe le *Kolço*, filant vers le nord.

La Tchaika noire avançait presque au pas, le long du trottoir de Kalinina Prospekt. Elle était partie du premier poste de milice à l'entrée de Moscou au début de Mosansko Prospekt. Le général Alexei Fanganov et Malko occupaient la banquette arrière. A l'avant, à côté du chauffeur, se trouvait un des meilleurs experts en terrorisme du KGB. Le responsable du Septième Directorate avait longuement hésité à mettre le président de l'URSS au courant de la menace d'attentat. Après l'assaut du *Rossiya* et la mort d'Igor Vartanian, les responsables du KGB, Malko et John Packard s'étaient retrouvés pour une réunion informelle dans l'immeuble de la rue Tetrakowska. Leur conclusion avait été que si un attentat devait se produire, ce ne pouvait être que sur le parcours emprunté par Mikhaïl Gorbatchev. Avec des chances quasi nulles de succès : les voitures roulaient trop vite, elles étaient blindées et, grâce aux glaces fumées, Mikhaïl Gorbatchev était pratiquement invisible de l'extérieur. Mais il était évidemment impossible de visiter les centaines d'immeubles longeant le parcours, de vérifier les milliers de fenêtres d'où on pouvait tirer sur le convoi avec un fusil à lunette.

Pourtant, depuis l'aube, des centaines d'agents du KGB enquêtaient dans les immeubles concernés, mais c'était chercher une aiguille dans une botte de foin. Ils ne disposaient que d'une photo d'Ali Jafar, fournie par la CIA, et tirée à des centaines d'exemplaires pendant la nuit, et d'un portrait-robot de Ter Petrossian, dessiné d'après les indications de Malko. Le général Fanganov supervisait l'opération, espérant que la chance se mettrait de leur côté, jouant sur son instinct, celui de Malko et du spécialiste en terrorisme. Hélas, jusque-là, ils n'avaient vu que des milliers de fenêtres innocentes.

Le téléphone de la Tchaika se mit à sonner et le général Fanganov arracha presque le récepteur de son socle. Malko le vit changer de couleur en écoutant son interlocuteur, puis gronder dans le récepteur.

– Faites arrêter immédiatement le responsable!

Il raccrocha avec furie, l'œil plus noir que jamais.

– Que se passe-t-il? demanda Malko.

– J'avais demandé que l'on vérifie les caractéristiques du blindage de la carrosserie et des glaces des Zil, expliqua le général du KGB. Ces véhicules sont aménagés par une usine d'armement de Stalingrad; je viens de découvrir que les glaces blindées n'ont *jamais* été testées!

Donc, il était possible qu'un projectile d'arme de guerre les perce comme du papier à cigarette... Malko comprenait la fureur du général. Qui touchait du doigt les faiblesses du système soviétique...

L'officier supérieur du KGB s'ébroua.

– Tout cela est idiot, grommela-t-il. Nous nous sommes peut-être affolés pour rien. De toute façon, à la vitesse où roulent ces Zil, il est presque impossible de les atteindre. En plus, personne ne sait dans laquelle se trouve Mikhaïl Sergueïevitch. C'est sa meilleure protection.

Malko tourna la tête vers lui. Il avait mal aux yeux à force de scruter les façades aux fenêtres toutes identiques.

– Vous le savez, vous? demanda-t-il.

– Bien sûr, répliqua Fanganov légèrement surpris.

– Donc, d'autres peuvent également l'avoir appris, conclut Malko. Je conçois notre impuissance, mais ne pratiquons pas la politique de l'autruche.

– Vous avez une idée? demanda agressivement le général du KGB. Parce que maintenant, c'est une question de minutes. En ce moment, le convoi enfile Kutouzowski Prospekt, à sept ou huit minutes derrière nous.

– Non, avoua Malko, la gorge nouée par l'anxiété.

La Tchaika ralentit et tourna à droite devant le monumental bloc de marbre blanc des huit étages du ministère de la Défense. Puis, cent mètres plus loin, à gauche, dans la rue Frunzé. Malko aperçut sur la droite les colonnes blanches tranchant sur l'ocre de la façade de l'état-major général de l'Armée rouge. Quelques voitures remontaient la rue en sens inverse. La Tchaika arriva au bout, face au Kremlin, au moment où le feu passait au rouge, permettant aux véhicules arrivant de Marksa Prospekt de traverser la grande place en face du Kremlin pour atteindre le pont Kamenij.

Le chauffeur stoppa. Des piétons traversaient devant eux, venant, soit de la place, soit de Marksa Prospekt.

Malko les regardait distraitement lorsqu'il sursauta. Un homme finissait de traverser en courant, venant de la place, juste avant que le feu ne repasse au vert.

C'était Ali Jafar.

Habillé comme il l'avait vu le jour où le Palestinien avait fui devant lui. Les mains nues, sans bagage, pas même un attaché-case, il ne pouvait avoir autre chose sur lui qu'un pistolet. Mais que faisait-il là?

La Tchaika démarrait déjà, filant droit sur la porte Borovitzka, juste en face, de l'autre côté de la place. Les feux placés devant étaient au rouge, signifiant que pour l'instant, l'accès au Kremlin était interdit. Malko se tourna vers le général Fanganov.

– Arrêtez-vous sur la droite. Immédiatement. Je viens d'apercevoir Ali Jafar.

Le chauffeur entendit et, de lui-même, obliqua vers le trottoir pour stopper entre le croisement Marksa Prospekt-Frunzé et deux cabines téléphoniques situées sur la place.

– Où est-il? cria le général Fanganov.

Malko bondissait déjà hors de la voiture; Fanganov jaillit derrière lui, suivi aussitôt du chauffeur et du spécialiste en terrorisme.

Avec le feu vert, les voitures défilaient dans les deux sens, interdisant de traverser et d'apercevoir le trottoir de l'autre côté de la rue Frunzé. Après d'interminables secondes, il passa de nouveau au rouge. Malko regarda en face. Ali Jafar avait disparu! Il pouvait être parti seulement dans deux directions : soit pour remonter la rue Frunzé, soit il avait continué tout droit passant devant la bibliothèque Lénine sur le trottoir de Marksa Prospekt. Dans ce cas, on aurait dû l'apercevoir, le trottoir était pratiquement désert. S'il avait remonté la rue Frunzé, il aurait dû aussi être en vue...

– Où est-il? Où est-il? demanda fiévreusement le général Fanganov.

– Je n'en sais rien! avoua Malko, remontant en courant le long de la palissade verte qui empiétait sur le trottoir de la rue Frunzé, entourant la bibliothèque Lénine.

Au même moment, le son lointain d'une sirène parvint à leurs oreilles, le feu passa de nouveau au vert, comme celui de la porte Borovitzka.

A grands coups de sifflet, un milicien invitait les véhicules engagés dans la rue à se hâter.

Le convoi du président de l'Union soviétique approchait.

Malko arriva au coin d'une petite rue qui partait de la rue Frunzé derrière la bibliothèque Lénine, parallèlement à Marksa Prospekt. Personne!

Ali Jafar s'était apparemment évaporé et pourtant il n'avait pas eu le temps matériel d'aller plus loin.

Le général Fanganov le rejoignit au coin de la palissade verte. Il avait déjà sorti son Makarov de son étui et les rares passants le regardaient avec effarement. Malko aperçut des phares qui s'approchaient à toute vitesse du fond de la rue : le convoi de Mikhaïl Gorbatchev.

Au même instant, il comprit où était passé Ali Jafar en voyant une porte dans la palissade verte. Il se rua dessus et la défonça d'un coup d'épaule. Débouchant dans l'étroite bande de trottoir coincée entre la façade de la bibliothèque Lénine et la palissade. Celle-ci enveloppait une partie du trottoir de Marksa Prospekt faisant face au Kremlin.

Deux hommes étaient debout à cet endroit, tournant le dos à Malko. L'un d'eux portait sur l'épaule un RPG7, une roquette engagée dans le lanceur. L'autre, agenouillé à côté, tenait prête une seconde roquette.

Le hurlement du général Fanganov les fit se retourner. Tout se passa alors très vite. L'officier du KGB se mit à vider le chargeur de son Makarov sur les deux terroristes. Instinctivement, l'homme au RPG7, qui avait pivoté dans sa direction, appuya sur la détente de son lance-roquettes.

CHAPITRE XXII

Malko eut à peine le temps d'avoir peur : la roquette passa au-dessus de sa tête dans un chuintement sinistre pour exploser vingt mètres plus loin sur la façade d'un immeuble. Au même moment, le ululement d'une sirène l'assourdit. Le convoi de Mikhaïl Gorbatchev dévalait la rue Frunzé, le long de la palissade. Un cri atroce couvrit son grondement. En tirant sa RPG7, Ter Petrossian n'avait pas réalisé que son complice se tenait derrière lui : Ali Jafar avait reçu en pleine face les gaz à 2 000 degrés de la roquette auto-propulsée... Les deux mains crispées sur son visage pelé par l'affreuse brûlure, il se roulait par terre, en hurlant.

Par l'ouverture de la palissade, Malko aperçut comme dans un rêve les trois Zil qui s'engouffraient sous l'arche de la porte Borovitzka, encore plus vite que d'habitude. Les gardes du corps de Mikhaïl Gorbatchev, à moitié hors de leur véhicule, brandissaient leurs armes vers un ennemi qu'ils ne distinguaient pas... Le convoi franchit la poterne et disparut à l'intérieur du Kremlin. Ter Petrossian jeta son lanceur vide, empoignant un pistolet. Il tira quelques coups de feu en direction de Malko et du général Fanganov, puis s'éclipsa à l'angle de la palissade, disparaissant à leurs yeux.

L'officier du KGB, revenu de sa stupéfaction, remettait un chargeur dans son Makarov, rameutant des miliciens et ses hommes qui accouraient dans la rue

Frunzé. Sur les talons de Malko, il se rua à la poursuite du fugitif.

– Il faut le prendre vivant! hurla-t-il.

Malko et lui tounèrent le coin, marchant sur les gravats. Ter Petrossian avait disparu et la palissade se terminait en cul-de-sac. Ils escaladèrent un monticule de terre face à la bibliothèque et l'aperçurent à nouveau. Il s'enfuyait vers une maison de brique rouge en reconstruction, juchée au sommet d'un monticule dominant Marksa Prospekt. Il se retourna et tira sur eux. Trop loin pour que ses projectiles soient dangereux... L'adjoint de Fanganov parlait à toute vitesse dans une radio portative.

– On va l'avoir! exulta-t-il.

Malko arriva le premier en haut du monticule, contourna la maison vide et découvrit derrière une sorte de cour où stationnait un fourgon gris, bas sur pattes.

Ter Petrossian allait dans sa direction. Il se retourna et tira une dernière fois sur Malko.

Le colonel Igor Chamirov n'avait pas quitté des yeux la trotteuse de son chronomètre durant les cinq dernières minutes. Guettant la déflagration de la roquette. Assis à l'arrière du fourgon, une Kalachnikov sur les genoux, il surveillait l'endroit par lequel allaient surgir Ali Jafar et Ter Petrossian. Impassible, Volodia grillait une cigarette à son volant.

Le hurlement des sirènes du convoi présidentiel fit monter la pression artérielle du colonel soviétique et il tendit encore plus l'oreille. Tout allait se jouer dans les deux minutes suivantes... Malgré tout, il sursauta en entendant la déflagration du RPG7. Pendant quelques secondes, il fut submergé de joie, puis son subconscient lui apporta un correctif : le bruit aurait dû être différent, l'explosion du réservoir de la Zil et le choc des véhicules se tamponnant. Comme un fou, il sauta à terre et monta sur le monticule dominant la place en face du Kremlin.

Rien! Le convoi aurait dû être en train de brûler, là sous ses yeux. Que s'était-il passé?

Quand Ter Petrossian surgit, seul, il fut certain que les choses n'avaient pas marché comme prévu... Puis, il aperçut l'homme lancé à sa poursuite et se dit que c'était encore pire que ce qu'il craignait.

Il lui restait une minuscule chance de s'en sortir quand même. A une condition. Il arma la culasse de la Kalachnikov, visa le milieu du corps de Ter Petrossian et lâcha une courte rafale. L'autre boula, parcourut encore quelques mètres et tomba.

Par mesure de sécurité, Igor Chamirov lâcha encore quelques projectiles dans le corps inerte qui tressauta, puis sauta à terre. Le ménage fait, il fallait filer. Deux hommes apparurent au sommet du monticule et il vida le reste de son chargeur dans leur direction. Puis, il monta à côté de Volodia.

– Démarre vite! fit-il. Prends à droite.

Le chauffeur obéit. Pendant plusieurs centaines de mètres, il ne se passa rien. Puis au croisement de la rue Gorki, une voiture de la Milice lui barra soudain la route. Il l'évita, accrochant son aile au passage et remonta la grande artère vers l'ouest. Il allait arriver à la gare de Bielorussie lorsque d'autres surgirent à sa hauteur. Volodia lui jeta un regard inquiet. Quelques balles s'écrasèrent sur la carrosserie blindée.

– J'ai perdu, Volodia, annonça calmement le colonel Chamirov. Tu as été jusqu'au bout un bon et fidèle soldat. Arrête-toi maintenant.

Le chauffeur obéit et aussitôt, ils furent entourés par une meute de miliciens et de civils en armes, qui cherchaient à ouvrir les portes blindées.

– Vous me quittez, *tovaritch* colonel? demanda anxieusement Volodia Kovalev.

Igor Nicolaïevitch Chamirov lui adressa un léger sourire plein de tendresse.

– Nous nous quittons, Volodia, dit-il.

Il enfonça le canon de son Makarov dans sa bouche, le plus verticalement possible, ferma les yeux et appuya sur la détente.

Swetlana Zorine avait remis sa longue robe en paillettes vertes. Avec son très long cou, sa natte blonde et ses yeux bleus, elle était simplement sublime.

L'ambiance du *Savoy*, avec ses dorures et ses garçons stylés, pouvait faire croire à Malko qu'il était déjà revenu à l'Ouest. L'agent du KGB leva son verre de champagne.

– A notre succès.

Malko leva le sien et choqua les deux cristaux. Pour la circonstance le champagne de Crimée avait laissé la place à un Moët millésimé. Tout le monde avait reçu des félicitations sauf le général Vladimir Ivanovitch Sokolov pour l'instant aux arrêts de rigueur pour manque de clairvoyance. Personne n'ignorait qu'Igor Chamirov ait été son subordonné en Afghanistan. Le général colonel Gregori Krivosleiev, patron du GRU depuis septembre 1987, avait été démis de ses fonctions et autorisé à faire valoir ses droits à la retraite. Le seul membre soviétique identifié du complot Chamirov appartenait au GRU. Rien n'avait filtré à l'extérieur sur cette affaire. Ter Petrossian était mort pendant son transfert à l'hôpital. Volodia, interrogé jour et nuit, ne savait rien. Il obéissait à son colonel et l'aurait suivi en enfer. Il ne serait peut-être pas fusillé, mais n'aurait plus de souci d'appartement.

– Je suis sûr que ce colonel Igor Chamirov n'était pas seul dans ce complot, dit Malko. Il n'avait pas assez d'envergure.

Swetlana Zorine lui jeta un regard moqueur.

– Mes chefs disent la même chose. Mais peut-être ne saurons-nous jamais la vérité.

Elle prit une cigarette et Malko voulut l'allumer au flambeau posé sur leur table. Elle arrêta son geste.

– Non! Ça porte malheur.

Il utilisa donc des allumettes et ils continuèrent à bavarder.

Ses yeux brillaient et lorsqu'elle se leva pour partir, elle tituba imperceptiblement. Malko la prit par la taille et elle se laissa aller contre lui.

– Allons chez toi, murmura-t-elle, il n'y a pas de micros.

Ils commencèrent pratiquement à faire l'amour dans l'ascenseur transparent sous les regards ébahis des derniers Japonais présents dans le hall. Swetlana se frottait furieusement à Malko, l'embrassant à pleine bouche. Ils passèrent enlacés devant la *dipournaya* de l'étage. A peine dans la chambre, Swetlana fit glisser sa pesante carapace verte et apparut vêtue uniquement de ses bas, montant très haut sur ses cuisses. Elle tourna lentement sur elle-même, faisant admirer à Malko une chute de reins qu'il connaissait déjà. Puis, comme la fois précédente, elle vint contre lui et commença à l'exciter, s'agenouillant ensuite selon le même rituel. Sa bouche était douce, chaude et habile et Malko avait l'impression de ne jamais avoir eu autant envie d'une femme.

C'est lui qui la coucha sur le lit, lui ouvrit les cuisses et s'enfonça en elle de toute sa longueur. En femelle soumise, Swetlana replia les genoux, s'écartelant encore plus, creusant son ventre. Ses yeux bleus avaient une expression trouble et sauvage, sa bouche avait augmenté de volume, elle était belle comme le péché. La natte ajoutait un petit côté jeune fille encore plus piquant... Malko se retira, la retourna et la prit par-derrière avec encore plus de violence.

C'est dans cette position qu'il atteignit son plaisir, les mains crispées dans les hanches de Swetlana, hurlant son rut.

– *Herr Gott*, que c'est bon! murmura-t-il.

Ils se séparèrent. Swetlana se leva et partit dans la salle de bains. Lorsqu'elle en ressortit, Malko s'aperçut qu'elle avait quelque chose à la main. Il lui fallut quelques fractions de seconde pour reconnaître son pistolet extra-plat. Swetlana souriait toujours, mais plus de la même façon. Avec le geste précis d'un tireur d'élite, elle leva l'arme, la tenant à deux mains, l'extrémité du canon visant la tête de Malko.

C'était surréaliste cette sublime fille en bas noirs avec ce pistolet long et noir comme ses jambes.

– De la part du major Droujidine, dit-elle d'une voix égale.

Elle appuya sur la détente du pistolet extra-plat au moment où Malko allait inutilement bondir sur elle.

La détonation fit trembler les vitres de la chambre.

Instinctivement, Malko se rétracta de tous ses muscles et ses yeux se fermèrent. Quand il les rouvrit, il vit Swetlana rejetée dans le fauteuil derrière elle, le visage transformé en un lac rouge, le bras cassé, la main déchiquetée. Elle avait un trou énorme sous l'œil droit, d'où le sang coulait à flot. Le pistolet extra-plat avait littéralement éclaté, projetant sa culasse dans le cerveau de la Soviétique.

Elle vivait encore. Malko se pencha sur elle, posant une serviette sur l'horrible blessure, choqué, interloqué. Swetlana Zorine eut juste le temps de murmurer avant de mourir :

– J'obéissais aux ordres...

La partie « départs » de l'aéroport de Sheremetevo était aussi moderne que les « arrivées » étaient en ruine. Malko passa les contrôles de police, encadré par John Packard et le général Fanganov. Le « 747 » d'Air France était déjà sur le tarmac.

Le général du KGB lui serra la main.

– J'ignore qui a piégé votre arme, affirma-t-il. Mon enquête n'est pas terminée. Et j'ignore également qui a donné l'ordre à Swetlana Zorine de vous abattre.

Malko avait encore devant lui le visage mutilé de la belle Soviétique. Quelle fin horrible!

– Je regrette que cela se soit terminé ainsi, dit-il.

Le général du KGB hocha la tête et lui tendit un petit écrin de cuir, avec un sourire froid.

– De la part de Mikhaïl Sergueïevitch, dit-il. Avec ses remerciements. *Dosvidania.*

Il tourna les talons. Malko ouvrit l'écrin. Il contenait un ruban et une médaille. L'Ordre des Héros de l'Union soviétique. C'était sûrement la première fois qu'un agent de la Central Intelligence Agency l'obtenait. Les défecteurs étaient rétribués, mais jamais récompensés. Malko referma l'écrin. La médaille serait à sa place dans la vitrine de la bibliothèque du château de Liezen.

A côté de celles de ses ancêtres, glanées aux quatre coins de l'Europe.

Commission paritaire N° 56196

IMPRIMÉ EN FRANCE PAR BRODARD ET TAUPIN
Usine de La Flèche (Sarthe), le 01-06-1990.
6347C-5 - Dépôt légal, Éditeur 8311 - 6/1990.
ISBN : 2-7386-0103-0

42/5338/1